DAS STARRE GRINSEN

ANDERE GESCHICHTEN DES WAHNSINNS

ERICA SUMMERS

AUSGABE IN DEUTSCHER ÜBERSETZUNG

DAS STARRE GRINSEN

ANDERE GESCHICHTEN DES WAHNSINNS

Weitere Werke von Erica Summers
Sich Winden
Das Starre Grinsen
Vanity Kills
Mantis
Bad God's Tower
Size Doesn't Matter
Price Slashers
Ensuring Your Place in Hell II
Anthology of Splatterpunk
AIR
It Calls From Below

Als Trixie Fairdale:
Trauerwaffeln (Als Trixie Fairdale)
Mojitos und Mord (Als Trixie Fairdale)

Als Odessa Alba:
The Billionaire's Assistant
Rumspringa
Tangled Heirs
The Ugly Sweater Party

INHALTSVERZEICHNIS

EINE EINFÜHRUNG VON CHISTO HEALY

Wie viele von euch wahrscheinlich auch, bin ich zufällig auf Erica Summers gestoßen. Es war purer Zufall und ein Moment, für den ich ewig dankbar sein werde.

Ich bin jemand, der fest an Gemeinschaft glaubt. Ich glaube, selbst wenn man die abgründigsten Horrorgeschichten schreibt, sollte man außerhalb der Seiten Positivität verbreiten und Menschen aufbauen. Das Universum existiert durch Ausgleich. Wäre ich eine Cartoonfigur, wäre mein Markenzeichen: „Wir sitzen alle im selben Boot."

Vor diesem Hintergrund melde ich mich immer freiwillig, wenn jemand einen Beta-Leser, einen ARC-Leser oder jemanden für ein Cover-Zitat sucht – es sei denn, ich bin völlig mit Deadlines überhäuft. Aber manchmal tue ich es sogar dann, denn ich bin ein Profi darin, mich zu verzetteln. Ich bin auch ein Profi darin, kalte, ungeschmolzene Butter zu verteilen.Es ist eine Fähigkeit.

Jedenfalls suchte eines Tages eine Autorin, die ich noch nie gelesen hatte, nach anderen Autoren, die ihr Buch lesen und mit einem Blurb versehen sollten, *Bad God's Tower*. Um ehrlich zu sein, erwartete ich nicht viel. Ich setze die Latte nicht zu hoch, weil ich lieber angenehme Überraschungen als Enttäuschungen habe. *Bad God's Tower* war genau so eine angenehme Überraschung. Ich war so aus dem Häuschen, dass ich am liebsten die Pompons geschwungen hätte – was nicht oft vorkommt, auch wenn ich in einem Rock gut aussehe.

Ich habe schon immer Pulp gemocht und schreibe es oft selbst, aber ich bin unsterblich in schöne Prosa verliebt. Wenn jemand wie Simon Clark Horror mit der poetischen Schönheit von Literatur schreiben kann, steht das für mich immer über allem anderen. Das war das Erste, was mir an Ericas Schreiben auffiel. Die Formulierungen waren feinsinnig, gezielt, ergreifend und präzise. Ich fing an, Sätze erneut zu lesen, nur um ihre Eleganz zu würdigen. Ich war baff und sofort neidisch. Stellt euch wieder die Zeichentrickversion von mir vor, wie ich meinen Bleistift schüttle und rufe: „Wie macht sie das nur?!"

Als ich weiterlas, entdeckte ich, dass die Charaktere voller Leben und Lebendigkeit steckten. Die Geschichte war fesselnd. Der Horror war greifbar, erschreckend und intensiv. Nichts wurde geopfert, um diese wunderschöne Prosa zu erschaffen.

Alles war da, vollständig.

Ich verfasste meinen Blurb und stellte fest, dass Ms. Summers ebenso bescheiden und leicht zu sprechen war wie talentiert. Je mehr wir uns unterhielten, desto mehr erkannte ich, wie ähnlich wir uns als Menschen waren. Wir teilen viele Lebenserfahrungen, auch wenn einige davon die Art waren, die einen Horrorroman inspirieren könnten.

Also fand ich nicht nur meine Lieblingshorrorautorin des letzten Jahrzehnts, sondern auch eine Freundin. Und zwar eine echte, nicht nur so eine zuckersüße Teilnahme-Trophäen-Freundin.

Dabei mag ich sowohl Süßigkeiten als auch Trophäen.

Trotzdem haben Erica und ich uns gegenseitig geholfen, indem wir die Art von

Freunden waren, die ehrlich sind, statt in Zucker gehüllt.

Ich mache hier eine Pause, während Sie leise Def Leppard vor sich hin summen.

Wir haben es gewagt zu sagen: „Hey, Kumpel... dieser Teil deiner Geschichte funktioniert nicht", und das hat uns besser gemacht. Wir haben Frustrationen ausgelassen und Ziele geteilt, uns gegenseitig angespornt und unterstützen uns bis heute. Wir haben jetzt sogar ein gemeinsames Buch bei Slashic Horror Press mit Mick Collins namens *Price Slashers*, das in drei verschiedenen Kategorien die Nummer eins erreichte.

Erica ist jemand, den ich als Kollegin und als Mensch respektiere. Deshalb fühlte ich mich geehrt, als sie auf mich zukam und mich bat, eine Einführung zu ihrer Sammlung zu schreiben.

Es ergab auch absolut Sinn.

Ich habe alles gelesen, was Erica geschrieben hat, und plane, alles zu lesen, was sie schreibt, solange ich auf dieser Erde bin. Wenn Sie die Seite umblättern und sich in diese Sammlung vertiefen, werden Sie verstehen, warum. Sie werden die Meisterin der Worte in Aktion erleben. Sie werden ihre Bandbreite sehen, die Vielfalt der Subgenres, die sie furchtlos angeht, und wie persönlich und real ihr Horror sein kann. Von verrückten Müttern über gefährliche Maschinen bis hin zu unheimlichen Kirchen und Monstern – und allem dazwischen – erwartet Sie eine höllische Fahrt.

Danke, dass Sie mich auf dieser aufregenden und schrecklichen Reise in den verbogenen Verstand meiner engen Freundin, der meisterhaften Erica Summers, begleiten.

Bis auf der anderen Seite,

Chisto Healy,
Autor von *Two of a Kind* & *The Gateway in Apartment 8*

TINES

Es war nur ein Loch. Nur eine kleine, endlose Höhle, die sich wie ein Abflussrohr in der Mitte eines riesigen, trockenen Farmlands in Wyoming in die Tiefe schlängelte. Nur ein Loch, das alles Leben und jede Freude aus John Mitchell sog, zusammen mit dem gelegentlichen Regenpiss, hinab in die Erdkruste.

Das Feld war verdorben. Das hatten sie gesagt. Aber John war nicht geneigt, den verbalen Durchfall von schwatzenden Kleinstadtidioten zu glauben. Nicht bevor er es mit seinen eigenen blutunterlaufenen Augen gesehen hatte. Erst als er selbst den überwältigenden metallischen Hauch von Kupfer roch, der aus dem elenden Boden aufstieg, als wären Lastwagen voller Erde auf eine Ebene schmutziger Pennies gekippt worden.

Der Boden war sauer. Das hatten sie auch gesagt. Dieses Konzept ging John nie wirklich in den Kopf, bis er und die Kinder in jenem ersten Sommer dort ankamen und zusahen, wie ihre Ernte – ihre Lebensgrundlage – in einem schleichenden Albtraum verdorrte, schrumpfte und verfaulte.

Doch die Dinge hatten sich geändert. Hohe Maisstängel, wie grüne Anbeter mit ausgestreckten Händen, feierten die Sonne über ihnen. Eine Fülle von Zuckerrüben gedieh prächtig, mit üppigem, gesundem Laub in perfekten Reihen über jeder Wurzelfrucht. Das laute Rauschen des üppigen Weizens um ihn herum bedeutete, dass sich die Dinge zum Besseren gewendet hatten.

Aber zu welchem Preis?

John schauderte bei dem Gedanken an den Preis, den er für die üppige Ansammlung von schwerfälligen Pflanzen bezahlt hatte, die ihn nun umgaben und wie blutrünstige Tyrannen über ihm aufragten, mit Chaos und Verwüstung in ihren dicken Stängeln. Er fühlte sich wie ein in der Unterzahl kämpfender Soldat, der einem Feind weicht, der danach dürstet, ihn vollends zu überrennen. Seine Seele wurde von ihren bösen kleinen Wurzeln erdrosselt. Ihr unendliches

Gewirr von Ranken presste seine Brust mit erdrückender Schuld zusammen, die genauso exponentiell wuchs wie sie jeden elenden Tag.

Und doch...

Da stand er wieder. *Blutend.*

Gleichgültig über dem Loch stehend. *Dieses gottverdammte Loch.*

Er schwankte im dämmerigen Landhimmel über einem Loch, das er am liebsten nie entdeckt hätte. John würde jeden irdischen Besitz opfern, um die Zeit zurückzudrehen, im Wissen, was er alles für dieses verdorbene Stück Erde opfern würde.

Er hätte niemals diesen Heuhaufen angehoben, der zweifellos absichtlich platziert worden war, um das fiebrige Flüstern aus dem Boden zu ersticken.

Egal wie viel Stroh John darauf häufte, es war nie genug, um die Stimme zu ersticken.

John war erleichtert gewesen. Tage lang hatte er das Flüstern nicht gehört. Als wäre das Ding am anderen Ende für einmal zufrieden mit den Gaben, die ihm dargebracht worden waren.

Aber jetzt konnte John sein leises Flüstern wieder hören...

Es forderte erneut Johns Welt in diesem schrecklich unbeschreiblichen Ton, einer Stimme, die in Johns dickem, müdem Schädel widerhallte und ihm befahl, noch einmal zu gehorchen.

Als hätte er eine Wahl.

***

Ein schlechter Same. So hatte Janices Mutter sie genannt – oder eher angeschrien – während sie einen langen Abschnitt eine lange Strecke über Nebenstraßen in ihrem klapprigen blaugrünen Limousine raste. Es war an der Zeit, Janice bei ihren Verwandten abzuladen. Das schien nur fair. Schließlich war Janice ihr „aufgedrängt" worden, als Andrew sich mit der älteren, unattraktiveren Sekretärin davonmachte. Sie fand, es stand ihr zu, den schwierigen Teenager wie eine heiße Kartoffel woanders hinzuschieben, damit Lynn „ihr Leben zurückbekam". Sie dachte, ein arbeitsreicher Sommer auf der Farm würde Janices Einstellung Wunder wirken.

„Nimm deine gottverdammten Füße vom Armaturenbrett", knurrte Lynn durch zusammengebissene Zähne.

Janice funkelte sie an und rutschte widerwillig auf dem Beifahrersitz zusammen, den Anweisungen folgend. Sie schlüpfte mit ihren nackten Füßen zurück in die Flip-Flops und zog ihr Handy hervor.

„Kein Empfang. Wie soll ich anrufen, wenn ich was brauche?" Ihre Stimme war leise und mürrisch. Mit dem Mittelfinger wischte sie sich eine kinnlange Strähne ihres selbst gefärbten lavendelfarbenen Haars aus dem Gesicht.

„Dein Onkel hat ein Festnetztelefon."

„Ugh. Wie soll ich meinen Freunden schreiben?"

„Klingt nach deinem Problem, nicht meinem."

„Ist ja nie deins", konterte Janice scharf.

„Ach ja, ich führe jetzt ein Luxusleben." Lynns Stimme triefte vor wütendem Sarkasmus. Nach einem Moment der Stille schwenkte sie ihre Laune um und versuchte plötzlich, so zu tun, als ob sie sich auch nur einen Bruchteil scherte. „Vielleicht können Ellis und Andrea dich mit ein paar ihrer Freunde bekannt machen."

„Ellis ist ein verdammter Streber. Der hat keine Freunde", protestierte Janice.

„Wer weiß, du hast ihn und Andrea seit fünf Jahren nicht mehr gesehen." Lynn starrte auf die Straße. Sie presste zwei knallrosa, rissige Lippen aufeinander und fuhr sich durch ihre gebleichte, strohige Blondmähne.

„Seit der Beerdigung nicht." Die Worte riefen Erinnerungen wach, wie Janice ihre kleine Schwester makaber doppelt herausgefordert hatte, einen Blick in den angeblich blutigen Mini-Sarg zu werfen. „Wer weiß? Vielleicht sind sie inzwischen alle Meth-Junkies oder so, was wissen wir schon."

„Dann wirst du da wohl perfekt reinpassen, Miss Kifferchen."

„Machst du Witze? Es war ein Joint! Einer. Das hat nichts mit Meth zu tun." Janice kratzte an ihrem Daumennagel und löste die metallisch-chromfarbene Lackierung ab.

Lynn warf Janice einen bösen Blick zu und erspähte dabei die Narben auf dem Oberschenkel des Mädchens. Perfekt parallele, selbst zugefügte Rasierklingenstriche. Sie erinnerten sie an die ordentlichen Reihen der Feldfrüchte, an denen sie vorbeifuhren.

„Vielleicht wirst du mit all der Arbeit, die du dort verrichten wirst, so beschäftigt sein, dass du keine Zeit mehr zum Ritzen hast. Du kennst ja den Spruch: Müßiggang ist aller Laster Anfang und so ein Quatsch."

„Was interessiert dich das überhaupt? Wenn ich mir die verdammte Kehle aufschlitzen würde, würdest du drei Tage brauchen, um es zu merken."

„Jesus Christus, pass auf deine verdammte Sprache auf! Weißt du, ich arbeite hart an diesem Bachelor, Janice. Glaubst du, das ist einfach? Glaubst du, es ist einfach, eine alleinerziehende Mutter mit drei Kindern zu sein, die ich nie wollte?"

„Wirklich nett." Janice rollte mit den Augen. „Und der Preis für Mutter des Jahres geht an..."

„Es ist die Wahrheit! Dein Vater wollte euch! Ich hatte keine Wahl in der Sache. Ich war nur sein verdammter Brutkasten." Lynns Märtyrertum stoppte abrupt, als sie vor einem staubigen Holzschild langsam zum Stehen kam, das im peitschenden Wind schwankte:

Mitchell Farms heißt Sie willkommen.

Lynn bog ein, beflügelt von dem Gedanken, dass sie innerhalb der nächsten Stunde hundertzwanzig Pfund leichter sein würde.

***

Als Lynn sich dem Haus am Ende des langen Feldwegs näherte, tauchte Marsha langsam auf. Sie kniete auf einer Schaumstoffunterlage im Blumenbeet vor der windschiefen Veranda und streichelte eine Gruppe prächtiger sibirischer Schwertlilien. In einer ansonsten terrakottafarbenen Landschaft waren die voll erblühten Blumen intensive Ausbrüche von blauer und gelber Lebendigkeit.

Lynn beobachtete, wie die Frau stumm Worte formte, und nahm an, sie singe etwas zu Kopfhörern, die von Strähnen spröden braunen Haars verdeckt wurden.

Warum sonst sollte Marsha nicht das Getöse hinter sich bemerken?

Schon eine halbe Meile weit zu hören, ratterte Lynns Auto langsam seinem unausweichlichen Tod entgegen, ein heftiges Motorklopfen und Surren nach dem anderen.

Lynn stellte den Motor ab und zwängte sich ungeduldig aus dem Fahrersitz, begierig auf Blutfluss. Draußen strich sie sich mit den Fingerspitzen durch die nachgewachsenen schwarzen Ansätze ihres gebleichten Haars und wedelte theatralisch mit den Händen, um Marshas Aufmerksamkeit zu erregen.

Endlich funktionierte es. Marsha blickte träge auf.

Lynn war überrascht. Von Marshas einst jugendlichem, immer lächelndem Gesicht war nun jede Lebenskraft gewichen. Sie war bleich und von einem dünnen Schweißfilm überzogen, der ihre einst geschmeidige Haut fahl und krank wirken ließ. Sie wirkte wie eine verfallene, eingefallene Hülle ihrer selbst.

Innen hätte Lynn am liebsten gelacht. In nur fünf Jahren war ihre Schwägerin schrecklich gealtert. Aus Höflichkeit schloss sie ihren offenstehenden Mund.

Die abgehärmte Frau stand schwankend auf und blickte verwirrt.

„Heeeeeey, Marsha!" Plötzlich war Lynn ausgelassen und albern. So verspielt hatte Janice sie schon lange nicht mehr gesehen, und der Grund für diese plötzliche Freude war offensichtlich.

Janice konnte es ebenfalls kaum erwarten, sie loszuwerden.

Marsha starrte Lynn nachdenklich und verwirrt an. „Kenne ich...?" Ihre Stimme war so schwach wie ihre Gesichtsfarbe. Der frappierende Kontrast in ihrer Energie war beunruhigend.

„Ich bin Lynn." Sie fühlte sich gekränkt und beunruhigt. „Weißt du... Johns Schwester?"

Nichts. Kein Funken der Erkenntnis.

„Marsha, ich war auf deiner Hochzeit, um Himmels willen."

Marsha täuschte ein verstehender Blick vor. „Natürlich. Lynn."

Als Janice einen grünen Koffer aus dem Kofferraum wuchtete, glitten Marshas freudlose, glasige Augen zu dem Mädchen.

„Erinnerst du dich an Janice?" Lynns Stimme erzwang ein unbehagliches Lachen.

Wieder versagte die Erinnerung.

Irgendetwas stimmte nicht mit Marshas Augen.

Sie waren leblos.

Als hätte sie ein geschickter Tierpräparator durch abgenutzte Acrylversionen ersetzt. Mit beiden Händen um den Griff des übervollen Koffers geklammert, hievte Janice ihn auf die Terrasse und rammte ihn wie ein Wegweiser in den Dreck.

„Wo sind die Kinder, Marsha?" Lynn reckte den Hals, um der Frau, die offensichtlich unter verwirrender Senilität litt, irgendwie näherzukommen. Sie war unsicher, wie früh so etwas wie Demenz auftreten konnte. Marsha war erst einundfünfzig, nur ein Jahrzehnt älter als Lynn.

Marsha neigte ihr blasses Gesicht in einer abgehackten Bewegung zur Seite und musterte Lynn, verwirrt von jedem Wort.

„Marsha, wo ist John?" Lynn sprach langsam, als wäre die verwirrte Frau taub.

Sie konnte nicht übersehen, dass ihre Schwägerin keine Kopfhörer trug.

Ein Hauch eines Lächelns huschte über Marshas Gesicht. „Oh. John.“

„Ja, John. Wo ist John, Marsha?“

„Er ist wahrscheinlich wieder beim Loch.“ Sie grinnte, jetzt breiter. Im Laufe der Jahre waren ihre Zähne ebenso durchscheinend und unnatürlich geworden wie ihr kränkliches Fleisch.

Lynns Gesicht verzog sich. „Was für ein Loch, Marsha?“

Marsha riss den Kopf herum, als hätte man sie bei etwas Unangemessenem ertappt. Sie huschte in abrupten, zögerlichen Bewegungen über den Hof, ähnlich einem verängstigten Huhn. Lynns Blick glitt an Marshas eklig dünnen Armen hinab und blieb an etwas hängen, das sie zuvor übersehen hatte:

Marshas linke Hand war blutig.

Kleine rote Rinnsale breiteten sich von einer Wunde unter ihrer Armbeuge aus wie eine verkrustete Fischerkarte eines verwinkelten Südstaatensumpfs.

Als John hinter einem schmutzigen, einst karmesinroten Traktor auf dem Vorderhof auftauchte, sank Marsha wie in Trance wieder auf die Knie.

Johns Kleidungsstil war genau so, wie Lynn ihn in Erinnerung hatte. Er trug dieselbe abgewetzte Latzhose und ein löchriges navyblaues Unterhemd darunter. Seine zerrissenen Stiefel waren mit Schlamm und Dünger verkrustet.

„John, da bist du ja! Marsha hat sich geschnitten", platzte Lynn heraus und hasste sich selbst für die sofortige Rückkehr in ihre Petzer-Rolle als kleine Schwester.

John warf einen halben Blick hinüber und richtete seine Aufmerksamkeit dann gelassen wieder auf Lynn. „Es geht ihr gut. Schneidet sich im Garten ständig. Wir alle tun das. Dieses Land gibt nichts zurück, ohne dass du ihm zuerst Blut, Schweiß und Tränen gibst." Seine große Bruder-Nonchalance war typisch.

John hatte für Verletzungen immer Lösungen parat wie „reib etwas Dreck drauf und hör auf zu heulen".

„Hast etwas abgenommen, wie ich sehe." Lynns Tonfall war ein Kompliment, um die Wahrheit zu verschleiern – dass John eine beunruhigende Menge Gewicht verloren hatte. Er sah aus, als wäre er eingesperrt und ausgehungert worden. „Ist Marshas Kochen schlechter geworden?"

John lachte. „Nein. Es ist dieser Ort. Zehrt an dir. Besonders wenn du unterbesetzt bist."

„Nun, dann habe ich genau die richtige Lösung für dich!" Lynns Stimme war laut wie die eines Schaustellers. Sie deutete auf ihre Tochter.

„Stimmt genau! Kommst du aus Denver, um eine Weile bei uns zu leben?" John legte einen schmutzigen, abgemagerten Arm um sie.

„Schätze schon." Janice zuckte mit den Schultern.

Als hätte sie eine Wahl.

„Es wird nicht einfach. Es gibt viel zu tun. Wir werden dich beschäftigt halten. Müßiggang..." John lächelte.

Janice grinste über die fast einstudiert wirkende Wiederholung des alten Sprichworts durch die Geschwister.

„Alles in Ordnung mit Marsha?„Lynn kam näher und senkte die Stimme. „Ist sie...?"

Johns Gesicht verzog sich zu einem reumütigen Ausdruck. „Sie hat gute und schlechte Tage. Manchmal ist es schwer." Plötzlich hob John Lynn hoch und umarmte seine Schwester. „Schön, dich zu sehen, Ducky."

Lynn schlug ihn härter als beabsichtigt. „Nenn mich nicht so, verdammt!" Sie kicherte und fügte hinzu: „Arschloch."

Janice bohrte nach mehr Informationen. „Warum mag sie es nicht, Ducky genannt zu werden?"

Lynn deutete scherzhaft drohend mit dem Finger auf John. „Du wagst es ja nicht, ihr irgendwas zu erzählen!" Sie lachte, warf einen Blick auf ihre Uhr und ging dann zurück zum Auto. „Danke, dass du Janice für eine Weile nimmst. Ich kann einfach... nicht mehr... mit ihr."

„Ach, sie ist nur jung und aufmüpfig, genau wie du in ihrem Alter." Er wandte seine blassen, eingefallenen Augen Janice zu und lächelte. „Keine Sorge. Du wirst nicht wegwollen, wenn Ducky dich im Herbst abholt."

Johns Humor war so trocken wie der Staub unter ihren Füßen. Janice runzelte die Stirn und starrte auf ihren Koffer.

Lynn kicherte und stellte einen Fuß auf die Fußmatte. „Himmel, John, wenn sie bleiben will, kannst du sie behalten."

***

Janice hatte ausgepackt, bevor sich der staubige Dreck von Lynns in Richtung Colorado fahrenden Reifen gelegt hatte. Sie hatte nicht viel mitgebracht: alle sommertauglichen Klamotten, die sie besaß, ein geliehenes Hardcover mit melancholischer Poesie, eine Reisetasche mit Toilettenartikeln, Haarfärbemittel und ihr Handy – ein nutzloses elektronisches Bindeglied zur Außenwelt. Zwei Prozent Akku waren noch übrig.

Juniors Zimmer hatte eine unheilvolle Atmosphäre. Es war noch immer tapeziert mit sonnenverblasstem Papier, das kunstvolle Darstellungen verschiedener Dinosaurier in einem engen, schwindelerregenden Muster zeigte. Ein Plastik Pterodaktylus hing an einer Angelschnur von einem Haken von der Decke und schwebte über dem Bett wie ein geflügelter Beschützer des Wesens, das darunter schlummerte. Auf einem Regal reckten eine Reihe Brontosaurier ihre Gummihälse in verschiedene Richtungen, eingerahmt von einem schlecht geformten Ton-Velociraptor und einer verzierten T-Rex-Spardose, deren bunte Bemalung unter einer tragischen Schicht dicken Staubs verschwand.

Janice ließ sich auf die Bettdecke plumpsen, die einen verblassten Querschnitt eines lavaspeienden Vulkans zeigte, dessen innere Schichten alle beschriftet waren. Auf dem Nachttisch entdeckte sie eine Lampe mit einem echten Fossil als Sockel, einem in zwei Hälften gebrochenen Stein. Sie folgte dem Kabel bis zur überlasteten Steckdose, zog den Stecker der Lampe heraus und steckte stattdessen ihr Handyladegerät ein. Erleichterung durchflutete sie, als das Blitzsymbol auf dem zerkratzten Display aufleuchtete. Trotz des fehlenden Empfangs würden ihre bunten Spiel-Apps ihr einen kleinen Geschmack von Zuhause in diesem gottverlassenen Kaff bieten.

Eine knarrende Diele im Flur vor der offenen Tür. Janice' Herz machte einen Satz, und plötzliche Panik überkam sie.

Andrea stand im Türrahmen. Janice hatte ihre Cousine seit fünf Jahren nicht mehr gesehen, erkannte sie aber trotz ihres seltsamen Aussehens sofort.

„Jesus! Du hast mich zu Tode erschreckt!" Janice lachte und hielt sich an ihre pochende Brust.

Andrea sagte nichts.

Sie verharrte dort, ihre dünnen Arme steif an den Seiten. Ihre schulterbreit stehenden Füße ruhten auf zwei vernarbten Beinen, übersät mit großen, galaktischen Blutergüssen.

Sie war unterernährt. Schmutzig. Ihre Jeanshorts waren schäbig, und ihr schlammverschmiertes T-Shirt hatte eine teefarbene Färbung, obwohl es einmal weiß gewesen war. Sie sah aus, als wäre sie durch einen Sumpf gewatet und dann so trocknen gelassen worden.

Und der Ausdruck in ihrem Gesicht...

Ihr niedergeschlagener Blick war beängstigend. Die braunen Augen des Mädchens waren ausdruckslos.

„Du bist in Juniors Zimmer." Ihre unheimliche Stimme war so kalt wie ihr toter Blick.

„Ich weiß. John hat gesagt, hier soll ich schlafen, solange ich hier bin", sagte Janice, während ihr Lächeln unterbewusst mit Andreas Stoizismus verblasste. „Ich bin deine Cousine. Erinnerst du dich... nicht an mich?"

„Du hättest nie hierher kommen sollen." Andreas Stimme war ein monotones Flüstern.

No shit, Sherlock.

Janice wollte über den Kommentar lachen, blieb aber so still und stumm wie das Teenager-Mädchen im Flur. Als sie sie anstarrte, wurde ihr bewusst, dass Andrea mit diesen leeren Augen schon eine Weile nicht mehr geblinzelt hatte...

Möglicherweise während der gesamten Unterhaltung.

Erst Tante Marsha, jetzt sie?

„Du solltest nicht in seinem Zimmer bleiben“, warnte Andrea mit einem ruckartigen Kopfneigen zur Seite. Die Bewegung wirkte abgehackt, fast mechanisch.

„Na, wo soll ich denn sonst schlafen?“ Janice hob abwehrend die Hände.

„Du kannst nicht in diesem Raum bleiben“, wiederholte sie mit einer steifen Schulterzuckung.

Janice schnaubte und bereitete sich auf eine mögliche Auseinandersetzung vor. Obwohl Andrea zwei Jahre älter und mindestens einen Kopf größer war, wusste Janice, dass sie in ihrem abgemagerten Zustand bei einer Prügelei die Siegerin wäre.

„Tines... wird es nicht mögen“, murmelte Andrea wie in Trance.

Janice war ehrlich verwirrt. „Wer ist Tines?“

Hatten sie ein Haustier, das sie noch nicht kennengelernt hatte? Oder vielleicht einen Austauschschüler? Ihr Wissen nach gab es niemanden in der Familie mit diesem Namen.

So still, wie sie aufgetaucht war, trollte Andrea sich den Flur hinunter. Mit jedem schleppenden, präzisen Schritt streiften ihre schmutzigen nackten Füße über die schäbigen Dielen.

***

Essenszeit. Das war etwas, womit Janice zu Hause nicht viel Erfahrung hatte. Lynn hatte sich seit der Scheidung in ihre Community-College-Kurse vergraben, sodass Janice und ihre Geschwister bei den Mahlzeiten auf sich allein gestellt waren.Lynn war normalerweise so sehr in Testvorbereitungsbögen vertieft, dass sie oft das Kochen oder sogar die Existenz ihrer Kinder vergaß. Obwohl sie behauptete, eine „Hausfrau" zu sein, die von Andrews üppigen Unterhaltszahlungen lebte, waren ihre Sprösslinge im Wesentlichen zu unbeaufsichtigten Schlüsselkindern geworden, was Janice zur Anführerin in ihrer neu entstandenen Herr-der-Fliegen-artigen Hierarchie machte. Sie erfand regelmäßig Suppen aus verdünnten Gewürzen, erwärmte Schüsseln mit Ramen oder teilte Mikrowellen-Fertiggerichte mit ihren Untergebenen, während sie sich um den kleinen Flachbildschirm in dem Zimmer drängten, das sie mit ihrer Schwester teilte.

Nicht... das.

Janice saß, ausgehungert, am schweren Eichentisch im düsteren kleinen Esszimmer im

Erdgeschoss. Wie alles andere im Haus wirkte der Raum veraltet und heruntergekommen. Lange, geschmacklose tabakfarbene Streifen hingen wie braune Stalagmiten von der Decke, deren Fläche vollständig mit toten oder sterbenden Fliegen bedeckt war. Der Raum hatte ein deutliches, leises Summen, wie Papierschnipsel in einem oszillierenden Ventilator, verursacht durch die winzigen, verzweifelten Flügelchen, die unsynchron vibrierten.

In der Mitte des massiven Tisches breitete sich ein üppiges Buffet köstlich aussehender Speisen aus, deren Düfte dass sich Janices knurrender, leerer Magen umdrehte. Um sie herum saßen Marsha, John und ihre Kinder, Andrea und Ellis, still da, ihre schmalen Hände beim Gebet um die ihren gelegt.

Irgendetwas stimmte mit keinem von ihnen.

Sie waren eingefallen und fahl. Sie wirkten wie eine Art halb kaputtes, farbloses Karussell, dem alle Lebenskraft entzogen worden war. Zerbrechliche Arme, verbunden durch wirre Knochenhände. Die Familie fühlte sich an wie ein außer Betrieb gesetztes fleischiges Karussell aus blassen, kränklichen Gliedmaßen. Janice wollte keinen von ihnen anfassen. Schon gar nicht, um ein Tischgebet zu sprechen, etwas, das sie als Atheistin überhaupt nicht brauchte.

Eine abtrünnige Fliege schoss durch den Raum, aber sie schienen unbeeindruckt davon – oder vielleicht völlig unbewusst oder teilnahmslos. Das summende Insekt landete wie ein winziges Flugzeug, das einen der dampfenden Maiskolben in einer übervollen Glasschale als Landebahn nutzte. Johns Stimme war fast so leise wie die der Fliege. Während er sprach, tanzte seine dünne Haut über den Sehnen und muskulösen Strängen seiner Kehle.

„Wie versprochen, haben wir unsere Gaben dir geopfert, Tines. Und du hast deine Gaben uns geopfert."

Da war dieser Name wieder.

Betete er etwa... zu ihm?

„So war es immer und so muss es immer sein." John drückte Janice' Hand mit Nachdruck und ließ dann los. Ohne auch nur ein „Amen" zu murmeln, scharrte die erschöpfte Familie um die dampfenden Speiseteller, als hätten sie nur Sekunden zum Essen. Schüsseln flogen vor Janice' hin- und herspringenden Augen hin und her.

John griff nach einer Servierplatte, die hoch mit dampfenden Steaks beladen war, und spießte das größte, blutigste Stück Rindfleisch auf den Gemüseberg, der bereits seinen Porzellanteller bedeckte. Er reichte die Platte weiter, packte das Steak mit bloßen Händen und zerriss dessen triefendes Muskelfleisch wie ein ausgehungertes Tier, wobei sich die Shortbread-farbenen Zähne in einem wässrigen Rosa färbten.

Marsha machte es genauso mit einem gebutterten Maiskolben, ließ die schlampigen Säfte über ihr wachsbleiches Gesicht und die getrockneten Blutrinnen an ihren Unterarmen laufen und nagte rücksichtslos mit der rechten Seite ihrer Backenzähne daran wie ein Waschbär. Ellis und Andrea stürzten sich beide auf frisch gebackene Weizenbrötchen, stopften sie sich in ihre apathischen Gesichter, als hätten sie gerade den Startschuss eines Wettessens gehört.

Die Familie war so in ihr schwindelerregendes Urbankett vertieft, dass sie Janices wertende grüne Augen nicht bemerkten, die sie anstarrten. Ihr wollte es vor Ekel den Hals hochkommen, als sie sah, wie John sein Steak mit einem hastig hinuntergekippten Glas warmer Kuhmilch hinunterspülte. Im Glas trieb eine hilflose Fliege panisch rückwärtsschwimmend. John schien es nicht zu bemerken und schluckte die Fliege einfach hinunter.

„Ich schätze... ihr bekommt hier draußen echt einen Mordshunger." Ihre Worte waren offensichtlich und selbstgefällig und dennoch irgendwie von Angst durchzogen. Sie fragte sich, wie solche schwächlichen Menschen einen derart unersättlichen Appetit haben konnten.

„Spar nicht mit dem Steak. Du brauchst das Eisen." John schob die Fleischstücke mit seinem fettigen, rußverschmierten Unterarm zu ihr herüber. Sein freundliches, spitzes Gesicht glänzte vor Fett und Säften, als er lächelte. „Nach dem Essen werden Ellis und Andrea dich herumführen und dich Tines vorstellen. Er wird dich kennenlernen wollen."

Ellis' Gesicht war das ausdruckssloseste von allen. Er zeigte keine Regung, als John seinen Namen nannte. Stattdessen öffnete er seinen Kiefer und goss sich die braune Sauce direkt aus der antiken Sauciere in den Rachen. Die immer noch dampfende Gallerte lief über sein kantiges Kinn. Er starrte Janice leblos an und kaute mit unnatürlicher Inbrunst einen fast unmenschlich großen Bissen.

Janice wurde übel.

„Iss weiter. Eine Regel in diesem Haus ist, dass du den Tisch nicht verlässt, bevor du nicht gegessen hast." John grinste über seinem

Fleischbrocken. Fettrinnsale tanzten um seine geäderten Handgelenke.

Janice gehorchte, legte schüchtern das kleinste Steak auf das verzierte Stargazer-Lilien-Muster ihres Porzellantellers und unterdrückte ihren Ekel. Sie schnitt ein dünnes Stück ab und legte es auf ihre Zunge. Es explodierte vor Geschmack, wie nichts, was sie je gegessen hatte. Perfekt gewürzt, wenn auch für ihren Geschmack etwas roh und faserig. Der aufsteigende Duft ließ ihren Magen wie ein wilder, hungernder Hund nach mehr heulen. Sie begann, größere Stücke abzuschneiden, bis auch sie ihr jugendliches Gesicht mit rücksichtsloser Hingabe vollstopfte. Als Nächstes nahm sie einen halben Maiskolben und biss in die heißen, buttrigen Körner, die wie köstliche Mini-Feuerwerke explodierten.

Janice hatte seit Ewigkeiten keine richtige Mahlzeit mehr gehabt, und obwohl ihr der kränkliche Haufen widerlich erschien, überkam sie plötzlich ein beruhigendes Gefühl familiärer Gemeinschaft, in die sie gewaltsam mit ihren entfernten Verwandten hineingezogen worden war.

***

Nachdem sie sich an dem üppigen Festmahl gütlich getan hatten, begannen Ellis und Andrea

29

Mitchell wie versprochen die Führung. Ellis führte die Mädchen in gemächlichem Tempo durch den Hof, so wie er sich für fast alles Zeit ließ – außer fürs Essen.Janice beobachtete aufmerksam ihre Umgebung. Andrea folgte langsam, noch langsamer, von hinten.

Als die Teenager sich durch den Hof auf den Feldweg zubewegten, der eine starre Trennung zwischen Haus und Feldern bildete, konnte Janice erkennen, dass Ellis' Gang nicht ganz richtig war. Der Sechzehnjährige taumelte und humpelte auf scheinbar wackeligen Beinen. Er griff mit beiden Fäusten nach den Trägern seiner Latzhose, ähnlich der seines Vaters, aber nicht ganz so schmutzig. Seine Arme waren übersät mit Dutzenden verheilten, tiefen Narben von geraden Gegenständen, wie bei einem Tier, das sich unglücklicherweise in Natodraht verfangen und überlebt hatte.

Auch Andrea hatte ähnliche Schnitte, verstreut über ihre freiliegenden Gliedmaßen zwischen einer tiefen und lebhaften Konstellation von Blutergüssen. Janice fragte sich, ob Onkel John eine schmutzige Vergangenheit mit Kindesmisshandlung hatte. Sie fürchtete, Lynn könnte sie an einen gewalttätigen Verrückten verkauft haben. Die Kinder und Marsha wirkten beim Abendessen jedoch nicht ängstlich oder scheu in seiner Gegenwart, auch wenn die Zeit kaum ausreichte, um ein Urteil zu fällen.

Vielleicht verstümmelten sie sich gegenseitig, überlegte Janice. Es wäre sicherlich nicht die erste brutale Geschwisterrivalität biblischen Ausmaßes wie zwischen Kain und Abel.

„Ich kann es kaum erwarten, dir das Loch zu zeigen." Ein Grinsen zuckte über Ellis' farbloses Gesicht, seine trüben Augen unverwandt. Er humpelte auf einem krummen Pfad hin und her, spielerisch durch präzise, parallele Reihen von Zuckerrüben, die sich über einen ganzen Acre erstreckten.

Janice untersuchte die üppigen Pflanzen, das Laub kräftig und prall. Auf jeder Seite der Zuckerrüben wuchs Ein Acre üppigen goldenen Weizens, und mindestens einen weiteren Acre entfernt erstreckten sich zwei weitere Acres mit hohen, kleegrünen Maisstängeln, die sich im wilden Wind von Wyoming wie wütende, brodelnde Meereswellen bogen.

Hinter dem Mais lag ein flaches Stück kahler Erde. Weiter entfernt ragten zwei massive Scheunen nebeneinander in den dunklen Himmel, auf der einen Seite eine Kuhweide und auf der anderen ein hoher Getreidesilo, der aus der Erde ragte wie ein ausgedrückter Zigarettenstummel, glühend in einen Aschenbecher gesteckt.

Janice stellte sich die Freiheit vor, mit so viel Land aufzuwachsen. In der Stadt hatten die Kinder keinen richtigen Vorgarten, und der Hinterhof war vollgestopft mit dem Gerümpel von Lynns widerlichem Hortungsanfall nach der Scheidung. Janice hätte Mühe, überhaupt einen Platz zu finden, um ein Handtuch auszulegen, wenn sie sonnenbaden wollte.

Die Mitchell-Kinder jedoch hatten Meilen von Land, auf dem sie herumtoben konnten. Janice konnte aufgrund des riesigen Grundstücks nicht einmal den nächsten Hof sehen. Sie konnte hier draußen fast überall isoliert sein, wenn sie allein mit ihren Gedanken sein wollte.

Sie steuerten direkt auf das Maisfeld zu und trampelten sich frische, rücksichtslose Pfade. Die Mitchells hasteten umher, beschleunigten ihre Schritte durch die sieben Fuß hohen, zischenden Stängel. Janice hatte Mühe, mitzuhalten. Im Epizentrum des dichten Blättergewirrs hatte sie sie völlig aus den Augen verloren. Durch die dicke Wolkendecke ließ ein Donnerschlag von oben sie zusammenzucken und verwandelte sie augenblicklich in ein wehrloses Kind. Obwohl sie wusste, dass sie sich auf etwas mehr als einem Acre nicht lange verlaufen würde, fühlte Janice sich in dieser fremden Welt dennoch von klaustrophobischer Panik überwältigt.

„Andrea?" schrie Janice, während sie den schlagenden grünen Händen der peitschenden Vegetation auswich. Sie stürmte weiter und erhaschte einen Blick auf etwas, das sich durch die dämmerige, schwüle Abendluft bewegte, dick vor Feuchtigkeit vom nahenden Sturm. Es waren Ellis' blonde Haare, die sich seltsam wie ein ungleichmäßiger Springball durch die Pflanzen bewegten. Janice beschleunigte ihren Schritt, stolperte über ein dickes Gewirr von besenartigen Pflanzenwurzeln und fiel wie ein Stein.

Unter ihr geschah etwas Außergewöhnliches: Der Boden bewegte sich.

Die Erde wand sich unter ihren Handflächen. Es war wie ein kupferduftendes, aufgewühltes Meer aus Dreck. Angst schnürte ihr die Kehle zu, als würde eine würgende Hand sie packen. Sie war zu verängstigt, um sich zu rühren. Sie konnte nicht begreifen, was sie in der trockenen Erde ertastete. Unter der bröckelnden Erde war der Boden lebendig. Tausende und Abertausende von Würmern quetschten und wanden sich in einer verworrenen Ebene aus Spaghetti, nur ein oder zwei Zoll unter normal aussehendem Grund. Janice hatte es vorher nicht bemerkt, aber von ihren Händen und Knien aus konnte sie es deutlich sehen: Die Maispflanzen bewegten sich. Sie schwankten nicht nur oben im Wind des nahenden Sturms, sondern auch durch das gedeihende organische Treiben unter ihren Wurzeln. Es erinnerte sie an die psychedelischen Pilze, die sie erst letztes Jahr mit einem jungenhaft gutaussehenden Emo-Senior eingenommen hatte, den sie beeindrucken wollte. Die Maisstängel pulsieren und schwankten nun für sie, genau wie die Erde damals.

Janice ballte die Finger, zu fasziniert, um zu schreien. Um zu bestätigen, dass es keine Einbildung war, grub sie sie wie eine fleischige Gabel in den Boden. Sie spürte die glitschige Masse winziger Würmer, die sich aneinander vorbeischlängelten und eine riesige Einheit bildeten wie ein gewaltiger Klumpen gequälter Gedärme. Eingeweide, die unter der Oberfläche vor Unbehagen zitterten. Mehrere Organismen hefteten sich wie dünne, durchscheinende Blutegel an ihre Hand. Sie schüttelte sie ab, mit weit aufgerissenen Augen, und hob nur einen für eine genauere Untersuchung auf.

Es war kein normaler Regenwurm. Er war kleiner, dünner, und das Ende teilte sich in drei Köpfe wie eine Art zappelnder Dreizack, durchscheinend und milchig. Das winzige Insekt unterschied sich stark von allem, was sie im Biologieunterricht der Mittelstufe je gesehen hatte.

Auch ihre Köpfe waren nicht rund. Sie waren spitz, jeder mit einem winzigen Satz geleerosa Kiefer ausgestattet. Ihre gähnenden, hungrigen, gelenkigen Mäuler schnappten zu und rissen wieder auf, alle drei nicht synchron. Sie schleuderte das Geschöpf voller Abscheu weg, rappelte sich auf und klatschte sich die Würmer von Knien und Händen. Mit durchdringendem Schrei brach sie durch den Mais, ihr Herz hämmerte in der Brust, der Blutdruck ließ ihren Kopf heftig pochen.

Außerhalb des Feldes fand Janice bald ihre Cousins. Sie verharrten reglos. Sie knieten und starrten auf ein Loch zwischen sich und einer bordeauxroten Scheune voller Rinder. Ihre trüben Augen waren riesig, ohne zu blinzeln. Der Boden um das Loch sah aus, als hätte Onkel John ihn mit einem Fünf-Gallonen-Eimer rostfarbener Farbe übergossen. Es roch, als würde etwas, das einmal gelebt hatte, in der Sommerhitze aktiv verrotten. Eine hörbare Schar Fliegen begleitete den üblen Gestank, umschwirrte das Loch im Boden wie winzige Geier.

„Leute, ihr werdet nicht glauben, was ich gerade gesehen habe!„Janice lachte, eine unangemessene Reaktion auf die aufwallende Angst.

Sie beugte sich über die Öffnung, um zu sehen, wovon die anderen beiden so fasziniert waren.

Es war nur ein Loch. Ein perfektes Rohr mit drei Zoll Durchmesser, das senkrecht wie ein Abflussrohr in die Erde führte.

Ellis beugte sich vor und legte die Hände flach auf den stinkenden, schlammigen Boden rund um die Öffnung. Er schloss seine wilden kleinen Augen. Es war das erste Mal, dass Janice einen von ihnen blinzeln sah.

„Tines“, sagte er mit ehrfürchtiger Stimme, „das ist Janice, unsere Cousine. Sie ist unsere Blutsverwandte, Herr. Wir beten, dass sie Dir gefällt.“ Er neigte den Kopf zur Seite und presste sein nacktes Ohr gegen die schlammige Höhlung. Zwei hungrige Fliegen und ein irres Grinsen krochen über sein junges Gesicht. „Ja, Herr, sie hat von Deiner Ernte gegessen.“ Nach einer Pause nickte er der Antwort aus dem Loch zu und schickte beide Fliegen zurück in den summenden Schwarm.

Stille.

Janice erinnerte sich, dass Ellis beim letzten Treffen ein frommer Christ gewesen war. Ihn nun zu dem Loch in der Erde sprechen zu hören und dessen Inhalt als „Herr" zu bezeichnen, ließ ihr das Blut in den Adern gefrieren.

Andrea schubste Ellis beiseite. „Geh weg! Ich will Ihn hören!"

„Hör auf! Warte deine Reihe ab, sonst lässt Er Daddy dich an Ihn verfüttern wie Junior!"

Trotz des kindischen Geschwisterstreits überfielen Janice die letzten Worte von Ellis wie eiskaltes Wasser.

„Warte, was hast du gerade gesagt?"

„Ach." Ellis seufzte, als hätte er die Geschichte schon hundertmal erzählt. Er richtete sich auf, wobei der rötliche Schlamm an seiner Wange wie eine schwere Kopfwunde tropfte. Andrea rutschte hastig an seine Stelle und klebte ihr nacktes Ohr an die schmutzige Öffnung. „Wir sollen nicht mit Außenstehenden darüber reden. Die verstehen es nicht."

„Versuch's doch!", befahl Janice mit drohendem Unterton. Langsam kniete sie sich zu dem Jungen hinab, dabei war sie sich des Bodens schmerzlich bewusster als je zuvor.

Sie wimmelte wieder, ein einheitlicher, glitschiger Klumpen, der sich unter der krümeligen Oberfläche des Landes wand. Sie zuckte zusammen und schnellte sofort wieder hoch. Sie spürte noch immer wie sie unter ihren Füßen anschwollen.

„Spürst du das?" Janice deutete auf den Boden, und Ellis war außer sich vor Freude.

„Du spürst sie schon?" Aufregung durchflutete seinen Ton, seine trüben Augen immer noch verschleiert und benommen. „Du bist wirklich eine Mitchell, stimmt's!"

Andrea begann erneut mit dem Schlitz im Boden zu sprechen. „Gerne, Herr! Du musst hungrig sein!" Andrea hielt eine vernarbte, zerschundene Hand auf. „Gib mir das Messer, Ellis! Tines will was!"

Will was?

Janice traute sich nicht, laut zu fragen.

Ellis reichte Andrea ein Klappmesser aus der Brusttasche seiner Latzhose, und Janice starrte fasziniert. Andrea klappte die Klinge aus und sägte mit der halbserrierten Kante an ihrem eigenen mageren Unterarm. Sie hielt ihren Arm über das Loch, nur Zentimeter entfernt.

Zickzacklinien aus Blut klebten an ihrer schmutzigen Haut und breiteten sich auf dem Handrücken wie weinrote Maiswurzeln aus, tropften in die Tiefe.

„Sieh dir das an, Janice! Das wirst du nicht glauben!" Ellis rieb sich nervös die schmächtigen Hände und blickte über die Farm zurück, von der sie gekommen waren.

Plötzlich sprangen Andrea und Ellis jubelnd auf und juchzten begeistert.

Janice musterte die Landschaft, aber an der Weite vor ihnen war nichts verändert.

Nichts war anders.

„Wow! Sieh mal, wie er loslegt", rief Ellis und zeigte auf das Weizenfeld.

Die Augen beider Cousins folgten synchron, als würden sie dasselbe Ereignis verfolgen.

Andrea hüpfte vor Freude und verspritzte Blutstropfen, als sie in die Hände klatschte. Ihre sonst so gleichgültige Stimme war jetzt voller Leben. „Es ist eine solche Ehre, in Seiner Gegenwart zu sein!"

Sie erlebten etwas Wunderbares.

„Was sehe ich nicht?", schrie Janice frustriert. „Ich sehe nichts."

Andrea brüllte durch die feuchte Stille, als müsste sie sich in einem lauten Club Gehör verschaffen. „Wir haben auch eine Weile gebraucht, um es zu sehen, aber wenn man es erstmal erkennt, ist es unglaublich!“

Janice verkrampfte. Die Cousins feierten weiter, ihre irren Augen flackerten im Takt einer unsichtbaren Entität, beide gefangen in derselben grotesken Gruppenhalluzination, während sie durch Weizen stapften und selig über Zuckerrüben sprangen. Von der Farm her stürmten John und Marsha aus der Tür und erblickten dieselbe unsichtbare Präsenz wie die Kinder.

Doch die Erwachsenen waren nicht fröhlich.

John fiel auf die Knie und stieß ein gutturales, schluchzendes Heulen aus, das Janice schwach über die Farm hinweg hören konnte. Marsha schlang tröstend die Arme um ihn. Janice hatte Onkel John nur einmal im Leben weinen sehen:

Auf Juniors Beerdigung.

Janice lehnte sich an einen stillgelegten Mähdrescher und versuchte, den Wahnsinn, den sie beobachtete, zu begreifen. Angst wirbelte in ihrem Kopf, schnürte ihr die Brust ein und verdunkelte ihre Sicht. Sie wich gegen die Scheune zurück, zu ängstlich, sich dem stinkenden Loch zu nähern. Zu ängstlich vor Ellis und Andrea. Zu ängstlich, dass die Frau, die sie beschützen sollte, sie stattdessen bei vier abartigen, halluzinierenden Irren abgeladen hatte.

Ihr Tennisschuh streifte etwas. Bei genauerem Hinsehen stellte sie fest, dass das Hindernis, über das sie gestolpert war, ein sonnenverblasster, schmutzverkrusteter Plastik-Stegosaurus war. Andrea plumpste neben Janice nieder, grub ihre knöchrigen Finger in die Erde, warf Hände voll davon in die Höhe und ließ den Boden liebevoll auf sich herabregnen. Entsetzen kroch Janice in der Magengrube hoch, als sie eine Handvoll grauenhafter dreiköpfiger Würmer entdeckte, die sich in den Haaren ihrer Cousine verfangen hatten.

„Ist es nicht wunderbar?", fragte Andrea, während Freude in ihren leicht trüben Iris funkelte. „Kannst du Tines' Stimme schon hören? Vielleicht ist es noch zu früh. Ich konnte sie anfangs auch nicht hören. Ellis ebenfalls. Er hat zuerst mit Daddy gesprochen."

Janice starrte Andrea mit so weit aufgerissenen Augen an, dass ihr die Sicht in der Mitte verschwamm. Ellis näherte sich. Von beiden Seiten flankiert. Sie wollte weglaufen.

Doch wohin? Das nächste Grundstück musste mindestens eine oder zwei Meilen entfernt sein.

Ellis sprach, außer Atem vom Herumtollen. „Daddy hat die Stimmen als Erster gehört. Vor uns allen. Wir dachten, er wäre verrückt. Wir haben ihn angesehen, wie du uns jetzt ansiehst." Seine Stimmung war zuvor so gedämpft gewesen, doch jetzt war er überschwänglich. „Dann sagte Tines – so nennen wir Ihn", er zeigte auf das Loch, „zu Daddy, dass, wenn er dem Land ein Opfer bringe, das Land uns ein größeres Opfer bringen würde. Also musste Junior... gehen."

Andrea fiel ihm ins Wort. „Er ist jetzt bei Tines. In der Erde. Begraben hinter der Weide da drüben." Sie wechselte das Thema. „Daddy hat ihn mit einem brandneuen Dinosaurierspielzeug zu dem Loch gelockt."

„Junior liebte Dinosaurier", warf Ellis manisch ein.

„Dann hat Daddy ihn mit der Egge überfahren." Andrea deutete auf einen blauen Traktor neben der Scheune.

Dahinter hing eine hydraulische Scheibenegge mit einer Reihe von Stahlklingen mit achtzehn Zoll Durchmesser. Die gleichmäßig angeordneten Metallteile, einst für die Weizenernte genutzt, waren mit blonden Haarbüscheln und braunem Blut bedeckt, das trockener war als der Boden unter der Maschine.

„Keine Sorge, er hat nicht hingesehen. Papa hat ihn ganz schnell erledigt." Ellis versuchte, sie zu beruhigen.

Janice hatte das Gefühl, sie müsse sich wieder übergeben.

„Daddy hat es schwer getroffen. Er wollte Junior wirklich nicht zerstückeln, überhaupt nicht. Er hat Junior geliebt."

„Junior war sein Liebling", sagte Andrea und rollte ihre trüben Augen verächtlich.

„Aber der Hof ging den Bach runter, und er musste etwas tun. Für das Wohl der Familie", erklärte Ellis sachlich.

„Und Tines hat geliefert", rief Andrea. „Als Daddy den Hof gekauft hat, ist hier nichts gewachsen. Wir hatten ständig Mehltau und stehendes Wasser und Schädlinge, die Löcher in das Gemüse fraßen. Aber als Junior weg war, stieß Tines diese großen Metallspieße durch die Erde und bereitete den ganzen Boden vor. Er mischte das Blut hinein und gab dem Boden alle Mineralien, die er brauchte."

„Jetzt ist alles üppig und grün. Die Ernte wächst wie Unkraut! Das ist der einzige Hof im Umkreis von vielen Meilen, der überhaupt etwas hervorbringt“, fügte Ellis hinzu.

Andrea hielt ihren Arm hoch. „Deshalb füttern wir Tines hier und da ein bisschen, damit wir nicht noch einen Junior opfern müssen.“

Das Blut begann bereits zu verkrusten und auf ihrer blassen, vernarbten Haut hart zu werden.

„Ich glaube nicht, dass Daddy noch ein Opfer verkraften könnte. Mama auch nicht.“

Janice berührte das Dinosaurierspielzeug und hoffte, dass die taktile Textur der Plastikschuppen sie in dieser Wahnsinnswelt festhalten würde. Sie blickte über den Weizen und die Zuckerrüben hinweg zu John, der viele Meter entfernt in Marshas Brust weinte.

„Oh, Janice, bald wirst du alles sehen können. Jedes Mal, wenn wir ihn füttern, reißt und zerfetzt er den Boden, damit die Wurzeln stark wachsen können. Deshalb schmeckt das Essen so gut. Das ist Tines’ Art, sich zu revanchieren!“

Janices Kopf drehte sich vor lauter unsinnigen Gedanken, die sie ihr eingeflößt hatten. Sie lenkte ihre Gedanken auf das Gewimmel der Lebewesen im Boden. Mit dem

Rücken gegen die Scheune gepresst, schlug ihr Herz so heftig, dass es durch das gesplitterte Holz widerhallte.

Eine Holstein-Kuh streckte ihren Kopf über die Schiene und presste ihr Gesicht gegen Janices. Die plötzliche, überraschende Berührung des Tieres ließ sie aufschreien. Sie zuckte zurück und schob das sehnige Gesicht der Kuh weg. Doch etwas war seltsam an dem Tier. Sie untersuchte es genauer.

Das Rind war ebenso widerlich und kränklich wie der Rest der Mitchell-Familie. Seine Haut spannte sich straff über den Knochen und zeigte deutlich seine anatomische Struktur. Sie streichelte es und starrte in seine trüben Iris. Ein dreizackiger Wurm wand sich aus der glitschigen Lederhaut und schlängelte seinen durchscheinenden Körper über die trübe Hornhaut der Kuh, während er sich mit seinen klappernden Reihen borstiger Zähne durch den weichen Augapfel fraß.

Janice dachte an das Steak, das sie beim Abendessen gierig verschlungen hatte, und erbrach sich neben der Scheune, wobei sie jedes Mal wieder würgte, wenn sie an das wurmzerfressene Auge des Tieres dachte. Sie stellte sich vor, wie die gesamte Mitchell-Familie von zappelnden Parasiten durchsetzt war, wie sich Würmer durch verdorbene, gemüsereiche Verdauungstrakte fraßen und durch löchrige, siebartige Mägen quetschten, die verseuchtes Rindfleisch durch ein Labyrinth von angenagten Wurmlöchern pressten.

Janice stellte sich vor, wie ihr eigener Körper von den madigen Kreaturen durchwühlt wurde und ihr jugendliches Fleisch von fremdem Leben pulsierte, genau wie der Boden, auf dem sie jetzt kniete.

Sie erinnerte sich an eine Vorlesung, die sie vor Monaten halb verschlafen hatte, über die Auswirkungen von Bandwürmern auf den menschlichen Körper und wie Toxoplasmose Wahnvorstellungen und Schizophrenie verursacht, weil der Parasit in der perfekten Umgebung des menschlichen Großhirns wirkt.

Janice sank zwischen den verseuchten Rindern, den wurmigen Maisfeldern, dem wurmzerfressenen Boden und ihrer völlig wahnsinnigen Verwandtschaft zusammen und beobachtete, wie Ellis und Andrea durch den Weizen tollten, als spielten sie in den Wolken des Himmels.

Sie übergab sich erneut, als sie daran dachte, wie viel Fleisch und Mais sie in letzter Zeit gegessen hatte.Als Janice sich den Mund abwischte, spürte sie etwas Seltsames, etwas Glattes und Bewegliches wie ein sich windendes Gummiband mit Enden, die wie Sandpapier gegen ihre Zungenseite rieben. Sie grub um ihren Backenzahn herum und fischte einen weiteren dreiköpfigen, durchsichtigen Wurm heraus, den sie entsetzt zu Boden schleuderte, während ein markerschütternder Schrei ihr entfuhr. Als das Echo durch die Meilen umliegender Farmlandschaft hallte, wusste sie, dass diese Dinge, was immer sie waren, nun in ihr waren und sich auf wahrhaft hinterlistige Weise einnisteten.

„Ich weiß, es ist beängstigend, aber ich verspreche dir, alles wird besser, sobald Er endlich zu dir spricht."

Andrea schlang ihre zwei knöchrigen Arme um Janice in einer liebevollen Umarmung.

***

Der Sommer verschwand schnell, ersetzt durch scharfe Herbstwinde und beißende Kälte. Der Mais und Weizen waren längst geerntet, und Tines zog nun seine sechs Fuß langen Stahlkrallen durch die bröckelnde Erde, zermalmte verdichteten Boden und formte perfekte, gehackte Reihen, in die die Mitchells bald mit ihren schwachen, unterernährten Händen lange Reihen von Kohl, Karotten und Salat säen würden. Auf knöchrigen Knien krochen sie durch wogende Wellen von wimmelnder Erde, um dies zu tun.

Janice stand teilnahmslos über dem blutverschmierten Loch, das mit frischen Rinderinnereien und menschlichem Blut gefüllt war. Sie starrte leer durch einen lockigen Schopf von lavendelfarbenem Haar mit schwarzem Ansatz. Ihre trübe Iris richteten sich auf den atemberaubenden Anblick dieser gigantischen Metallzinken, die sich durch den zerklüfteten Boden fraßen.

Obwohl es unangenehm war zu lächeln – leichter wäre es gewesen, sich der düsteren Finsternis zu überlassen, die in ihrem Geist um sich griff –, konnte sie nicht widerstehen, die Mundwinkel nach oben zu ziehen und sich an einen letzten Funken Menschlichkeit und Humor zu klammern.

Aus dem Loch, diesem unheiligen Loch, erhob sich Seine Stimme.

Janice hörte sie nun.

Sie alle taten es.

Dicke, blutige Flüssigkeit tropfte von der Messerspitze ihres frisch aufgeschnittenen

Handgelenks in das geschwärzte Loch. Tines' teuflische Stimme stieg bösartig durch einen verrotteten kupfernen Latz aus fauligen Flüssigkeiten empor, quoll durch den dreizölligen Einschnitt in der Erdoberfläche und waberte wie U-Bahn-Dampf in die klare Bergluft, während er ihr für ihr Opfer dankte.

ENTGLEIST

Ein lautes Stöhnen erfüllt die glühende Sommerluft. Ein tiefer, bassiger Knurrlaut, als ob etwas Dämonisches erwacht sei – hungrig und wütend.

Ist es die Beschaffenheit der Straße, frage ich mich, oder vielleicht der Reifen? Ich habe sie doch gerade erst wechseln lassen.

Ich schalte durch FM-Sender, die von statischen, verwaschenen Halb-Song-Hybriden erfüllt sind, wo rhythmischer Hip-Hop sich mit dem schrägen E-Gitarren-Riff von „Cat Scratch Fever" vermischt. Ich drehe am Knopf, wechsle zwischen Gospeln, einsamen Country-Songs und mehreren beschwingten Latino-Liedern, von denen ich kein Wort verstehe, und sehne mich nach meiner Rückkehr nach Neuengland. Stunde fünf hinterm Steuer. Die Zeit schleppt sich.

Die Convention war eine Verschwendung, denke ich. Habe nicht mal genug Fotos verkauft, um den Stand zu bezahlen.

Überraschung, Überraschung, wieder ein finanzieller Rückschlag.

Das gewalttätige, wütende Knurren in der Luft hält an. Ich schalte das Radio aus, um es als Ursache auszuschließen. Es ist nicht die Quelle. Ich rolle das Fenster herunter, dessen UV-Beschichtung sich ablöst. Der unheilvolle Lärm tobt wie etwas Übernatürliches.

Es ist der Reifen.

Etwas ist sehr falsch. Angst nagt an meiner Magenschleimhaut, und mein Atem stockt. Ich habe das schon einmal gehört, vor langer Zeit, als mein erstes Auto, ein schrottreifer Taurus aus dem Schrottplatz, den ich mit meinem Onkel wieder aufgebaut hatte, bei 20 Meilen pro Stunde in einer Vorstadt einen Reifenplatzer hatte. Jetzt 80 Meilen pro Stunde fahre, verstopft zwischen anderen Fahrzeugen.

„Scheiße." Das Wort entgleitet meinen glänzenden Lippen.

Die rechte Spur ist vollgepackt wie gestaffelte Ziegelsteine mit rasenden Sattelschleppern, die fast Stoßstange an Stoßstange fahren. Ich setze den Blinker und mustere die gefährliche Höhe der Klippe zu meiner Linken. Das Einzige, das uns vom trüben Abgrund trennt, ist ein kniehohes, stummeliges Metallgeländer am Straßenrand. Kein Seitenstreifen. Nur ein tödlicher Sturz nach unten.

Meine einzige Option ist die andere Straßenseite… und zwar schnell.

Die Fahrer rasen weiter, ahnungslos gegenüber meinem verzweifelten, oxidierten Blinker, der schwach in der gleißenden Sommersonne flackert.

„Kommt schon, lasst mich rein—"
BANG!

Ein ohrenbetäubender Knall erfüllt die Luft, als ein Hinterreifen platzt. Die Lenkung des SUVs wird unberechenbar. Ich versuche verzweifelt, nicht in Panik zu geraten.

Überkorrigieren ist das Schlimmste, was man tun kann. Das hat Onkel Henry mir immer eingetrichtert.

Ich verlangsame, versuche das Auto gerade zu halten. Ich bin wie eine Sardine zwischen rasenden Fahrzeugen eingeklemmt. Das Steuer zittert heftig in meiner Hand. Eine kleine Lücke tut sich zu meiner Rechten auf, Stoßstangen weichen auseinander wie Moses mit dem Roten

Meer aus Melasse. Jetzt ist meine einzige Chance, auf den Seitenstreifen zu kommen.

Das Lenkrad unter meinen weißen Knöcheln fühlt sich an, als würde es aus der Lenksäule springen. Ich lenke nach rechts. Der Rest des Reifens explodiert wie eine Bombe unter mir mit einem zweiten lauten Knall. Er wirbelt meinen SUV herum, schleudert mich quer von zwölf auf drei Uhr.

Mein Blick trifft den des entgegenkommenden LKW-Fahrers wie der eines Rehs, bevor es in einer Fontäne aus Blut und Wundsaft zerplatzt. Er rast auf mich zu, unfähig, seinen rasenden Koloss rechtzeitig zu stoppen. Ich sehe es in seinen Augen. Augen, die ebenso sicher sind, dass sie der endgültigen, eisigen Heimkehr des Todes begegnen werden wie meine. Sein Mund steht vor purem Entsetzen offen.

Er weiß, dass er im Begriff ist, mein Leben zu beenden.

In einer Sekunde in Zeitlupe spüre ich etwas in meinen Knochen, in meinem Bauch.Die Erkenntnis vergiftet mein Fleisch mit Angst: Das ist es. Hier endet mein Leben.

Mein Blut verwandelt sich in Gift bei dem Gedanken, in drei… zwei… aus dem Leben zu scheiden.

Die Wucht der zweiten, heftigeren Reifenexplosion schleudert meinen SUV mit atemberaubender Geschwindigkeit über die Klippe. Kein Geländer bremst mich. Nur ein breiter Seitenstreifen, von dem ich abkomme. Die flüchtige Erleichterung über die knappe Entkommen mit dem Lkw weicht einem schlimmeren Schicksal. Als ich über die Straßenkante fliege, schmettert das Heck des Wagens gegen den schroffen Asphaltrand und dreht mich durch puren Unglückszufall kopfüber. Ich bin ein Kamikaze-Vogel im Sturzflug. Machtlos. Schwerelos.

Nein, korrigiere ich mich eine Sekunde vor dem Aufprall: HIER sterbe ich.

Die umgekehrte Schwerkraft trifft mich wie ein brutaler Faustschlag ins Gesicht. Ich krache mit voller Wucht in den Graben, als würde ich mit aller Energie gegen eine Backsteinmauer rennen. Zu heftig, um zu überleben.

Krach!

Der Wagen faltet sich wie ein Akkordeon in einer Mulde des Grabens zusammen. Hunderte Kilo Metall und Glas zerschmettern mit brutaler Wucht auf den unnachgiebigen Boden.

Es ist der lauteste Knall, den ich je gehört habe oder jemals wieder hören werde. Blaues

Glas zersplittert, fegt wie schmerzhafte Engelsküsse über mein Gesicht, bildet ein funkelndes Meer über mir – das mein erschüttertes Gehirn eigentlich… unter mir verorten sollte. Zackige Scherben glitzern über mir wie eine schimmernde Kunstinstallation in einer Galerie aus pudrigem Lehm. Ich greife danach, und meine zerschundenen Fingerspitzen streifen sie. Ich klammere mich an alles. Die Fragmente klimpern wie ein ätherisches Windspiel.

Mein Gesicht ist nass. Mein rechtes Auge ist erblindet. Und irgendwie ist das immer noch mein kleinstes Problem.

Ein Strick hält mich kopfüber. Ich werde erwürgt vom glatten Gurt, der sich am Hüftschloss wie ein Todesurteil um mich schlingt – als Häftling, der keine letzten Worte bekam. Schmerz strömt in meinen pochenden Schädel, gurgelnd wie aus einer auslaufenden Kanne, sammelt sich hinter meinem angespannten, durchnässten Gesicht.

Ich versuche zu schreien. Der Gurt erstickt den Schrei in meiner Kehle. Das zerquetschte Dach umfängt meinen anschwellenden Schädel wie ein Paar skelettierte Hände. Mein Kinn klebt fast in unnatürlichem Winkel am Brustbein, kneift meinen Kiefer wie in einem Schraubstock, meine Backenzähne graben sich in die Zunge. Ob mein Genick gebrochen ist? Nebensächlich, wenn ich ersticke.

Der Motorblock versengt die Haut meines zertrümmerten Beins, verborgen hinter dem zerborstenen Armaturenbrett. Ich schlage mit aller Kraft um mich, knirsche durch die Zähne, sabberndes, erbärmliches, verängstigtes Stöhnen um Hilfe.

Stille im Wagen, nur mein verflüssigtes Röcheln, das Zappeln meines eingeklemmten Torsos, das Sausen der Autos auf der Autobahn.

Mein Blickfeld verdunkelt sich – da beginnt das wahre Grauen.

***

Mutters Haus hat sich kein bisschen verändert im Jahrzehnt, in dem ich es wie die Pest gemieden habe. Die widerliche Mischung aus Kräuterheilmitteln verpestet die schwüle Luft, die dick in meinen Nasenlöchern hängt. Vertraut und giftig. Jahre dauerte es, den Gestank loszuwerden. Alle Kleider mussten weg. Die Fasern hielten den üblen Duft jener schrecklichen Tage fest. Ein Hauch davon, und ich stolperte durch jedes Schlagloch dieser abgründigen Erinnerungspfade.

Jahrelang kämpfte ich mich aus ihren Klauen, schob meine kleine Schwester zur Tür hinaus, bevor ich selbst mit erhobenem Mittelfinger verschwand – und im grausamen Spiel des Schicksals stehe ich wieder hier, mustere ihr gealtertes Gesicht, zerfurcht von Stress- und Zornesfalten, durch mein einzig verbliebenes Auge.

Sie entschuldigt sich für die kaputte Verdunstungskühlung im Fenster, das uralte Ding, das schon dort hing, als ich ein Teenager war. Mit verkrustetem Schmutz und einer jährlichen Flut von Vogelkot. Die Ratten hätten die Kabel durchgebissen, erklärt sie. Ihr Ton ist leise, verschwörerisch, und vor allem – ihre Ernsthaftigkeit ist beunruhigend.

Sie fügt hinzu: „Aber was ist neu? Sie glauben, sie können mich erschüttern, doch da haben sie sich geschnitten. Ich habe Gott und Belemniten auf meiner Seite." Sie streichelt das Fossil an ihrem selbstgemachten Halsband. Sieht aus wie ein steinerne Gewehrpatronenhülse mit Schnur. Typisch ihr gesamter Schmuck – scheußlich.

Amüsant, wie Mutter glaubt, Ungeziefer wolle sie vertreiben. Zwanzig Jahre lebte ich mit ihr – ich bemitleide die Nager. Sie sollten fliehen, solange sie können.

Ein rauer Satz von ihren Lippen, und ich ertrinke in Erinnerungen an alles, was ich an ihr hasse. Dreißig Jahre lang hatte ich einen Logenplatz in ihrer Irrenhaus-Talentshow. Ich sah, wie unbehandelte psychische Erkrankungen systematisch ihr einst June-Cleaver-haftes Dasein zerfraßen, sie zu dieser paranoiden Fanatikerin formten, die offenbar weiter ihren Irrweg ging, seit ich ging.

Sie hilft mir an die Krücken, fühlt mit schweißnasser Hand meine Stirn. Die kaputte Kühlung macht den Raum zur Sauna in der floridianischen Mittagshitze. Sie mustert den Schweiß, wischt ihn an ihrer Bluejeans ab. Ich wette, die sind seit zwei Monaten ungewaschen.

Sie lächelt mich hoffnungsvoll an: „Ich bin so froh, dass du zu Hause bist."

Bei diesem Satz möchte ich kotzen nach allem, was wir durchlitten. Nach den ungesunden Zuständen, der Feindseligkeit. Nach der Angst, dem Chaos, der Verwirrung, der sie uns jahrzehntelang aussetzte. Dieses Haus war nie ein Zuhause.

Es ist ein Gefängnis, in dem zwei Kinder jahrzehntelang gegen ihren Willen gefangen gehalten wurden.

***

Mutter krabbelt auf dem schmalen Streifen krümelverschmierten Teppichs, den sie freigelegt hat. Der Anblick dieses chaotischen Saustalls dreht mir den Magen um. Dieses Haus hätte vom Staat längst für unbewohnbar erklärt werden müssen. Sie hat die Fenster mit Klebefolie im Design teurer Buntglasfenster verkleidet, doch die Schnitte sind schlampig, die Lücken wirken billig aus der Ferne. Aber sie haben ihren Zweck erfüllt, neugierige Blicke von Passanten abzuhalten, daher hält sie sie für „gut investiertes Geld".

Stapel ungelesener Magazine und Selbsthilfebücher türmen sich auf kaputten Faxgeräten, Digitalkameras, Laptops als Briefbeschwerer und alten schnurgebundenen Telefonen: alles Dinge, die sie seit Ewigkeiten nicht mehr gebraucht hat. Alles ist in chaotischen Haufen aufgeschichtet, manche brusthoch, viele von Tüchern verhüllt, deren Inhalt unbekannt bleibt.

Wenn ich versuche, das gesamte Wohnzimmer auf einmal zu erfassen, wirkt es wie ein chaotisches Magic-Eye-Bild, aber ohne den Einsatz beider Augen entdecke ich das darunter verborgene Muster nicht. An der gegenüberliegenden Wand erkenne ich ein paar Zentimeter weißes Leder, das sich zwischen Bergen von Krimskrams hervorstiehlt, und muss lachen. Anscheinend gibt es hier doch noch eine Couch.

„Was machst du da?", frage ich. Doch ich weiß nicht, warum ich frage. Die Antwort wird nicht normal sein. Es wird nicht heißen: Ich habe meinen Ohrring fallen lassen und suche ihn.

„Ich horche dem O.R. zu", flüstert sie und wirft den Kopf zurück, damit ich sehe, dass sie ein schmutziges Arztstethoskop benutzt.

Da ist es.

Da ist der Wahnsinn.

Hinter ihr bemerke ich mehrere aufgestellte Schnappfallen, deren Backen bereit sind, sich in weiches Fell zu schließen. Sie drückt die runde Membran des Stethoskops wieder auf den Teppich, und ich wünschte mir mehr als alles andere, diese verdammten Worte könnten meine verletzten Lippen nicht verlassen, als ich frage: „Was ist das O.R.?"

Ich hasse mich dafür, mich auf ihren Irrsinn einzulassen. Ich hasse mich dafür, so gleichgültig und unüberrascht zu sein.

Am meisten hasse ich, dass das hier normal ist.

„Orden der Rodentia. Hast du all diese Flyer nicht bekommen, die ich dir geschickt habe?" Sie hält das Stethoskop wieder an den Boden und gleitet damit zur Wand, uninteressiert an meiner Antwort. „Es wird bald dunkel. Gegen fünf Uhr abends halten sie ihr erstes Treffen des Abends ab, bei dem sie ihre Strategien besprechen. Wenn ich keinen Belemniten-Puck nah genug platziere—"

„Schon gut. Mach… was du musst." Ich winke ab und kämpfe mich durch das enge Labyrinth aus Gerümpel in die Küche.

Mein Magen knurrt, und mir fällt keine einzige ordentliche Mahlzeit ein, die ich seit dem Unfall hatte. Nur Krankenhaus-Wackelpudding und etwas, das sie als Salisbury-Steak bezeichneten. Der Lügendetektor hat entschieden: Das war eine Lüge.

Die Küchendecke ist immer noch vom großen Kochdesaster von 1996 geschwärzt, als Mutter Tortellini auf höchster Stufe kochen ließ – mit einem Plastiklöffel im Topf. Sie begann das Essen, vergaß es prompt und verließ das Haus.

Meine Schwester und ich rochen Stunden später Rauch und fanden eine schwarze Wolke vor, Flammen, die die Wand hinter dem Herd leckten. Da das Haus selbst ein riesiger Zunderhaufen war, selbst damals schon eine Gefahr, handelten wir schnell. Ich löschte das Feuer mit dem Sprühschlauch, und Sis schüttelte eine Zwei-Liter-Flasche Diätlimo darüber. Wir kämpften wie amateurhafte Kinderfeuerwehrleute – mit überraschendem Erfolg.

Mutter blieb unbeeindruckt, als sie zurückkam. Fast ein bisschen erfreut. Sie entschuldigte sich nicht. Die Krise gab ihr eine Ausrede, zwei Tage lang nach einem „Schnäppchen für ein Kochplatte" zu shoppen. Wir nutzten das Heizplättchen kaum. Endeten meist bei Fast-Food-Dollar-Menüs oder Lieferessen in den nächsten Jahren…

Ahh, Erinnerungen.

Zwölf Jahre später stehe ich hier und starre auf ein gebrauchtes Heizplättchen vom Flohmarkt, das auf einem defekten Herd vor einer immer noch geschwärzten Wand steht. Willkommen zu Hause.

Ich beschließe, Pizza zu bestellen.

Wie in alten Zeiten.

***

Mein kaputtes Handy piepst, und der zersprungene Bildschirm erhellt sich. Ich öffne es und sehe eine Nachricht von Dildo: „Was geht, Hoochie Mama? Hast du noch Zähne übrig?"

Ich antworte: „Nein. Aber ich hörte, gummiartige Blowjobs sind total in, also verlang ich das Doppelte, wenn ich wieder auf den Straßen bin."

„Vergiss meinen 30%-Anteil nicht, Schlampe."

„Keine Sorge. Werd ich nicht."

„Wie geht's dem Monster?"

Ich schicke ihr ein Zitat aus einem Buch, das ich ihr als Kind vorgelesen habe. Eine meiner Lieblingsstellen aus Homers Odyssee: „Noch immer wartest du dort in deinen Hallen, arme Frau, erduldest so viel, dein Leben ein endloses Leid."

„Klassiker." Nach einem Moment ertönt ein weiteres Piepsen. „Arrrg, Kamerad, schick Fotos von deiner Augenklappe, Captain Sparrow."

Ich mache ein mieses Selfie, auf dem ich ihr den Stinkefinger zeige, die fleischfarbene Klappe deutlich sichtbar. Ich antworte: „Wie läuft die Reise, Bitch?"

„Langweilig. Mein Rückflug ist am Montag. Ich rette dich gleich nach der Landung."

„Du bist meine She-Ro."

Ich vermisse sie.

„Hat Mutter dir schon eine Belemniten-Kette aufgezwungen, um die geheime Mäusemenschen-Verschwörung abzuwehren?"

„Wir nennen uns Orden der Rodentia, vielen Dank. Ich kann sie nicht tragen. Sie würde meine Haut verbrennen."

Ich muss ein wenig über unseren albernen Austausch lachen. Ich schicke eine weitere Nachricht: „Ich habe das Nest infiltriert. Sammle Intel. Melde mich morgen um 14:00 Uhr mit meinen Erkenntnissen."

Mutter unterbricht meine Nachricht mit einem leichten Klopfen an der Tür. Ich werfe mein Handy auf die Bettdecke. Der Geruch von brutzelnden Pilzen und Knoblauch mischt sich mit ihrem Kräutergestank in der Luft, und meine Sinne schwanken wie auf einer Achterbahnfahrt.

„Essen ist da." Ihre Stimme ist leise, als sie es mir übergibt. Sie wirft einen Blick auf mein Handy, um meine Konversation zu erspähen. Es interessiert mich nicht genug, um es zu verbergen. Sie weiß bereits, dass ich sie für verrückt halte. Nach einer Pause fügt sie hinzu: „Bitte, was auch immer du tust, lass kein Essen draußen liegen. Du weißt schon, wegen der—"

„Wegen des O.R.?", unterbreche ich sie. Ich glaube kaum, dass meine Pizzakrümel einen Unterschied in ihrer Population machen, die angesichts des Drecks im Haus zweifellos enorm sein muss.

Jetzt macht sie ihr Opfergesicht. Das, das sie oft in der Öffentlichkeit zeigt. Das, das immer wieder funktioniert. Und obwohl ich weiß, dass es eine Maske ist, die sie trägt, wenn es ihr passt, um Trost und Aufmerksamkeit zu erhaschen, platzt mein innerer, netterer Mensch mit etwas heraus, um die Wogen zu glätten. Um uns beide vor diesem „Ach ich Arme, alle hassen mich"-Blick zu bewahren.

„Willst du ein Stück?"

„Klar", sagt sie und zwingt sich zu einem schwachen, niedergeschlagenen Lächeln. Ich bezweifle, dass sie heute außer einer Tüte Kaugummis aus der Supermarktkasse und einer zwei-Liter-Flasche Diät-Cola, die sie mittags direkt aus der Flasche getrunken hat, etwas gegessen hat. Es erstaunt mich, dass sie es mit ihren mehr als fragwürdigen Lebensentscheidungen so weit gebracht hat.

Bevor Dad ging, starrte er sie oft aus der Ferne mit zusammengekniffenen Augen an und murmelte etwas darüber, wie sie uns alle eines

Tages überleben werde – allein durch puren Trotz. Leider hat er wahrscheinlich recht.

Ich halte ihr die Schachtel hin, und sie hebt einen Finger voller billiger, kitschiger Modeschmuckringe, die übereinander gestapelt sind, als hätte sie eine plötzliche Erleuchtung, und huscht davon. Ich halte die abkühlende Pizza hoch und rolle mein verbliebenes Auge, während in der Küche Dinge klappern. Ich höre, wie Kartons verschoben werden und Plastikgewürzdosen fallen, gefolgt von einem geflüsterten „Verdammt noch mal".

Sie kommt mit einem alten Streuer zurück, der früher italienische Gewürze enthielt, und sagt mit übertriebenem Schwung, als wäre sie auf einem Casting für die Rolle der Roxie Hart am Broadway: „Ich weiß, du magst es mit Parmesan!" Sie breitet theatralisch die Hände aus und verzieht ihr Gesicht zu einer übertrieben begeisterten Miene.

Ich lächle. Ihre Bemühungen, so fehlgeleitet sie auch sind, wirken irgendwie süß, als sie weißlichen Staub auf alle Stücke bis auf eines streut. Sie nimmt das kahle Stück und verbeugt sich, als wäre ich von königlichem Geblüt – was bei anderen Eltern seltsam wäre, aber perfekt zu ihrer exzentrischen Art passt – und zieht sich zur Tür zurück.

Obwohl ich lieber allein wäre, lade ich sie ein, bei mir zu bleiben.

Es ist das Menschlichste, was man tun kann.

Sie sagt, sie könne nicht und murmelt etwas von ‚noch viel Arbeit‘. Etwas darüber, dass die Rodentia uns acht zu eins überlegen sind und in Schichten schlafen, um menschliches Verhalten rund um die Uhr zu studieren. Sie faselt etwas Verrücktes über eine Theorie, die sie hat, und ich erwische Wörter wie „Trojanisches Pferd“ und „Troja“ und „Homers Odyssee“ und „Sie auseinandernehmen, um die Aufnahmegeräte darin zu sehen“.

Ich tue so, als würde ich zuhören, nicke mit dem Kopf und sage im Abstand von vier bis sieben Sekunden „Mmmmm-hmmmmm“ und „Oh, wow“ und denke darüber nach, wie seltsam es ist, dass sie auch gerade die Odyssee erwähnt hat und wie lecker diese Pizza im Vergleich zum Krankenhausessen ist, und wünsche mir, sie hätte sie nicht mit diesem abgelaufenen, muffig schmeckenden Zeug bestäubt.

In ihren Augen liegt etwas Trauriges, als sie merkt, dass ich nicht zuhöre. Nicht ihr übliches Theater, bei dem sie vorgibt, melancholisch zu sein, kurz davor, Krokodilstränen zu vergießen, die genauso gut Öl oder Gelatine sein könnten.

Nein, es ist ein echt einsamer Blick.

In diesem Moment wirkt sie klein und bemitleidenswert, und ich schäme mich. Es tut mir leid, dass ich so unduldsam ihr gegenüber geworden bin. Noch mehr tut es mir leid, dass ich lieber irgendwo auf der Welt wäre als hier. Ich zähle immer noch die Minuten, bis das Flugzeug meiner Schwester landet und ich diesen verfluchten Drecksladen verlassen kann.

Sie schlurft zur Tür hinaus, und ich schaufle vorsichtig Pizzastücke in mich hinein, meine Zunge dick und empfindlich, wo meine Backenzähne sie beim Unfall durchtrennt haben.

Während ich die Schachtel leer mache, denke ich darüber nach, welche Art von Arbeitgebern und potenziellen Männern auf dem Dating-Markt an einer einäugigen, emotional verklemmten Fotografin Ende dreißig mit einem gebrochenen Schienbein und Mutterkomplexen interessiert sein könnten.

Ich bin sicher, beide werden echte Gewinner sein.

***

Schreiend erwache ich aus einem Bild von mir hinter dem Steuer, das zeigt, wie ich mit rasender Geschwindigkeit auf den umgedrehten Rasen zurase. Mein Auge schießt auf, genau in dem Moment, in dem ich auf dem Boden aufschlage und allzu realen Dreck auf meiner Zunge schmecke.

Aber es ist doch nicht Erde, die ich schmecke. Die langen Hinterfüße einer dicken, braunen Ratte huschen über mein Gesicht, und ich schmecke das borstige Fell ihres fein segmentierten Schwanzes, als er sich in meinen Mund ringelt und meine Zunge trifft. Ich schlage reflexartig nach ihr. Sie prallt gegen das Kopfteil und schlüpft in einen Haufen Kram, wodurch der Haufen sich zu winden und zu pulsieren beginnt, als wäre das Haus lebendig. Als hätte der gehortete Krempel meiner Mutter ein eigenes, atmendes Leben.

Obwohl das paranoide Kult-Gerede lächerlich ist, hat Mutter in einem Punkt Recht. Die Menschen sind in diesem Haus den Schädlingen zahlenmäßig unterlegen.

Verunsichert, mit rasendem Herzen, schaudere ich und würge. Ich humple mit meinem gequetschten Körper zu meinen Krücken und stolpere den Flur entlang ins Badezimmer, wobei ich auf dem Weg einen Stapel verstaubter Kochbücher umwerfe. Die hebe ich nicht auf.

Ich schäume meine Zahnbürste ein und schrubbe die Spuren des Nagetiers von meiner Zunge, wobei ich jedes Mal, wenn ich mich daran erinnere, kotzen möchte. Ich pinkle, und bevor ich spüle, bemerke ich, dass die Schüssel voller Blut ist. Ich überlege, welcher Tag heute ist.

Der Fünfte.

Es ist lange nicht die Zeit des Monats.

Der Inhalt der Toilette ist alarmierend. Ich frage mich, ob es innere Verletzungen vom Unfall gibt, die der Arzt übersehen hat. Eine perforierte Niere oder so. Ich betrachte meinen Bauch, der ein einziges blaues Fleck ist, deutlich schlimmer als gestern, was seltsam ist. Ich spucke die Paste aus und spüle meine Bürste, aber das schmutzige, rissige Waschbecken sieht ebenfalls wie ein blutrotes Jackson-Pollock-Gemälde aus. Ich fletsche meine Zähne im schmutzigen Spiegel und erwarte, gerissene Stiche zu sehen. Stattdessen blutet mein Zahnfleisch, es strömt nach, um die Ritzen nach jedem Mundvoll, den ich ausspucke, wieder aufzufüllen.

Ich betrachte mein Gesicht, übersät mit Schnittstreifen von zersplittertem Sicherheitsglas, und sehe den rotbraunen Streifen Haut, wo der Sicherheitsgurt mich umklammert hat wie der Würgegriff des Boston Stranglers. Der Begriff "beschädigte Ware" schießt mir durch den Kopf, als ich mein Abbild als Ganzes betrachte.

Mein schmerzender Magen gluckert und ich habe das Gefühl, gleich in meine Pyjamahose zu machen.

Was zum Teufel passiert hier? Ein geplatzter Reifen und mein Leben fällt auseinander wie eine lose Naht. Mein Leben ist entgleist.

Ich starre in den Spiegel, während blutiger Speichel von meinen Lippen tropft, und habe eine Rückblende an den Blick, den ich vor Tagen im Rückspiegel von mir erhielt, bevor ich ohnmächtig wurde. Fäden von rubinroter Flüssigkeit von einer fast abgetrennten Zunge und Augenflüssigkeit aus der leeren Augenhöhle in meinem Gesicht rannen meine verletzten Wangen hinauf bis zu meiner von Adern gezeichneten Stirn.

„Mama!" schreie ich, als wäre ich wieder ein verlorenes Kind in einem Kaufhaus, fünf Jahre alt, und versuche, sie durch das klimpernden, gefängniswärterartigen Schlüsselbund zu orten, das sie wie ein Gefängniswärter am Handgelenk trug, um Blicke von den vernarbten Schnitten darunter abzulenken.

Taumelnd und schwindelig stolpere ich den Flur entlang in Richtung ihres Wohnzimmers, obwohl das einzige Leben, das dort stattfand, nicht gerade erstrebenswert war. Es sollte eher Existenzraum heißen.

Ich lehne mich an ein wackeliges Chaos aus Gerümpel, das so hoch ist wie ich, bedeckt mit einem schmutzigen Laken, als wäre das verschlissene Tuch eine Tarnkappe. Das wackelige Konstrukt kippt um und wir stürzen beide. Ich purzele durch den Krempel wie eine Flipperkugel durch die chaotische Landschaft auf einen schmalen Streifen schmutzigen, abgetragenen Teppichs, der nach jahrealter Hundepisse stinkt. Jetzt ist er von meinem sickernden zinnoberroten Speichel gezeichnet. Ich stöhne, als meine Krücken gegen meinen geprellten Oberkörper klappern. Eine knallt gegen die Beule auf meinem Hinterkopf. Als ich nach etwas greife, um mich aufzurichten, machen meine Finger einen unvorhergesehenen Fehler.

KRACK!

Das Geräusch hallt wider. Ich begreife sofort, was es ist. Der Laut beißt sich erneut durch die Luft wie ein knirschender Satz wütender Zähne, und stechender Schmerz durchfährt meinen einen nackten Fuß, der nicht in Gips steckt. Ich spüre, wie einer meiner Zehen augenblicklich bricht.

SNAP!

SNAP!

Jetzt hat eine meinen Haarschopf und mein Ohr in einem verhedderten Knäuel zusammengequetscht. Unerbittliche Rattenfallen klemmen sich in mein Fleisch wie beißende kleine Schraubstöcke.

„Mama!"

Ich heule jetzt wie ein feiges Baby, das nur seine Mama will. Der Schmerz in meinen Gliedmaßen ist scharf, aber das Zerren und Pochen in meinem Bauch ist weitaus schlimmer.

Ich würge Blut auf den Teppich. Viel zu viel.

Ich bin mehr als alarmiert. Ich habe wieder Todesangst. So viel Angst wie damals, als ich die Böschung hinunterraste. Den Blick des LKW-Fahrers traf. Sp0rte, wie mir das Leben ausgehaucht wurde. Schwindlig. Ich kriege die Fallen nicht ab. Meine eigenen Tränen und das verfilzte Haar, das sich 0ber mein einzig verbliebenes Auge legt, machen mich blind.

Sie ist da.

Ich spüre ihre verschwommene Gestalt in meinem flüssigen Sichtfeld, verschmelzend mit den geistergleich in Laken verh0llten Ger0mpelbergen. Sie beugt sich zu mir herab, und meine Angst breitet sich aus. Ihr Gesicht ist nicht vor Sorge gerunzelt.

Nein.

Sie ist erfreut.

Etwas ist in ihrer Hand, etwas, das im trüben Licht glitzert, das durch schmutzige Vorhänge und das falsche Buntglasmuster hereinfällt. Sie versucht, die Haare aus meinem Gesicht zu wischen, doch sie verheddern sich nur noch mehr in der Schnappfalle, die sich in meinen Strähnen verfangen hat. Sie setzt ein Knie zu beiden Seiten von mir und drückt ihren Körper auf meinen aufgequollenen Bauch.

Ich rülpse mehr Blut auf mich selbst. Es schäumt, bildet rosa Wellen, die über mein Gesicht schwappen wie die Gezeiten an der nahen Küste. Ihr Gewicht fühlt sich an, als würde es mich erdrücken, und ich kriege keine Luft mehr.

Erstickt wieder, diesmal von den Oberschenkeln meiner Mutter wie bei einer umgekehrten Geburtszeremonie.

Geblendet wieder, diesmal von meinen eigenen schaumigen Magensäften statt von Windschutzscheibenglas.

Erstickend wieder, doch diesmal an Worten, die nicht herauskommen. Die nicht herauskommen können.

„Wie ein Trojanisches Pferd direkt vor meine Haustür geschickt. Ihr seid eine clevere Rasse, nicht wahr?“

Ihre Stimme ist ruhig. Unheimlich.

Ich habe Angst, um mich zu schlagen, aus Furcht, weitere versteckte Fallen auf die harte Tour zu entdecken. Ich winde mich, kämpfe unter ihrer erdrückenden Last. Ich sehe die verstreute Küche durch das Schlachtfeld meines Elternhauses.

Ich sehe das Festnetztelefon an der Wand, das Kabel von scharfen Schneidezähnen durchgebissen, ausgefranst, das nur Anrufe ins Fegefeuer wählt. Daneben meine leere Pizzaschachtel, den improvisierten Parmesanbehälter und eine geöffnete Packung Rattengift. Darauf ein bunter Cartoon einer Ratte mit zwei X als Augen.

Er sieht aus, wie ich mich fühle. Meine Augenhöhle ist nichts weiter als eine ausgedörrte Höhle mit einem Augenklappe, und wie er höre ich den lockenden Flüsterruf des Todes in meinem Ohr.

„Ich wusste, dass etwas nicht stimmt, als du den Belemnit nicht anrühren wolltest. Das war mein erster Hinweis. Dann erwischte ich dich gestern Nacht auf frischer Tat. Im Austausch mit den anderen. Informationen für euren Anführer beschaffend. Du kranke Scheiße. Ich weiß nicht, was du mit meiner Tochter angestellt hast, aber du hast verdammt gute Arbeit mit diesem Trojanische-Pferd-Klon geleistet. Sieht ihr verdammt ähnlich."

Sie lächelt und hält das Messer in ihrer Hand hoch. Mein brennendes Auge quillt bei dem Anblick seiner geschärften Kante, während sie es über mir kreisen lässt.

„Sie hatte jahrelang nicht angerufen. Und jetzt musste sie plötzlich aufgenommen werden? Nun, ihr mögt Troja infiltriert haben, aber diesen Krieg werdet ihr niemals gewinnen! Gift ist das, was die Ratte verdient."

Ich schnappe nach Luft, als ihre Klinge in das malträtierte Fleisch nahe meinem Schlüsselbein eindringt, das dünne Metall tiefer und tiefer versenkt, während weißglühender Schmerz in Wellen durch mich schießt.Ich schlage nach ihr, treffe sie mit dem kleinen Holzbrett, das meine violetten Finger einquetscht, ins Gesicht, aber sie lässt sich nicht beeindrucken. Sie sieht mich an, als würde sie mich nicht einmal erkennen. Als wäre ich ein bösartiger Betrüger.

Ich schreie aus Leibeskr0ften.

Sie drückt das Messer nach unten, bis die Spitze Knochen durchdringt. Sie zieht es heraus und schneidet erneut. Sticht in meinen Bauch, bis der Griff meine Rippe berührt. Mein dumpfes, giftiges Unwohlsein vermischt sich mit dem scharfen Schmerz der Schnitte.

Ich spüre, wie sie mit der Klinge in mir herumstochert, wie ein neugieriges Kind mit einem sezierten Frosch im Biologieunterricht. In dieser letzten Sekunde in Zeitlupe denke ich daran, dass sie in mir nichts finden wird außer Knochen, die keinen Schutz mehr bieten. Arterien, die langsamer pumpen. Zerrissenes Bindegewebe, das nicht mehr verbindet. Synapsen wie nasse Feuerwerkskörper, die versagen. Lebenswichtige Organe, die nicht mehr lebenswichtig sind.

Jetzt weiß ich, dass ich mich geirrt habe, als ich letzte Woche in meinem Fahrzeug eingeklemmt dachte: Das hier ist es. Hier endet mein Leben. So vollkommen rund, wie es in dieser Welt nur sein kann.

Sie hat mich in sie hineingebracht. Jetzt nimmt sie mich heraus.

Während die Dunkelheit wie ein schwarzer Samtvorhang am Ende eines verstörenden Finales herabsinkt, höre ich meine Mutter, wie sie in meinem Inneren stochert und scharf beobachtet, auf der Suche nach Drähten, Kabeln, Leiterplatten und Kameras, die tief in meinem misshandelten Fleisch versteckt sein könnten. Ihre Stimme ist wie ein krankes Schlaflied, das sie ihrer Erstgeborenen ein letztes Mal vorsingt. Sie sieht mich an, als wolle sie die Leiterplatte eines Videorekorders löten, und sagt: „Mal sehen, was für Technologie du in dir hast. Sag mir, was dich ticken lässt, du verdammte kleine Ratte?“

IN ZINNOBER GEMALT

Duncan zitterte auf dem Sitz am Erkerfenster, das ein allzu lebhaftes Panorama des Gemetzels bot. Vielleicht zum ersten Mal überhaupt sehnte er sich nach der Umarmung seiner Mutter.

Wie der stürmische Winterwind, der durch den dunklen Nachthimmel fegt, bot sie keine Wärme oder Geborgenheit mehr. Ihr selbstsüchtiges Herz war nie wirklich zu mehr fähig als Narzissmus. Oft ernährte sie sich, ähnlich wie diese Dinger, von der Aufmerksamkeit, die sie durch selbstzerstörerisches Verhalten erhielt, indem sie in ihrem Elend schwelgte und gierig das Mitgefühl derer verschlang, die mitfühlend genug waren, ihren einseitigen Strom von Jammergeschichten zu ertragen.

Nun hing ihr rundlicher Körper schlaff aufrecht an der pfeifenden Feuerstelle. Die betäubende Dezemberluft sickerte den Kamin hinab und versteifte ihren einst formbaren Leib mit Totenstarre. Duncan mied Tanyas glasigen Blick und ihre beunruhigende Reglosigkeit, konzentrierte sich stattdessen auf die blutbespritzten Ziegelsteine neben ihrer schäumenden Stirn.

Die Kreaturen in ihrem Gehirn zirpten, wühlten breiige Masse aus der Öffnung in ihrem Schädel. Sie gruben sich tiefer, auf der Suche nach einem warmen Fleck in ihrem Ichor, um ihre Larven zu implantieren. Wenn sie wie die anderen war, würden ihre Höhlen bald Geburtskanäle für unzählige weitere werden, die sich als Armee wanden und sie von innen wie eine einzige zuckende Masse steuerten.

Der Schwarm, der als eine blutrünstige Familie agierte, glich sich sowohl in Form als auch unersättlichem Appetit.

„Sie kamen mit dem Wind", murmelte Randall nüchtern und starrte voller Entsetzen aus dem Küchenfenster.

Es war alles, was ihm in diesem trostlosen Moment einfiel, und jede Silbe war von stiller Angst durchtränkt. Ein zinnoberrotes Insekt hüpfte heftig, seine brutal aussehenden Füße gruben rasierklingenscharfe Spitzen in das Glas nahe den aufgerissenen, huschenden Augen seines reflektierten, vom Krieg gezeichneten und kantigen Gesichts.

Obwohl er überraschend leise sprach, zeigte Randall Bryant, der seinen letzten Einsatz in der Armee als ausgezeichneter Drill Sergeant beendet hatte, selten Angst.

Und niemals vor dem Jungen.

Duncans Augen waren starr, flehten wortlos um Führung. Hundert maschinengewehrartige Fragen durchbohrten die schmerzhafte Stille, auf die Randall keine Antworten hatte. Ein paar Häuser weiter stieß eine Frau einen markerschütternden Schrei aus.

Er kaute auf seiner Unterlippe. „Klang wie Mrs. Green."

Die verschlafene Stadt wimmelte vor Panik, brodelte vor plageartigem Chaos. Die klare Connecticut-Luft und gefrorene Haufen windgepeitschten Laubs waren voller sechsbeiniger, vierflügliger Organismen.

Alles rot.

Alles hungrig.

Es war klar, dass die malerischen, baumgesäumten Straßen des ländlichen Kent nicht länger den Bewohnern gehörten.

BANG, BANG, BANG!

Eine Faust hämmerte gegen das dünne Glas hinter Randall. Er stieß einen kurzen, unverkennbaren Schrei aus, etwas, das er seit Jahren nicht getan hatte. Nicht seit er ein Achtzehnjähriger war, der kopfüber in die Welt der granatendurchsiebten Höllenlandschaften, widerhallenden Schüsse und tödlichen Gefechte geworfen wurde.

Der explosionsartige Lärm versetzte Randall in eine Rückblende des unbeabsichtigten Todes eines Mannes aus dem Nahen Osten vor etwa zwölf Jahren, während er einen Süßwarenlieferwagen fuhr. Dem Zivilisten war das Gesicht von einer IED in Randalls zweiter Woche in Afghanistan weggesprengt worden, und er hatte das Pech gehabt, die plötzliche Vernichtung des Mannes aus nächster Nähe mitzuerleben.

Sein Gesicht war Minuten später achtlos im Schutt verborgen gefunden worden, wie eine weggeworfene Latex-Halloweenmaske.

Unversehrt. Nur ein dreilochiger Hautlappen. Kein Schädel oder Körper in der Nähe.

Randall hatte ein Foto mit seinem Handy gemacht, erstaunt, dass so etwas außerhalb von Filmen möglich war.

Selbst als die Flut der Erinnerungen verblasste, durchdrang der Geruch brennender Süßwaren weiterhin seine Sinne. Der Duft von Zucker hatte seine Kehle seit jenem Tag mit Galle gefüllt. Und als die IED vor all den Jahren explodierte, hatte der babygesichtige junge Randall Bryant genau den gleichen beschämenden Schrei ausgestoßen wie jetzt.

„Ich weiß, dass du da drin bist, Bryant", knurrte ein Mann, brodelnd vor Aggression und Verzweiflung.„Dein Truck steht in der Auffahrt!"

Randall raffte sich zusammen und glättete den Saum seines grauen T-Shirts über seinem bebenden, durchtrainierten Bauch.

„Lass mich rein! Da draußen ist es nicht sicher, und bei mir wimmelt es nur so!" Wut schlug in Reue um. „Sie… Sie haben sie erwischt. Candace, Leena… Meine Familie ist tot, Bryant. Ich…" Seine Stimme brach. „Ich bin der Einzige, der noch lebt."

Die Stimme gehörte Jack McKellan, Randalls ehemaligem Nachbarn und

Trinkkumpan aus dunkleren Zeiten, bevor er den ausgleichenden Kreislauf von AA-Treffen und Therapie entdeckt hatte, der seine Aggressionen in Schach hielt. Er hatte Jacks Stimme seit Jahren nicht mehr gehört, außer bei einem gelegentlichen „Hallo"-Wink, wenn er seinen Sohn für das gerichtlich angeordnete Wochenende abholte.

Während er die Folgen einer Türöffnung abwog, starrte Randall auf Tanya, deren Gehirn sich regte, deren Augen hin und her zuckten von der wimmelnden Orgie aus winzigen Beinen, flatternden Flügeln und bohrenden Augen in den lauwarmen Tiefen ihres sich wellenden Schädels.

„Ich glaub nicht, McKellan."

Randalls Ton war streng, doch lag eine unnatürliche Weichheit darin. Duncan fürchtete, dass jemand seinen Vater eines Tages über die Kante treiben würde, und sie alle würden den Tag miterleben, an dem Randalls scheinbar passive Natur unweigerlich in brutaler Gewalt umschlug.

Er hatte Tanya Randall schon ein paar Mal vor der Scheidung an den Rand getrieben sehen, wie sie ihn töricht in die Enge trieb. Sie hatte ihren Zeigefinger wie ein nervtötender, blondierter Specht in seinen Pectoralis gerammt und über seine emotionalen Defizite und sein

Versagen bei der Erfüllung ihrer ständig wachsenden Forderungen gekrächzt.

Duncan war erleichtert gewesen, als die beiden sich endgültig scheiden ließen. Er war sich sicher gewesen, dass Tanya, wären sie zusammen geblieben, am Ende…

Nun, sie wäre wohl am selben Punkt gelandet wie jetzt, vermutete er.

Leblos.

Ausgeblutet.

Eine leere Hülle.

„Gottverdammt, Randy, du lässt mich wirklich hier draußen sterben?!"

Der Mann weinte verzweifelt, doch es war kein Schauspiel. Sowohl Randall als auch Duncan kannten Tanyas ständige emotionale Manipulationen nur zu gut und konnten Krokodilstr0nen erkennen.

Randall wog alle Optionen ab und entschied knapp. „Triff mich an der Küchentür."

Ein gedämpftes Lachen der Erleichterung erfüllte die Nachtluft und hüpfte fröhlich über den schalldämpfenden Schnee, der den Hinterhof bedeckte.

„Aber Sir!" protestierte Duncan mit vor Verrat geweiteten Augen.

Randall knurrte leise. „Was habe ich dir beigebracht? Niemand wird zurückgelassen."

Duncan flitzte in die Diele und versteckte sich zwischen den aufgehängten Mänteln und dem unordentlichen Haufen Winterstiefel. Er ließ sich zu Boden fallen und kauerte sich in eine Nische zwischen einen Stapel gehacktem Feuerholz und die kleine Axt, mit der es gespalten wurde.

Im Nu schlüpfte Jack herein und stampfte den Schnee von seinen Schuhen. Er zuckte zusammen und beugte sich hinab, um Tanyas grausige Kopfwunde zu begutachten, das Wühlen unter der klaffenden Öffnung in ihrem Schädel zu untersuchen. Sein Ekel vermischte sich mit Faszination, als er zusah, wie ihre Überreste sich vom Bohren und Wimmeln bewegten.

„Oh Gott… Tanya?"

Randall konnte sehen, wie Jacks tiefliegende Augen geschwollen und rot waren, verborgen unter zwei dicken, schwarzen Brauen. Ein Strom aus Rotz und Tränen lief in glasigen, vereinten Bahnen hinab zu seinen rissigen, farblosen Lippen.

„Du… wir… sollten sie hier rausschaffen! Diese Dinger…" Jack spürte die düstere Stimmung im Raum und änderte mitten im Satz zu einer respektvolleren Tonlage. „Mein Beileid, Duncan."

Randall seufzte. „Du hast recht. Ich wollte sie nur…", er stockte, „…ich wollte sie nicht anfassen."

Jack warf ihm einen weit aufgerissenen „Ja-versteh-ich"-Blick zu und bewegte sich dann auf die sitzende Leiche zu. Beide Männer packten den zirpenden Kadaver, dessen sich regendes Fleisch auf erschreckende Weise lebendig wirkte. Sie schleiften sie über den schmutzigen Teppich und zur Haustür hinaus.

Duncan war erleichtert, dem schrecklichen Bann seiner Mutter entkommen zu sein. Er hörte die Männer keuchen und stöhnen, als sie Tanya aus seinem Elternhaus warfen und am Straßenrand zurückließen wie Aas für die hungrigen roten Aasfresser.

Duncan hörte Jack schreien, gefolgt vom Getrampel der beiden Erwachsenen, die die Veranda wieder hochstürmten.

„Randall! Randall! Was zum TEUFEL ist das?!"

„Oh mein Gott—"

„Randall?!"

Duncan versuchte verzweifelt, einen besseren Blick auf das verdeckte Gefecht zu erhaschen, doch er konnte nur hören, wie die Männer kämpften, während sie jemanden – oder etwas – abwehrten.

Sein Vater wusste, wie man kämpfte. Es passierte nur auf direkte Anordnung oder wenn er provoziert wurde, aber der Ex-Soldat hatte einen Kipppunkt. Duncan hatte ihn in der Nacht der Trennung seiner Eltern gesehen. In der Nacht, als er seine Mutter im Badezimmer vorfand, wie sie nach der Polizei schrie, nachdem sie Randall einmal zu oft mit diesem Finger wie ein Schnabel gepickt hatte.

„Christus, wo zum Teufel kam der denn her?"

„Oh Gott! Da drüben! Beim Haus der Silvermans."

„Was zum…?" Jacks Stimme verlor sich.

Duncans Herz pochte in seiner ängstlichen Brust. Er presste sein Gesicht gegen das Esszimmerfenster, um einen voyeuristischen Blick zu erhaschen, und bereute es sofort.

Es war ein Schwarm. Viel zu viele, um sie zu zählen. Tausende.

Vielleicht mehr.

Vielleicht viel mehr.

Stumm, unheimlich und erschreckend zahlreich glitzerten sie unter den Straßenlaternen.

Harte, rote Exoskelette vermischten sich mit eisigen Schneeflocken. Röhrenförmige Hinterleiber und lange, zarte Flügel huschten durch warme Lichtpools der Straßenbeleuchtung, nur um wieder in eiskaltes Mondlicht zu entschwinden. Die wilde Schar schien einen untrüglichen Orientierungssinn zu besitzen, zog als bedrohliches Chaosgewitter durch die Straßen von Kent, getragen vom eisigen Wind.

Eine plötzliche Böe Dezemberluft heulte durch die Ritzen und Spalten des schlichten, einstöckigen Einfamilienhauses, rüttelte an Dachsparren und Schindeln mit fast hurrikanartiger Wucht. Lose Fensterläden schlugen gegen die Aluminiumverkleidung, trommelten gegen das Haus wie grauenvolles Kriegsgewehrfeuer.

Vom Fenster aus sah Duncan, wie die schwarzen Stiefel seines Vaters durch den matschigen Schneematsch auf der morschen Holzveranda stampften. Jacks durchnässte, grasverschmierte Turnschuhe folgten dicht dahinter. Die Sneakers drehten sich abrupt. Jacks Schrei war guttural, triefend vor Entsetzen.

„Was zum…? Nein… Nein… Nein! Runter damit! Holt sie runter von mir!"

Durch einen klappernden Fensterladen teilweise verdeckt, erhaschte Duncan einen Blick auf Randall, wie er Jack mit der schmutzverkrusteten Fußmatte bearbeitete, den Nachbarn hektisch mit dem flachen Gummi-Rechteck schlug.

„Jesus, das tut weh! Sie beißen, Bryant! Sie nagen an mir!" kreischte McKellan diesmal zu den Insekten hin, während seine Füße einen unbeholfenen Kreis drehten. „Ihr habt mir alles genommen! LASST UNS IN RUHE!"

Randall riss die Tür mit solcher Wucht auf, dass sie von der Wand zurücksauste und gegen ihn prallte.

„Sie sind überall!"

Jack stürmte über die Schwelle in das überfüllte Haus, wo der stagnierende Duft von Kräuterheilmitteln und frischem Tod nun fast friedlich wirkte.

Sicher.

McKellan schlug ein immer noch knirschendes Insekt von seinem Kiefer und zermalmte es reflexartig auf dem schmutzigen, geflochtenen Teppich. Ein feuchter Schleimfaden zog eine Spur von den Fasern bis zu seiner erhobenen Sohle, als er darunter blickte, um deren Vernichtung zu bestätigen.

Randall verriegelte die Tür und riss Jack mit brutaler Gewalt an der Schulter zu sich heran. Er musterte Randalls offene Wunden, wobei er den blutigen Öffnungen in seiner freiliegenden Haut besondere Aufmerksamkeit schenkte.

„Sind sie in dich reingekommen?"

„Ich weiß es nicht! Ich weiß es nicht! Jesus, ich weiß es nicht!"

Randall studierte ihn. „Du hast Glück. Sieht nach bloßen Fleischwunden aus."

Er ließ McKellan los und sprang wie ein nervöses Ping-Pong-Ball durch den Raum, bevor er am Waschbecken landete. Er pickte an einem tagelang an der Luft getrockneten Tortellini-Stück auf dem Berg verkrusteter Teller herum.

„Jesus, Duncan. Macht deine Mutter nie sauber?"

Eine Pause. Er warf seinem Sohn einen entschuldigenden Blick zu wegen des Mangels an Pietät und der falschen Zeitform des Wortes.

Jack stapfte zu Duncans Posten am Erkerfenster und starrte auf die Nachbarschaft. Ein windähnlicher Sturm hochfrequenter Insektenlaute zerriss die Nachtluft, während die Käfer sich über die abkühlende Leiche seiner Mutter hermachten. Sie stürzten sich, wespenartig, pressten ihre langgestreckten Körper in ihre

Kopfwunde, den Mund und jede andere erreichbare Öffnung.

Tanyas Körper zuckte und knackte auf dem schneebestäubten Rasen, als würde er Knochen für Knochen von innen auseinandergenommen – wie eine Zeitrafferaufnahme von Maden, die ein Roadkill aushöhlen.

Duncan konnte den Blick nicht abwenden, während die Kreaturen weiterhin Tanyas Leiche erschütterten und so flach wie einen Bärenfellteppich machten.

Randall stellte schweigsam den umgestürzten Esstisch wieder auf seine drei übriggebliebenen, gesplitterten Beine. Er richtete einen umgefallenen Stuhl auf, setzte sich und umklammerte die Rückenlehne.

Jack warf seine Parka über die Couch, deren billiges Blumenmuster nun mit rostfarbenen Blutflecken verschmiert und getränkt war. Er steuerte direkt auf den dritten Küchenschrank zu, schob einen Zuckerbeutel beiseite und holte eine fast volle Flasche Tequila hervor. Er öffnete den nächsten schmutzverkrusteten Schrank, zog zwei Schnapsgläser heraus, wischte sie gründlich mit dem Bund seines Yale-Sweatshirts ab und knallte sie laut auf die Arbeitsplatte.

Randall verzog das Gesicht, als Jack in Tanyas Küche Drinks zubereitete. Er war sich sicher, dass McKellan einer von vielen Männern in einer langen Reihe von „Wirst-du-mein-nächster-" Vorsprech-Affären gewesen war, die Tanya im immer weiter werdenden Radius des Hauses hatte, das sie einst gekauft hatten, um eine Familie zu gründen. Die Vertrautheit, die McKellan mit ihrem Haus zeigte, bestätigte es nur.

Jack setzte ein Souvenir-Schnapsglas mit einem Schwarzbären hin, der mit seinen pelzigen Fingern ein Peace-Zeichen machte, und gesellte sich zu Randall an den wackeligen Esstisch.

„Du weißt, dass ich nicht mehr trinke. Warum würdest du…?" Randalls leise, enttäuschte Stimme verlor sich.

„Keine Ahnung, Rand, wenn es je einen Zeitpunkt gab, r0ckf0llig zu werden…"

Jack warf einen Blick über die Schulter auf die Insekten, die sich am Erkerfenster sammelten. Das dichte Gewirr schlaksiger Beine und zarter purpurroter Flügel verdunkelte ganze Flecken von Mond- und Straßenlicht. Er kippte die goldene Flüssigkeit hinunter, verzog das Gesicht und spülte sie mit einem zweiten, brennenden Shot weg.

Randall spielte mit dem Glas und erinnerte sich daran, wie er es Tanya auf ihrer Flitterwoche in Denver gekauft hatte.

Jack knurrte und lehnte sich zurück, der Stuhl ächzte unter seinem massigen Rahmen. „Die Viecher haben hier echt ganze Arbeit geleistet."

„Es waren nicht…", begann Duncan.

Randalls wilde Augen warfen einen Blick, der den Jungen mitten im Satz verstummen ließ. Duncan drehte sich um und starrte auf den sich windenden Leichnam seiner Mutter, der seine Gliedmaßen durch einen Haufen flaumigen rosa Schnees bewegte.

„Wo zum Teufel kommen die überhaupt her?"Jack war sich nicht sicher, wen er da fragte.

„Sie sind heute mit dem Wind gekommen. Hab sie auf der Fahrt hierher gesehen. Eine riesige Horde von ihnen, die wie ein Sturm hereinwehte. War, als würde man einen roten Wirbelsturm über das Grundstück der Steins da unten am Hang fegen sehen."

Jack warf seine Strickmütze auf den Tisch und kratzte sich durch sein dichtes, schwarzes Haar, das an den Schläfen grau meliert war. „Was denkst du, was das ist?"

Randall öffnete seine dünnen Lippen, um zu sprechen, lächelte dann aber und verzichtete lieber auf eine Antwort.

Jack zog eine dicke Braue hoch. „Was?"

Keine Antwort.

Er kippte einen weiteren Shot, sein Gesicht verzog sich.

Randall pickte an der abblätternden Bärenabbildung auf seinem Glas herum, das mit gelbem Alkohol gefüllt war und unter seiner Berührung zitterte. „Ach, nichts. Sie erinnern mich nur an etwas. Das ist alles."

Jack schenkte sich noch einen Shot ein. „Ich bin ganz Ohr, Bryant."

„Behalt deinen Verstand zusammen", warnte Randall und deutete mit hypnotisiertem Blick auf den Alkohol. Er wechselte das Thema, klang traurig. „Also, Candace?"

Jack schob die Flasche weg. „Jesus, Candace." Eine neue Tränenwelle brannte in seinen geröteten Augen. „Ja, diese Viecher… Sie haben sie erwischt. Sind über sie hergefallen. Sind ihr in den Mund gekrochen. Haben sie erstickt. Haben sich reingebohrt, bis sie aus ihren Augen rauskamen, verdammt noch mal!"

Er weinte so heftig, dass ihm Speichel aus dem Mund lief, die Lippen zu einem stummen Schrei erstarrt.

„Leena, sie war noch ein Kind. Noch nicht mal ein Teenager. Jetzt wird sie es nie werden! Das ist doch Wahnsinn! Heute Morgen habe ich noch mit meiner Frau und meiner Tochter fad geschmecktes Essen gegessen, und jetzt…"

Nach einer Pause wurde er wütend und schleuderte die Tequilaflasche gegen den Schrank. Das Gefäß explodierte wie eine primitive Bombe voller nasser Glassplitter.

„Was zum Teufel sind das für Dinger?!" heulte Jack.

Randall rieb sich über seinen rotblonden Kurzhaarschnitt und suchte nach tröstenden Worten. Fand keine. Er starrte auf die dichte Menge der Insekten, die sich an den beschlagenen Fenstern versammelt hatten.

„Weißt du, vor etwa zehn Jahren war ich in Camp Shelby in Mississippi zum Training. Ich bin immer querfeldein gelaufen, außerhalb des Geländes, in der Gegend um den Leaf River. Sand, Kies, Wasser, Gras, was auch immer. Dachte, das würde mich zu einem besseren Soldaten machen, wenn ich mich an ständig wechselndes Terrain anpassen kann. Eines

Abends bin ich im Bach, wasche mich nach dem Lauf ab. Fast Sonnenuntergang. Plötzlich…" Randall hielt inne und lächelte, seine blauen Augen weit aufgerissen. „Das wird jetzt weit hergeholt klingen."

Jack kicherte durch Speichel und Tränen, gequält von seinem schweren Verlust. „Nach dem, was wir draußen auf dem Rasen gesehen haben, bezweifle ich das."

Randall winkte seinen Jungen heran und zog einen weiteren umgestürzten Stuhl neben sich hoch. Er wischte einen Blutstreifen von Duncans Gesicht, als das Kind sich setzte.

„Also, ich stehe in diesem schlammigen Fluss. Bin bis zur Hüfte im trüben Wasser, schaue zum Himmel. In der Ferne sehe ich diesen… diesen… schattenhaften Schwarm von etwas, der auf mich zukommt. Er war riesig. Wie eine gigantische Welle von Fledermäusen oder so. Die Wolke wird dichter. So dicht, dass sie, als sie näher kommt, die Sonne verdeckt. Ich mein's ernst! Dieser düstere Schatten breitet sich über den Fluss aus, und da sind Hunderttausende… verdammt, wahrscheinlich Millionen von ihnen, die direkt auf mich zukommen, mich in Dunkelheit hüllen. Ich habe keine Ahnung, was das ist. Eins knallt mir direkt gegen den

Wangenknochen, und ich merke, es ist ein riesiges verdammtes Insekt.“

Etwas klatschte gegen das Fenster hinter ihm. Duncan zuckte zusammen, zu ängstlich, um hinzuschauen.

Randall hielt seine Finger auseinander, knapp zwei Zoll. „Der Bursche war mindestens so groß. Ich schaue hoch. Tausende umschwärmen mich jetzt. Sie sind entsetzlich. Ich weiß nicht, ob sie beißen. Ich beginne, mich selbst zu schlagen. Sie drängen in dieser engen Masse weiter. Noch mehr heften sich an mich. Plötzlich bin ich voller von diesen Dingern. Ich schreie, und sie fliegen mir in den Mund. Ich spucke und fuchtele herum. Ich tauche ins Wasser und komme wieder hoch, mit noch mehr auf meiner Brust. Sie sind überall. Ich kann nicht mal atmen, ohne eins in den Mund zu kriegen. Sie sind am Ufer. In den Bäumen. An meiner Kleidung. Ich warte darauf, dass sie stechen oder beißen. Ich bin zu panisch, um zu merken, ob sie Schaden anrichten. Diese Insektenwolke sieht aus wie eine biblische Plage.“

Das Glas hinter ihnen klirrte erneut.

„Ich renne um mein Leben. Ich zerdrücke sie, schlage sie. Ich hab eins gepackt und in meiner linken Hand festgehalten. Würde es nicht loslassen, denn wenn ich das täte, würde mir niemand glauben, falls ich überlebe, um davon zu erzählen.“

„Heilige…“ McKellan verspürte den Drang, nach mehr Alkohol zu suchen. „Und, was ist passiert?“

„Irgendwann sind sie flussabwärts gezogen. An mir vorbei. Ich fing an, den Sonnenuntergang durch die Insekten zu sehen, als sie verschwanden. Ich war geschockt. Ich war unverletzt. Unversehrt, abgesehen von den Spuren, die ich mir selbst beim Schlagen zugefügt hatte. Sie zogen weiter, bis der Schwarm dünner wurde. Ihre kleinen Kadaver lagen überall im Fluss verstreut. Die Hälfte von ihnen war jetzt tot und trieb im Wasser, hing in den Bäumen wie Ahornsamen nach einem Sturm. Die ganze Zeit über habe ich das eine in meiner Hand nicht losgelassen. Bin zurück zu den Baracken gerannt. Hab es meinem Staff Sergeant gezeigt. Er lacht sich kaputt. Sagt mir, das sind Eintagsfliegen. Vollkommen harmlos. Haben nicht mal Mäuler.“

Jack kicherte mit einem glasigen Blick in den Augen. „Nicht wie die Dinger da draußen.“

Duncan musterte das von Insekten übersäte Fenster und wandte sich dann wieder seinem

Vater zu, um ihm seine volle Aufmerksamkeit zu schenken.

„Er sagte, jedes Jahr im Mai etwa, für einen einzigen Tag, legen sie Larven in Flüsse und so. Die werden zu Wassernymphen und verwandeln sich schließlich in dieses hässliche, geflügelte, fliegende Insekt. Sie leben nur etwa einen Tag. Sie paaren sich in riesigen Schwärmen und beeilen sich, die Eier zurück ins Wasser zu bringen, bevor sie erschöpft sterben oder gefressen werden."

Jacks faszinierten Augen waren riesige, blutunterlaufene Kugeln, die sich in den Winkeln mit Tränen füllten. „Verrückt."

Randall deutete mit seinem schwer vernarbten Daumen, gezeichnet vom Kampf, über seine Schulter. „An die erinnern mich diese Viecher."

„Nur dass diese hinterhältigen Mistkerle größer sind und Münder mit Zähnen haben." Jack wischte sich eine verirrte Träne vom Gesicht.

„Ja, und sie bohren sich ein und beißen", fügte Randall hinzu, seine Augen zu riesigen, starren Kugeln erstarrt, mit einem abwesenden Blick. „Ich glaube, sie haben vielleicht Eier in Tanya gelegt, als wir sie rausgebracht haben."

Das Klopf-Klopf-Klopfen an den Fenstern wurde lauter.

Duncan wirkte kriegsgezeichnet und ausgebrannt. Verloren.

Jack kratzte mit seinem Fingernagel an einer Rille im Tisch. „Vielleicht leben diese auch nur einen Tag."

„Hoffen wir es." Randall strich seinem Sohn über die braunen, Haare im Topfschnitt.

„Aber selbst dann ist der Schaden angerichtet."

„Ich glaube, sie sind zu viel mehr fähig, als sie bisher angerichtet haben. Ich meine, verdammt, wir sind immer noch hier."

Randall schob seinen Schnaps über den schiefen Tisch zu Jack, trat ans Fenster, verbreiterte seinen Stand und verschränkte wie gewohnt die Arme hinter dem Rücken. Er starrte durch die wimmelnde Masse hindurch auf den stürmischen Wind, der Schneeflocken um die hoch aufragenden Natriumdampf-Straßenlaternen wirbelte.

Die Schläge gegen das Glas wurden feindseliger. Jedes Geräusch war ein knallrotes Insekt, vier Zoll lang, das gegen die fragile Einfachverglasung prallte und fest an ihr haften blieb. Mit jedem Aufprall verdunkelten sich die

Außenlichter, die Randalls Gesicht beleuchteten, weiter.

Klatsch! Klatsch! Klatsch-klatsch! Klatsch!

Sie kamen jetzt schnell, wie Geschosse aus einem Sturmgewehr. Schon vor dem nur allzu vertrauten Geräusch wusste Randall, dass er sich wieder im Krieg befand.

„Aber eines verstehe ich nicht. Wie zum Teufel haben sie diese riesige Wunde an ihrem Kopf gemacht?" Jacks Gesicht verzerrte sich. Er blickte zu Duncan, dann zu Randall, dann um sich im verwüsteten Zuhause. „Bei Candace und Leena sind sie durch den Mund, die Ohren reingekommen. Sie haben gebissen und kleine Löcher gebohrt, um reinzukriechen, wie bei mir draußen, aber sie haben sich nicht durch Knochen gefressen."

Jack erinnerte sich an die umgestürzten Möbel und das mehr als übliche Chaos in Tanyas Haus bei seiner Ankunft.

Ihm fiel der Kiefer herunter. „Hast du etwa…?"

Randall blieb sachlich. „Ich habe nie gesagt, dass diese Dinger Tanya getötet haben."

Wut stieg in Jack hoch. Seine Augen durchbohrten Randall wie weißglühende Laserstrahlen. Er beugte sich auf seinem Stuhl vor und nahm eine angriffsbereite Haltung ein. „Was hast du getan, Rand?!“

Der durchtrainierte Ex-Soldat drückte seinen Rücken gegen das kühle Fenster, das Glas vibrierte jetzt wie ein Schlagzeug bei einem Rockkonzert, und hob die Handflächen. „Sie war schon so, als ich ankam.“

Randalls Augen weiteten sich langsam, sein Ausdruck wurde noch ernster, bis McKellan sich schließlich auf seinem knarrenden Stuhl umdrehte.

Jack drehte sich gerade noch rechtzeitig um, um die rostige Axtklinge zu sehen, bevor sie durch die zarte Membran seines Auges brach und das darunter liegende, fragile Augenhöhle zerschmetterte. Heiße, granatrote Flüssigkeit spritzte über Duncans Gesicht. Er holte erneut kräftig aus und rammte die Beil dieses Mal in Jacks Mund, um die Schreie zu ersticken.

Ein letzter Hieb in Jacks Kehle spaltete sie weit auf. Sein Körper zuckte. Seine Hände klammerten sich für einen langen Moment an die klaffende Wunde. Bald wurden seine Arme schlaff und fielen herab.

Ein unheimliches Schweigen breitete sich im Raum aus.

Duncan blickte zu seinem Vater auf und ließ die Axt fallen, die in der wachsenden, kirschroten Lache unter ihm landete.

„Es tut mir leid, Sir." Tränen strömten über seine jugendlichen Wangen. „Ich habe es wieder getan."

Randall beobachtete, wie sein Sohn reumütig zwischen den Mänteln und dem Brennholz Zuflucht suchte wie eine Maus. Seine starren Augen zeigten Enttäuschung und Angst. Sein Gesichtsausdruck glich dem von beschützten Zivilisten, denen er seine schlimmsten Kriegsgeschichten erzählt hatte.

Obwohl Tanya schon vorher unerträglich gewesen war, war sie seit der Scheidung völlig durchgedreht. Ihr langsames Crescendo an irrationalem Verhalten hatte sie beide in Angst versetzt. Er wusste, wie sie sich ihm gegenüber verhielt, einem Erwachsenen, und konnte nur erahnen, was für Horrorszenen der Junge im Geheimen durchgemacht hatte. Nachdem er ihn zuvor befragt hatte, während das Kind noch mit Tanyas Blut beschmiert war, war klar, dass er zweifellos den Preis für die Sünden seines Vaters bezahlt hatte.

Als Mörder selbst, der zahlreiche Leben im Ausland genommen hatte – manche auf Befehl, manche als Kanonenfutter –, entschied Randall, dass er kaum das Recht hatte, den Jungen zu verurteilen.

In gewisser Weise waren er und Duncan nun im selben Krieg. Einem neuen Krieg. Einem Krieg gegen einen gefräßigen Schwarm wuselnder, rötlicher Parasiten, die sich durch ein einst ruhiges Städtchen fraßen, getragen vom beißenden Winterwind. Eine Stadt, die er vor einem Jahrzehnt fälschlicherweise für sicher genug gehalten hatte, um eine Familie zu gründen.

Eine Stadt, die jetzt voller Blutvergießen war, in Zinnoberrot getaucht.

Wie die anderen Gräueltaten, die er außerhalb der Einsatzgrenzen im aktiven Dienst gesehen hatte, war er bereit, die tödlichen Geheimnisse seines jungen Kameraden mit ins Grab zu nehmen. Was angesichts der schwindenden Lichtmenge am Erkerfenster möglicherweise nicht mehr lange dauern würde.

SÄTTIGEN

Mein bescheidenes Burger-Restaurant ist heute Abend voll und pulsierend vor lebendiger Energie. Ich habe Buzz's Burgers mein Leben gewidmet, und jetzt haben mehrere andere dasselbe getan. Allerdings in diesen Fällen unwissentlich.

Früher habe ich Kollegen aus der Gastronomie hier in Neuengland nach Empfehlungen für qualitativ hochwertiges lokales Rinderhackfleisch gefragt. Im Nachhinein verblassten selbst ihre besten Vorschläge im Vergleich zu den sündhaft leckeren Produkten, die ich heute serviere, auch wenn die Beschaffung heutzutage mühsamer ist. Ich mustere jeden Gast, der die Tür betritt, mit einem einladenden Blick, der auf ihren Oberschenkeln verweilt, um mir die Marmorierung des Fetts unter ihrer Kleidung vorzustellen.

Es hat sich immer wieder als erstklassiges Stück erwiesen.

Ich beobachte, wie sie sich knusprigen Speck, reife Avocadoscheiben und frittierte Zwiebelringe in den Mund stopfen und alles mit kohlensäurehaltiger Cola hinunterspülen, die sie durch grüne Papierstrohhalme schlürfen. Die Gäste haben sich daran gewöhnt, und wir mögen es nicht, Abfall zu produzieren. In diesem Zusammenhang verliere ich mich oft in Gedanken und frage mich, ob ich verwertbare Fleischstücke an die Schweine verschwende.

Es ist erstaunlich, dass der alte Mitchell nicht bemerkt hat, wie seine Tiere zunehmen, obwohl er sie nur mit dem Nötigsten füttert. Ich frage mich, ob er eine Ahnung hat, dass seine Säue seit einem Monat dabei helfen, mehrere abscheuliche Sünden zu vertuschen.

Meine abseitige Nebentätigkeit ist zusätzlich zu meiner regulären Arbeit ermüdend. Überraschenderweise muss ich mich nicht mit Gewissensbissen herumschlagen. Ironischerweise hat mich meine Mutter – Gott hab sie selig – dazu erzogen, ein anständiger katholischer Junge zu sein.

Aber hier bin ich.
Nicht mehr anständig.

Lächerlich aufrecht...

Vertieft in einen Tagtraum darüber, wie die Bizepse des Mannes an Tisch vier aussehen würden, wenn sie gehäutet auf dem Tisch hinter mir lägen.

Ich spähe durch die Küchentür, während Allie dem Vierertisch ihr Essen serviert. Ein "Blackened Blue" und ein "Roadhouse Cheeseburger", zwei Hausspecialitäten meines heruntergekommenen Ladens in Connecticut, eingekeilt in einem heruntergekommenen Einkaufszentrum zwischen dem "Happy Days Nail Salon" und "Lance's Gym" an einer Hauptverkehrsstraße. Ich habe den Ort gewählt, weil ich dachte, der Duft meiner saftigen, gegrillten Burger würde die hungrigen, dürren Frauen und muskelbepackten Kraftprotze verführen, ihre Diäten zu brechen.

Doch das war nicht der Fall.

Seit meiner Eröffnung vor anderthalb Jahren ging das Geschäft stetig bergab. Meine Investition zerfiel Tag für Tag, während ich durch die Glasfront des Fitnessstudios gegenüber die Gym-Ratten auf ihren Laufbändern rennen sah, während mein Restaurant leer blieb.

In den letzten Monaten kam das Geschäft fast zum Erliegen. Ich konnte die Rechnungen und Lieferanten kaum noch bezahlen. Ich gab ständig Geld in der Druckerei aus, um Stapel von Flyern für die Windschutzscheiben auf dem Parkplatz zu drucken, mit Rabatten, die das Geschäft ankurbeln sollten, wenn diese gesundheitsbewussten Spinner meinen Burgern eine Chance gäben.

Ich verlor Geld in Strömen.

Das Diner lag im Sterben. Ich lieh mir Geld von meinen Eltern in Florida, um die Türen offen zu halten. Ich entließ Jimmy, den anderen Koch, den ich eingestellt hatte, sowie meine Hostess Theresa und zwei der verbliebenen drei Kellner, Andy und Mel.

Der Anblick ihrer niedergeschmetterten Gesichter zerbrach mir das Herz.

Ich fühlte mich wie ein Versager, der seine Kinder im Stich gelassen und verprügelt hatte, bevor er sie auf die Straße setzte und sie sich selbst überließ.

Aber die eigentliche Wende begann vor drei Wochen...

Durch einen Zufall.

...Sozusagen.

Zufall ist das falsche Wort. Schicksal wäre passender. Ich glaube an das Schicksal.

Oder vielleicht war es göttliche Fügung. Da glaube ich auch dran.

Gottes Wege sind unergründlich.

Herbert Looper hätte niemals mit seinem kleinen, dummen Notizbuch und seinem selbstgefälligen Halbgrinsen hereinkommen sollen, begierig darauf, diesem angeschlagenen Burgerladen mit einer 9-mm-Kugel in die Stirn den Gnadenstoß zu versetzen.

Ich verabscheue Kritiker. Sie haben oft keine Ahnung, wie schwer es ist, die kreativen Gerichte zuzubereiten, die sie verreißen... und sie dabei konsistent auf hohem Niveau zu halten. Er kam, um meinen Namen zu beschmutzen. Um einen Schaden anzurichten, der zu inneren Blutungen führen würde, die ich nicht mehr stoppen könnte.

Oh, die Ironie.

Kurz vor Feierabend an einem Tag – es war der 4., woran ich mich nur erinnere, weil einige Rechnungen fällig waren und mein Gemüselieferant anrief und schwörte, die Belieferung einzustellen, bis ich vollständig bezahlt hätte – bestellte Looper ein paar unserer Bestseller (den Trüffel-Portobello mit Tillamook-Schweizer-Käse und den Habanero-Pepper-Jack-Turkey-Burger, wenn ich mich recht erinnere) und notierte seine sarkastischen Gedanken und halbherzigen Beobachtungen. Ich beobachtete ihn durch die Gucklöcher der Pendeltür, während meine Augen in ihn brannten wie der brutzelnde Grillrost hinter mir in das rohe Hackfleisch.

Ich wusste, wer er war, nachdem ich seine Fotos in einigen lokalen "Milford 40-under-40"-Artikeln gesehen hatte. Schwer zu vergessen sind diese dicken Wayfarer-Brillen, Hawaii-Hemden und das hipsterfrisierte, fettige schwarze Haar. Halb so alt wie ich und mit einem arroganten Grinsen, das unter seinem gepflegten Bart wie eingefroren wirkte.

An jenem schicksalhaften Dienstagabend blieb er nach Bezahlen der Rechnung für die zwei medium durchgebratenen Meisterwerke, die er kaum angerührt hatte, im Speisesaal sitzen. Ich kam heraus, stellte mich an seinen Tisch und fragte, wie das Essen gewesen sei. Er antwortete nicht mit Worten. Er hob nur seine markanten schwarzen Augenbrauen und nickte leicht. Ich machte irgendeinen Witz darüber, dass er hungrig genug sei, für zwei zu essen, und ich erinnere mich, dass er ein gequältes Halblächeln und ein gekünsteltes Schnauben von sich gab, bevor er seine Tasse hob, um anzudeuten, dass er eine Nachfüllung wollte. Ich kam der Bitte nach, hielt mein Lächeln aufrecht, brachte ihm das volle Glas und schlich zurück in meine Küche, um weiterhin heimlich Blicke durch die Tür zu werfen.

Candace kassierte bei ihm ab, hängte ihre Schürze auf, winkte zum Abschied und ging nach Hause zu ihrem Kind Nigel. Er ist zwei. Ein guter Junge. Immer wenn er hier ist, mache ich sein Lieblingsgericht (den "Bayou Heat Burger", geschwärzt, mit Boudin-Bällchen als Beilage. Der Junge liebt diese Boudin-Bällchen.)

Nachdem sie gegangen war, reinigte ich den Grill und begann, alle Oberflächen in der Küche zu schrubben.Ich gehe nicht nach Hause, bis es sauber genug ist, um einen Burger vom Boden zu essen. Ein leichtes Klopfen an einer der Pendeltüren überraschte mich. Durch das ovale Fenster starrten Loopers dunkle, Knopfaugen und buschige Augenbrauen herein. Er murmelte etwas. Er bat um Einlass. Ich gewährte es ihm, in der Hoffnung, einen positiven Eindruck zu hinterlassen und meine kleine, aber makellose Küche zu präsentieren, deren Sauberkeit für mich immer eine große Quelle des Stolzes war.

Ich erinnere mich, wie er den Raum musterte, Oberflächen berührte und in Geräte schaute, während er mir mit erschreckender Offenheit erzählte, wie „minderwertig" mein Essen sei und faselte über die schlechte Qualität meines Hackfleischs, wobei er lokal produziertes Weidefleisch vorschlug. Ich informierte ihn, dass es genau das war (und dass wir mehr dafür bezahlten), doch er starrte mich ungläubig an. Er schwadronierte weiter über die Fettigkeit, und ich schaltete ab, seine Worte nicht mehr wahrnehmend. Sein herablassendes Lächeln verriet, wie er sich an diesem unverdienten Überlegenheitsgefühl ergötzte.

Ich erinnere mich nicht, wie ich das Hackbeil aufhob.

Ich erinnere mich nur, wie ich es ihm in den Nacken rammte, als er zur Tür hinausging, es tief in Muskeln und Wirbel grub. Er fiel zu Boden, seine Beine versagten, während er sich zur Tür schleppte und meine frisch gewischten Fliesen mit einer Lache seines dicken, erbärmlichen Blutes verschmierte.

Ein ekelerregender Mix aus Wut und Befriedigung stieg in meiner Brust auf, als die geschärfte Klinge noch mehrmals in sein Fleisch und die Wirbelsäule eindrang.

Mit voller Klarheit erinnere ich mich, wie ich keuchte und nach Luft rang. Fasziniert beobachtete ich die schwachen, sterbenden

Zuckungen seines Körpers in der wachsenden Pfütze aus granatrotem Blut, während der ausgestreckte schwarze Arm des Todes ihn aus dieser Welt führte. Sein Kopf war fast von der Wirbelsäule getrennt. Mehrere Hackspuren legten beschädigte Wirbel und rohes, glatt durchtrenntes Muskelgewebe frei.

Ich hatte nie klassische katholische Schuld empfunden. Das schockierte mich.

Stattdessen spürte ich nur eine herzrasende Wildheit.

Ich hatte jeden Cent, jede freie Minute, jede Hoffnung und jeden Traum in Buzz's Burgers gesteckt, und ich konnte nicht zulassen, dass er ein Loch in mein Boot schlug und diesen Ort mit üblen Urteilen aufgrund eines einzigen Essens versenkte.

Als er die Qualität meines „minderwertigen Fleisches" kritisierte, erinnerte ich mich an meine Zeit als Metzger in den Zwanzigern in einer großen Supermarktkette in Hartford, die mehrmals den Besitzer wechselte. Mein Kumpel Kevin und ich schnitten Schinken und scherzten darüber, mäkelige Kunden durch den Fleischwolf zu drehen. Wir lachten darüber, sie per Pfund mit einem saftigen Preisschild namens „Langschwein" im Schaufenster anzubieten. Wir fragten uns, ob das jemand kaufen würde, und lachten über Szenarien, in denen der Verkauf die kriselnde Kette retten würde.

In der Nacht, als Looper leblos in seinen eigenen Körpersäften lag, mit rasselnden Atemzügen kämpfend, ging ich einen Schritt weiter. Ich musste die Leiche beseitigen, um nicht alles, einschließlich meiner Freiheit, zu verlieren. Doch ein Teil von mir sehnte sich nach der Gelegenheit, mit einer neuen Zutat zu experimentieren – etwas, das ich als Gastronom schon immer ohne Reue getan habe. Die Leute wollen immer etwas Frisches und Neues, das den Komfort eines klassischen Formats bietet.

Es war so befriedigend, Scheiben seines Fleisches abzuschneiden und Stücke seines Gesichts, seines Hinterns und seiner Waden durch meinen zweijährigen, glänzenden Fleischwolf zu drehen, ihn zu zerkleinern und zu würzen. Er wurde auf Roste gelegt, zu Metallschalen verarbeitet mit perfekt gewürzten, in Papier gewickelten Patties in meinem Kühlhaus.

In den frühen Morgenstunden verbrannte ich seine Kleidung in der Feuerschale zu Hause und leerte die Müllsäcke mit Knochen und nutzlosen Resten (Ohren und Finger etc.) über den Zaun meines Nachbarn. Regungslos beobachtete ich, wie Mitchells Schweine seine Überreste verschlangen. Jede letzte Spur von ihm wurde von den gierigen Säuen vernichtet, die sich mit widerlichen, schmatzenden Geräuschen durch die harten Knochen und Knorpel des jungen Kritikers fraßen.

Ich konnte mich nicht beherrschen, als wir an diesem Nachmittag zum Mittagessen öffneten. Obwohl ich erschöpft war von nur drei Stunden Schlaf und schmerzte von der zusätzlichen körperlichen Anstrengung, wurde ich euphorisch bei dem Gedanken, das neue Special in die Karte aufzunehmen.

Zu meiner Überraschung wurde der Langschwein-Burger, den ich „Der Kritiker" nannte, ein riesiger Erfolg bei den wenigen verbliebenen Stammkunden. Sie schwärmten und kamen am nächsten Tag mit Freunden wieder. Sogar einige Fitnessjunkies gaben nach. Ein verschwitzter Läufer sagte, er habe den Duft unseres brutzelnden „Rindfleischs" auf dem Parkplatz gerochen und nicht widerstehen können.

Innerhalb von vier Tagen war mein Langschwein-Vorrat aufgebraucht. Ich fürchtete, das Geschäft würde wieder einbrechen. Doch wie durch ein Wunder stattete mir bald ein Gesundheitsinspektor aus Milford einen Besuch ab.

Ich glaube, etwas stimmt nicht mit mir.

Ich sollte Reue oder Schuld empfinden, aber statt mir die Nägel zu kauen und Albträume über diese abscheulichen Taten zu haben, freue ich mich tatsächlich auf die Zukunft dieses bescheidenen Burgerladens.

Während ich durch diese ovalen Fenster auf das Kauvorgang jenseits der Tür blicke, auf Menschen, die ihre grinsenden Mäuler mit einer exotischen Art von Hackfleisch stopfen, erinnere ich mich daran, worum es wirklich geht.

Ich habe dieses Geschäft eröffnet, um den Gästen Nahrung zu bieten, die sie genießen – und genau das habe ich getan.

Ich werde das Langschwein auf der Karte behalten. Die Schweine bei Mitchells werden weiterhin gut fressen, ihre runden Bäuche werden sich unter dem Gewicht meiner Sünden wölben, so lange ich weitermachen darf. Obwohl es keine wirklich „ethische" Beschaffung dieses Proteins gibt, werde ich ständig Anpassungen vornehmen, um die Abfälle zu minimieren. Vielleicht füge ich eine köstliche Knochenbrühe-Suppe hinzu, serviert in einem Töpfchen mit Austerncrackern und abgeflämmtem Käserand. Oder ich verwende Fett aus dem Gehirn, um die Bratwürstchen zu verfeinern, die ich anbieten will, wenn ich die Öffnungszeiten auf das Frühstückspublikum ausdehne.

Hinter diesen verglasten Metalltüren, die mich von den begeisterten Gästen an der Hostess-Station trennen, sind unsere Tische voll mit zufriedenen, gefräßigen Besuchern, die sich ihre satten Bäuche tätscheln und Candace, Andy, Mel und unserem Neuzugang Allie (eingestellt wegen des gestiegenen Andrangs) großzügige Trinkgelder dalassen.

Scheint, als würden sie den Inspektor wirklich genießen.

Wenn meine Mutter – Gott hab sie selig – mich jetzt sehen könnte, wie ich skrupellos Menschen ihren Mitmenschen serviere, würde sie sich im Grab umdrehen.

Unsere Toten zu begraben kommt mir jetzt so seltsam und unwirtschaftlich vor. Gräber… was für eine Verschwendung von gutem Fleisch.

IM BLUT DES MÄRTYRERS

Odessa lehnte sich gegen das dünne, pechschwarze Geländer, das eine perfekt gerade Teilung der Granitstufen erzwang, und bewunderte das schlanke Kreuz, das hoch über ihr aufragte. Es schwebte friedlich auf dem schneebestäubten Turm, als wäre die kirschrot Plastikhülle selbst gerade in den Himmel aufgerufen worden.

Sanfte Flocken tanzten um sie herum, vom stürmischen, kohleschwarzen Himmel herabgeschüttelt wie ein Fass voll glitzernder Glitzer. Es gab keine Wolken, nur einen dunklen Hintergrund, der die feinen Kristalle kontrastierte, die einen erstickenden Schleier bildeten. Sie beobachtete, wie eine kleine Schar Krähen auf dem schneebedeckten Rasen zwischen Kirche und Wald versammelt war, die Flügel eng an den Körper gepresst. Mit stoisch auf den Schnee stampfenden Krallen durchkämmten sie mit sauer dreinblickenden Onyxgesichtern das Gelände wie Drill-Soldaten, die ihre Rekrutenkasernen inspizieren.

Der umgebende Wald mit seinem Gewirr knorriger, blattloser Eichenäste, die sich durch den Nebel schnitten, verlieh der bescheidenen Kirche einen Mantel absoluter Abgeschiedenheit. Jenseits des schlichten Bauwerks dämpften frische Schneeflocken die sonst so scharfen und unheilverkündenden Laute der Wildnis. Keine heulenden Hunde oder Tobende Eulen heute. Nein, heute war es still.

So still.

Odessa warf einen Blick auf ihre Uhr und richtete ihren Blick wieder auf das Gebäude. Da stand es vor ihr – wie immer – in der klaren Januarluft, sich über ihren schlanken Rahmen erhebend in all seiner Pracht:

Die Türen zum Heil.

Die beiden schweren Doppeltüren wölbten sich wie zwei aneinandergelegte Hände im innigen Gebet.Odessa hätte die kunstvollen Engelsverzierungen aus dem Gedächtnis nachzeichnen können, wenn es nötig gewesen wäre. Die immense Detailtreue hob sich von der ansonsten schmucklosen Fassade des Gebäudes ab. Sie starrte auf die geschnitzte hölzerne Sonne, deren scharfe, präzise Strahlen auf lächelnde geflügelte Putti herabschienen, die darunter herumtollten. Manchmal fragte sie sich, ob sie diese Türen genauso sehr liebte wie ihr Schöpfer es getan haben musste.

Ronald bog von dem Kiesparkplatz an der Seite um die Ecke, streifte am Stamm einer krummen Eiche vorbei und blieb wie gebannt vor einem frisch ausgehobenen Erdgraben stehen. Brocken gefrorenen, ockerfarbenen Bodens waren über den angrenzenden Schneewehen verteilt, entweihten die makellose weiße Decke des Schneefalls und befleckten ihre Reinheit. Er blickte in die lange Grube hinab, holte tief Luft und lächelte Odessa schwach über den schneebedeckten Rasen hinweg zu. Seine schwarzen Lederschuhe knirschten über den geräumten Weg und zermahlten das Streusalz.

Er war genauso groß wie sie und neigte den Kopf auf ähnliche Weise, um die Kirche durch ihre Augen zu sehen. Die Nähe ließ sie reflexartig zum Geländer zurückweichen. Ronald trat zurück und stieß ein furchtbar nervöses Kichern aus.

„Es tut mir leid", bot er an, die Hände zur Kapitulation erhoben, mit weicher, tiefaufrichtiger Stimme.

Odessa presste die Lippen aufeinander und schüttelte den Kopf, um anzudeuten: ‚Nein, schon gut.' Der Schnee fiel nun dichter, in größeren Flocken, als wäre das Wetter ebenso von Ronalds Anwesenheit beeinflusst wie sie selbst.

„Es ist so schön, dich zu sehen", säuselte der Mann.

Odessa versuchte, ein halbherziges Lächeln zu erzwingen, doch es glich mehr dem ersten Warnknurren eines misstrauischen Designerhundes. Sie wünschte, sie könnte dasselbe über ihn sagen, doch das konnte sie einfach nicht. Und sie hatte nicht vor, Lügen und falsche Höflichkeiten von sich zu geben, nicht auf den Stufen eines so heiligen Ortes.

Nicht heute, von allen Tagen.

Sie musterte Ronalds teuren schwarzen Mantel, der von gefrorenem Niederschlag gesprenkelt war, als würde er von einem riesigen, göttlichen Salzstreuer gewürzt. Als könnte ihn das auf irgendeine Weise vielleicht genießbarer machen.

„Du siehst gut aus." Odessas Stimme klang winzig durch den schalldämpfenden Schneefall. Es war das Beste, Wahrhaftigste, was ihre winterlich aufgesprungenen Lippen hervorbringen konnten.

„Danke." Ronald holte tief, ängstlich Luft. „Es ist ein wichtiger Tag."

Und er hatte recht.

Seine nur allzu vertraute Stimme wirbelte durch ihr Gehirn wie Eier, die mit einem Schneebesen verquirlt werden.

Ein wichtiger Tag, in der Tat.

„Du siehst hinreißend aus", fügte Ronald hinzu. Seine Wangen hoben sich, und sein Lächeln war sanft. Er warf einen schnellen Blick auf ihre Kleidung. „Dieses Kleid steht dir wirklich." Sein Ausdruck verblasste, rasch ersetzt durch Melancholie. Er räusperte sich und hustete in seine behandschuhte Faust. „Dich jetzt in Weiß zu sehen… es ist wirklich schade, dass ich dich niemals den Gang hinabschreiten sehen werde."

„Das hast du dir selbst zuzuschreiben."

Sie konnte nicht glauben, dass sie es ausgesprochen hatte. Zumindest nicht laut. Ihr Ton war eisig.

„Du hast recht." Er wischte liebevoll einige haftende Schneeflocken von ihrem schmutzig spülwasserblonden Bob.

Sie verkrampfte sich.

„Ich dachte, ich hätte mich klar ausgedrückt." Ihre Stimme war ein leises Knurren mit einem deutlichen Anflug von sickerndem Hass. Odessa spannte die Arme an ihrer Seite an und runzelte die Stirn, als sie bemerkte, wie weitere Gemeindemitglieder sich eigene tiefe Pfade durch den Schnee um den Graben bahnten.

„Es schmolz", murmelte Ronald sanft, „Es tut mir leid. Ich konnte nicht anders."

Es tut mir leid. Ich konnte nicht anders.

Diese Worte ließen Odessa am liebsten direkt auf die steinernen Stufen vor dem Ort kotzen, den sie für den heiligsten hielt.Oder schreien. Oder weinen. Oder das dünne Geländer, an das sie sich presste, zerreißen und ihn damit verprügeln. Sie stellte sich vor, wie sie danach über seinen rundlichen Körper ragte, sein verstörtes Gesicht rund und bleich, ebenso von der tückischen Kälte wie von der brutalen Misshandlung, mit dicken violetten Ringen um seine geschundenen, sich schwarz färbenden Augen, während er sie immer wieder anflehte aufzuhören. Sie würde hinabschauen, lachen und dasselbe murmeln:

Es tut mir leid. Ich konnte nicht anders.

Sie versuchte sich zu beruhigen. Schließlich würde sie ihn bald nie wieder diese nutzlosen Silben – oder irgendwelche Silben – von sich geben hören.

Abschluss.

Ahhh, das wäre göttlich.

Von um die Ecke kam Nina geschlurft. Obwohl sie aktiv im Gottesdienst mitwirkte, war sie eine notorische Miesepeterin. In Neuengland verriet ihr südstaatlicher Akzent, wie weit sie sich von zu Hause entfernt hatte. „Ist das... Ron?"

Ronald grinste und nickte.

„Es ist Jahre her!" Ninas schlichte, pragmatische Schlupfschuhe bahnten sich qualvoll langsam ihren Weg über den Beton, bis die beiden entfremdeten Bekannten sich schließlich auf Zehenspitzen in einer aufrichtigen Umarmung trafen. Flauschige weiße Flocken landeten in ihrem dünnen, ebenso farblosen Haar. Selbst so früh am Morgen, vermischt mit dem Aroma des Vanille-Moschus-Parfüms, in dem sie sich offenbar gebadet hatte, konnte Ronald noch eine schwache Bierfahne im Atem der alten Frau riechen, als sie sich hochreckte, um ihn auf die

Wange zu küssen. Sie wischte die verschmierten Spuren mauven Lippenstifts von seinem Gesicht und entließ ihn aus ihrem knöchrigen Griff.

„Es ist so schön, dich zu sehen. Wir freuen uns so, dass du zurück bist! Was hat dich so lange von uns ferngehalten?" Nina knuffte ihn mit ihrer gebrechlichen, altersfleckigen Hand in den Arm.

Ronald wich der Frage aus und erwiderte stattdessen: „Lasst uns euch beide reinbringen, wo es warm ist, einverstanden?" Er bot den Damen höflich seinen Ellenbogen an.

Nina nahm ihn. Odessa nicht. Sie ging auf die Türen zu und lehnte die ritterliche Geste subtil ab.

Sie wollte das hier hinter sich bringen, und doch wollte ein anderer Teil von ihr, dass es ewig währte.

Der verdrehte Griff der linken Tür war so eisig in ihrer schmalen, bloßen Hand, dass die Messingoberfläche schockierend wirkte. Sie stemmte die knarrende Tür auf und ließ ihre fast farblosen haselnussbraunen Augen über die Bänke im Inneren schweifen. Trotz der frostigen Temperatur draußen durchströmte sie sofort ein warmes Gefühl der Erleichterung.

Erlösung.

Ein tröstlicher Schwall von Göttlichkeit und Sühne würde sie bald durchdringen, wie ein heißer Regen aus Wahrheit, Liebe und Vergebung, der über ihr Fleisch tropfte und ihren neugeborenen Körper überzog.

Sie konnte es kaum erwarten. Ihre Nerven kribbelten.

Sie würde neu geboren werden. Gereinigt von allen vergangenen Verfehlungen, ob sie nun ihre Schuld waren oder nicht. Verjüngt. Wieder so sündenfrei in den Augen des Herrn wie an dem Tag, an dem sie geboren wurde. Sie würde einen riesigen Schritt näher daran sein, die Ewigkeit im Himmel oben zu verbringen, geborgen in den Armen Gottes.

***

Die Lieder zur Feier des Pfingstfestes tobten weiter, und Odessa rutschte unruhig auf ihrem Sitz hin und her, während die Minuten der Predigt und der Sonntagsrituale verrannen. Sie war zu aufgeregt von dem, was am Ende alles kommen würde, um sich auf die Botschaften im Text zu konzentrieren.

Irgendwann während des zweiten Liedes streifte sie ihren langen Mantel ab und legte ihn über die Rückenlehne ihres zusammengefügten Stuhls, um ihren Armen mehr Bewegungsfreiheit zu geben. Sie spürte, wie Ronalds Blick auf ihrem Körper verweilte, und war sich sicher, sie könne ihn auf ihrer nackten Haut unter den Kleidern brennen fühlen. Kurz darauf sah sie, wie sein dicker kleiner Finger sich ausstreckte, um die weiche Haut ihrer Hand zu berühren, die sie um die Seite des eng verbundenen Stuhls gelegt hatte. Als sie das sah, hob sie ihre Hände und schüttelte ihre Handgelenke, als wären ihre Handflächen Maracas. Auf diese Weise konnte sie das Licht des Herrn durch ihren Körper strahlen spüren und Ronald gegenüber eine gewisse glaubhafte Bestreitbarkeit wahren.

Odessa bot, wie so oft, ihre Stimmbänder dem Heiligen Geist dar und begann zu vokalisieren. Sie schaltete ihren Verstand aus und wurde zu einem Gefäß, durch das die Gottheit sprach:

La ah tee sha na na net ee pah sha na cue.

Can a de dee pah nee ha ma drah!

Die Zungenreden sprudelten in einem Wirrwarr aus durcheinandergemischten Silben aus ihrem Mund zum Heiligen Geist, damit Satan ihre verschlüsselte Botschaft nicht verstehen oder abfangen konnte.

Pen a tet a ka sha ma na na na.

Pah det a tee tah men ah pet a cue can a tet droo gah…

Ihre Augen rollten nach hinten, und sie löste sich von der Kirche, ihren kurzen Reihen verbundener Stühle und den etwa dreißig anderen Gemeindemitgliedern im Lobpreis. Sie flüsterte die wirren, geheimnisvollen Silben zum Herrn. Die Pfingstler hatten sie immer gelehrt, dass die kluge Improvisation der Zungenrede der Schlüssel sei, um lauschende Dämonen zu verwirren.

Ronald beugte sich zu ihr, um ihr etwas zuzuflüstern, aber seine Stimme drang nicht zu ihr durch. Statt es zu wiederholen, lehnte er sich zurück, lächelte freundlich und hob seine Hände in die Luft. Odessa murmelte weiter, unverständliche Worte zur Decke hin.

Det pa nee tah ven too be rosque a ma na thah dev.

Eel es gon a geh ch yah ah het a due!

Jeder in der Kirche hatte die Hände in jubelnder geistlicher Anbetung erhoben. In der ersten Reihe begann Gladys, eine fromme, freudige Frau, die Odessa seit Jahrzehnten kannte, zu zittern und zu beben. Ihre Perlenarmbänder klimperten mit den Vibrationen.

Mehrere gottesfürchtige Männer und Frauen, die im Lobpreis versunken waren, schrien auf, ihre Töne schrill und schauderhaft. Aber sie hatten keine Angst. Sie waren freudig überwältigt. Auch sie waren vom Heiligen Geist überwältigt.

Eine bedrohliche Dunkelheit wälzte sich über den ländlichen Himmel und sickerte durch die rechteckigen Buntglasfenster. Die zitternden Gesichter der tiefgläubigen Menschen in der Nähe der Teppichgänge flackerten in allen Regenbogenfarben.

Der Pastor, Arthur Wallace, stand vorne in der Mitte mit hoch erhobenen Armen und trieb die Gruppe tiefer in ihre kollektive Hysterie. Er war jetzt mittleren Alters, obwohl er erst ein Teenager war, als Odessa als kleines Mädchen begann, die Fellowship-Pfingstgemeinde zu besuchen.

Der fromme Mann erwies sich als Stütze des Trostes für sie in ihren dunkelsten Zeiten. Den Jahren, in denen Gott ihren Glauben prüfte, um die Stärke ihrer Treue zu beweisen, wie er es bei Hiob getan hatte. Obwohl es die schwerste Zeit ihres Lebens war, bestand sie die Prüfung. Sie verlor nie ihre Loyalität zu Gott, nicht einmal als der Dämon in menschlicher Gestalt zu ihr kam. Nicht einmal als dieser Mensch sie Nacht für

Nacht ihrer Reinheit beraubte wie ein gottloses, gigantisches Raubtier...

Wallace war für sie da gewesen, lehrte sie während dieser Prüfungen das Wort des Herrn. Damals unterrichtete er die Sonntagsschule, so wie sein Vater, Neil Wallace, Pastor der Gemeinde gewesen war. Jetzt lag das Heil der Gemeinde zu Recht in Arthurs Händen.

Händen, die von Gott gesegnet waren.

Heute trug Pastor Wallace ein Hemd, knitterfreie alabasterfarbene Hosen und eine passende weiße Jacke. Es war ein feierlicher Tag, und er wusste, der Herr würde es vorziehen, wenn er sich dem Anlass entsprechend kleidete. Er zog die Jacke aus und stürmte den Mittelgang zwischen den Bänken hinauf, während er in Zungenrede eigene verschlüsselte Worte an Gott richtete. Er brüllte Äußerungen in bedrohlichem Tonfall, knurrte und wetterte über Satans Griff nach den gottesfürchtigen Menschen ihrer unbestreitbar verruchten, aber dennoch erlösbaren Stadt.

Durchdringende Schreie und Keuchen übertönten das Crescendo der Stimmen des donnernden Chors, der unermüdlich seine schwungvollen Hymnen von Gottes Herrlichkeit über die sinnfreien Lautäußerungen des Pastors hinausschrie.

Der Pastor schleuderte seine weiße Jacke auf einige Gemeindemitglieder, schlug damit so heftig zu wie ein Löwenbändiger mit seiner Peitsche. Als wolle er ihnen die Sünde direkt aus dem Leib prügeln. Von der plötzlichen Erleichterung von der moralischen Last ihrer Verfehlungen kollabierten sie in einer synchronen Welle von Körpern auf den Boden.

Lawrence, ein jugendlich attraktiver Mittzwanziger, der die Kirche praktisch seit seiner Geburt besuchte, zitterte wild im Mittelgang hinter Wallace, als stünde er unter Strom. Sein Vater John, der Sheriff des verschlafenen Städtchens, strahlte vor Stolz bei diesem Anblick. Er reckte die Hände in die Höhe, um Gottes Herrlichkeit für die Krämpfe seines Sohnes zu preisen.

Pastor Wallace stürmte auf Lawrence zu und stand ihm Auge in Auge gegenüber, während er in Zungen schrie.

Pet cer a tum na kah she fa na fa fa be cet a que le nep ah nit!

Dee fa nah a ten ah pa dru go ne he pah cer ah the nooh can a tet!

Er rammte seine Handfläche hart gegen Lawrences Stirn, wodurch der junge Mann rückwärts in eine Gruppe von Erwachsenen in ihrer Sonntagskleidung taumelte, die sich gegenseitig niedertrampelten, um ihn aufzufangen. Sie breiteten Lawrence auf dem Boden aus, während er hemmungslos zuckte. Der Pastor raste mit einem Schub aufgeregter Energie weiter, verlangsamte dann wieder sein Tempo, diesmal in Odessas Reihe.

Wallace streckte eine feste, gerechte Hand aus, und mit pochendem Herzen nahm Odessa sie.

Dies war es.

Dies war ihr Moment. Endlich würde sie rein werden. Sie würde wieder ganz sein.

In den Augen des Herrn... und in ihren eigenen.

Pastor Wallace streckte seine andere Hand Ronald entgegen und zog ihn nach ihr aus dem Gang. Eine manische Welle der Aufregung durchströmte Odessas Blut, perlierte in ihr Gehirn und wirbelte darin herum wie der schwankende Rausch völliger Trunkenheit.

Pastor Wallace führte sie beide zur Bühne. Sie stiegen über Lawrences keuchenden Körper auf dem Boden, der immer noch zitterte wie der Schwanz einer verteidigungsbereiten, gereizten

Schlange. Das Trio hielt an, und Wallace ließ ihre Handflächen los. Sie warteten geduldig in der Nähe der Treppe.

Wallace schlenderte zur Mitte der Bühne und signalisierte mit dramatischen, federnden Handbewegungen nach unten seinen Wunsch nach einem Decrescendo des Chors. Ihre reinen Stimmen verebbten zu einem leisen, spirituellen Summen von Gospelliedern. Gänsehaut breitete sich auf Odessas Haut aus, begleitet von einem Schauer, der sie bis ins Mark erschütterte.

Donner grollte und sandte lange, nachhallende Schallwellen durch die feuchte Morgenluft. Odessa konnte durch die transparenten, farblosen Stellen der Buntglasfenster sehen, dass der Schneefall aufgehört hatte und von einem unruhigen Himmel mit schwarzen Nimbostratuswolken abgelöst worden war. Doch im Inneren durchströmte die frenetischen Pfingstler eine Trance ungezügelter Macht und Anmut. Pastor Wallace nahm das Mikrofon.

„Meine Damen und Herren, heute ist ein besonderer Tag; ja, das ist er. Erhebt euch. Ja. Erhebt euch mit der Kraft des Herrn, als würde sein wahrer, allmächtiger Geist durch euren Körper strömen und euch sicher auf euren Füßen ruhen lassen, Amen." Der Pastor sprach in langen, unkontrollierten, verschachtelten Sätzen, sobald seine Worte an den Heiligen Geist hervorströmten.

Als Antwort auf eine nicht gestellte Frage murmelte die Menge ihre verschiedenen Amens im Chor.

Der Sheriff half Lawrence behutsam auf die Beine. Gladys reckte ihre Hände hoch und kehrte an ihren geschätzten Platz vor der Versammlung zurück. Der Menschenknäuel ordnete sich neu, lächelte strahlend, klopfte sich gegenseitig auf den Rücken und schüttelte sich in brüderlicher Verbundenheit die Hände. Der Chor der älteren Frauen summte mit keuschen, tugendhaften Stimmen weiter und lieferte Wallace die perfekte Untermalung für seine Zeremonie.

„Heute ist ein neuer Tag, es geht um Vergebung, ja das ist es, es geht um Vergebung, es geht um Wiedergeburt, ja das ist es, es geht um Stärke und darum, die Ungerechtigkeiten wiedergutzumachen, zu denen uns der Teufel verleiten will, aber wir werden uns erheben, nicht wahr?"

Dutzende von „Amens" und „Gelobt sei Jesus" erhoben sich aus der Gemeinde. Der Chor wurde lauter.„Wir müssen mit unseren ewigen

Seelen kämpfen, um Satan aus uns herauszuhalten und in der Hölle, wo er hingehört, und wir sind nur Menschen, aber Gott wacht über uns, Gott beschützt uns, das tut er, ja, und Gott will, dass ihr rein seid, ja, das will er. Er will, dass wir alle rein sind. Wenn wir an den herrlichsten Ort von allen weiterziehen, will er nicht, dass wir unseren Schmutz in sein Haus tragen."

„Nein, das will er nicht! Nein, Sir!" schrie Nina aus vollem Hals, sich über ihren kleinen, gebrechlichen Körper beugend, mit geschlossenen, faltigen Augen und ihren alten, pergamentartigen Händen erhoben.

„Nein, das will er nicht", sagte Odessa und richtete ihren eisernen, tränenfeuchten Blick auf Ronald.

„Gott... er hat uns eine einzigartige Gelegenheit gegeben, uns selbst zu reinigen, unsere Seelen. Er hat uns mit der Fähigkeit gesegnet, unsere belastete Tafel zu säubern, wann immer wir wollen, wenn wir nur..." Er ließ sie im Ungewissen. „Wenn ihr nur glaubt, versteht ihr, wenn wir glauben, dass er uns wahre Vergebung gewähren wird, dann können wir neu anfangen, frisch wie ein neugeborenes Baby ohne eine einzige Sünde. Er will, dass wir... unsere Sorgen ihm übergeben. Er hat uns die Möglichkeit gegeben, unsere vergangenen Verfehlungen zu verabscheuen, versteht ihr, und uns ihm durch die Taufe neu zu widmen; gepriesen sei Jesus, ja, das will er."

„Gepriesen sei Jesus!" rief der Sheriff, die Hände erhoben, als wäre er bei einem Überfall. „Gepriesen sei Jesus, ja. Amen!"

Pastor Wallace führte Odessa und Ronald auf die Bühne. Er positionierte Ronald vor dem zentralen Pult, griff nach dem Mikrofon und wandte sich ehrfürchtig an seine Gemeinde.

„Tertullian schrieb... im zweiten Jahrhundert, dass..." Er machte eine lange Pause für dramatische Wirkung. „Er schrieb, dass... das Blut der Märtyrer der Samen der Kirche ist. Nun, was bedeutet das: der Samen der Kirche?" Ihre Augen leuchteten. Sie erwarteten die Antwort begierig. „Das, meine Damen und Herren, bedeutet, dass das freiwillige Opfer eines Märtyrers seines Lebens zur Bekehrung anderer führen kann, und nun, Leute, gibt es keinen nobleren Lebenszweck, als zur Erlösung der Seele eines anderen beizutragen."

Die Kirche verstummte, außer Lawrence, der immer noch verzückt brüllte: „Ameeeeen-ah! Gepriesen sei Jesus!"

„Die Bibel sagt das auch, nicht wahr?"

„Mmmm-hmmmm!" summte Gladys laut durch die rhetorische Stille.

„Tatsächlich sagt Johannes im fünfzehnten Kapitel, Vers dreizehn: Größere Liebe hat niemand als die, dass er sein Leben lässt für seine Freunde, sagt er das nicht?" Er machte eine Pause und wiederholte: „...dass er sein Leben lässt für seine Freunde."

Eine Stille breitete sich über die Versammlung aus. Der engelsgleiche Chor sang weiter.

„Was bedeuten diese beiden Schriften also? Nun, sie bedeuten ganz klar, dass das freiwillige Opfer eines Märtyrers zur... Erlösung anderer führen kann." Seine wechselhaften Modulationen schwankten zwischen streng und zärtlich – und wieder zurück.

„Amen!" heulte Nina.

Pastor Wallaces Tonfall wurde plötzlich wild und roh. „Gelobt sei Gott! Das ist ein herrlicher Gedanke, nicht wahr, Leute?! Die Tatsache, dass Gott so einfachen Geschöpfen wie uns, seiner gesegneten Herde, erlauben würde, eine Seele vor der VERDAMMNIS zu retten und die ewige ERLÖSUNG eines anderen in der Hand zu haben, das ist ein Segen, nicht wahr?

Das ist ein wahrhaft allmächtiges Geschenk, das er uns, seinen Kindern, gewährt hat."

Die Lautstärke des Chorgesangs stieg. Pastor Wallaces Gesichtsausdruck wechselte dramatisch zu stoisch. Er stellte das Mikrofon in den Halter vor dem Pult, wo Ronald stand. Wallace umarmte ihn lange und fest und beugte sich wieder zum Mikrofon.

„Ich glaube, die meisten von euch kennen Ronald Jeffrey. Er ist seit, nun ja, seit ich Sonntagsschule unterrichtete und Daddy der Pastor war, Mitglied von Wort." Die Menge brach in ein nostalgisches Kichern aus.

„Viele von euch haben Ronald hier eine Weile nicht gesehen. Ronald fühlte Scham und Schuld und wandte sich deshalb vom Herrn und von dieser Gemeinde ab. Aber Ronald kam vor ein paar Monaten zu mir, suchte privaten Rat. Suchte Führung durch die Kirche. Er hat einige Dinge getan, von denen er Absolution sucht. Und ich bin hier, um euch zu sagen, dass keine Sünde in den Augen des Herrn unvergebbar ist."

Obwohl sie es für wahr hielt, drehte sich Odessas Magen wie ein Hochgeschwindigkeits-Poliertrommel, der die harte Textur dieser letzten Worte zermalmte.

Wallace fuhr fort, während die Parcan-Scheinwerfer von oben reine weiße Lichtreflexe in seinen aufrichtigen Augen erzeugten. „Absolution findet man nur in der Wahrheit. Römer 6, Vers 22 sagt: Jetzt aber seid ihr frei geworden von der Sünde und Knechte Gottes geworden. Es sagt, die Frucht, die ihr erntet, führt zur Heiligkeit, und das Ende ist... ewiges Leben. Denn der Sünde Sold ist der Tod; aber die Gabe Gottes ist das ewige Leben in Christus Jesus, unserem Herrn. Nun, ich denke, das ist eine ziemlich klare Botschaft, nicht wahr?"

Die Versammlung bot ernste Nicken und höher erhobene Hände.

„Ronald hier hat etwas, das er loswerden möchte, bevor wir ihn in den Augen des Herrn die Absolution erteilen, nicht wahr, Ronald?" Wallace klopfte dem Mann mit der Handfläche auf den Rücken und warf ihm einen Blick zu, als wollte er sagen: Es ist okay, du bist hier in Sicherheit.

Ronald trat schüchtern ans Pult und hustete. „Es tut mir leid. Ich weiß nicht wirklich, wie ich das anfangen soll." Er holte tief Luft und atmete nervös aus.

Sag ihnen allen, was Satan dich tun ließ, du Monster...

Odessa starrte ausdruckslos auf seine Hände, die auf Wallaces geschlossener King-James-Bibel lagen. Ronald streichelte mit seinen fleischigen Fingern das Ledercover. Er strich auf und ab über das strukturierte Material, um sich zu beruhigen, aber der Anblick, wie er es zärtlich berührte, drehte ihr den Magen um wie ein ausgewrungener Schwamm.

Sag es ihnen.

Sag es ihnen allen.

„Ich... ich... ich bin nicht gesund. Seht ihr, viele Jahre lang... habe ich Satans Einfluss zugelassen. Ich habe ihn in mein Leben und auch in das Leben meiner Stieftochter gelassen. Ich habe den Teufel... ich habe ihn in meinen Geist... in mein Herz gelassen, und... dabei habe ich einem jungen Mädchen die Unschuld genommen.„Dieses junge Mädchen hat mir vertraut." Er legte eine Hand auf Odessas Schulter. Sie ließ es zu, starrte aber teilnahmslos ins Leere. Sein Gesicht war vor Scham bereits über das Rote Bete hinaus gerötet. Sein Magen krampfte und er fürchtete, er müsse sich bald vor aller Augen übergeben.

Er holte tief Luft, um die Übelkeit zu unterdrücken. „Sie sah zu mir wie zu einem Vater auf, und in vielerlei Hinsicht war ich das auch.

Eine Weile kämpfte ich gegen meine eigenen sündigen Gedanken an. Doch als sie zehn wurde, begannen sich in mir... perverse und schändliche... Gelüste zu regen... und...“ Schamtränen rannen über Ronalds Augen. „Ich ließ zu, dass Satan... gewann.“

Seine Stimme bebte, seine Hände zitterten über der Bibel. Er konnte kaum fassen, dass er seine dunkelsten Geheimnisse hier vor der ganzen Gemeinde eingestand, obwohl diese Beichte seit Wochen geplant war. Er war abscheulich, und immer noch spürte er schwache, lüsterne Gedanken an sie, die durch die finsteren Falten seines kranken Geistes huschten. Zum ersten Mal spürte er wirklich das volle Gewicht seiner abscheulichen Taten. Sein Kopf drehte sich vor Reue über das Verdammenswerte, das er Odessa angetan hatte – so jung, so vertrauensselig, alles nur für seine eigene Befriedigung. Angewidert brach er über der goldverzierten Bibel auf die Pultkante zusammen. Seine Tränen tropften auf das Leder.

„Ich habe diesem armen, süßen Mädchen Dinge angetan. Jahre lang habe ich sie beraubt—“ Von Schluchzen geschüttelt, heulte er auf: „Ich... ich konnte nicht anders!“

Da waren sie wieder, diese Worte.

Diese widerlichen Worte, die ihm die entsetzliche Schuld und Verantwortung für seine abscheulichen Taten abnahmen. Die unterstellten, er sei völlig machtlos gewesen, sich zu beherrschen, selbst als ein zehn... zwölf... fünfzehn Jahre altes Mädchen ihn flehentlich bat, um Gottes willen, aufzuhören! Worte, deren Kraft verblasste neben dem unermüdlichen Kampf ihres zarten Körpers, seinen massigen Leib abzuschütteln.

Es waren die Worte eines Feiglings.

Du hättest dich beherrschen können, du kranker—

Wallace legte Ronald die Hand auf die Schulter, um der Gemeinde zu zeigen, dass er Vergebung verdiente. Odessa fühlte nichts mehr. Ronalds Geheul über das, was er so oft bewusst und nüchtern getan hatte... über all diese unverzeihlichen Jahre hinweg...

Diese Tränen, ob echt oder Krokodilstränen, bedeuteten Odessa nichts mehr.

„Sie hat mir heute gesagt, bevor wir hier reingekommen sind, sie hat gesagt, ich hätte mir das selbst eingebrockt. Und sie hat recht. Ich habe kein Recht, ihr ihre Wut nach all den Jahren übelzunehmen. Ich habe über zehn Jahre lang versucht, ein besserer Mensch zu werden. Und das bin ich. Aber ich habe mich selbst... ich habe uns beide in diese Situation gebracht, und Gott hat mir jetzt die Chance gegeben, diese Fehler wiedergutzumachen."

Ronald hustete wieder, verzog das Gesicht und wischte sich eine Träne weg. „Pastor Wallace und ich haben in den letzten Monaten an privaten Beratungen teilgenommen, wie sicher viele von euch auch. Er hat mir von Tertullians Schriften erzählt, und da war es nur logisch, dass die Taufe der Weg sein würde, unsere Seelen zu retten. Danke, Pastor Wallace, für diese wunderbare Gelegenheit, Odessa das Geschenk ihrer Reinheit zurückzugeben."

Pastor Wallace nickte zufrieden und nahm das Mikrofon. „Gottes Gnade ist wahrhaft erstaunlich. Dieser Mann demütigt sich vor euch, den guten Mitgliedern der Gemeinde. Mitgliedern, die er seit Jahrzehnten kennt. Er bittet nicht nur um eure Vergebung... sondern um die Vergebung des Herrn. Ronald wird gleich die ultimative Geste des guten Willens vollziehen, um sicherzustellen, dass Gott ihm diese Vergebung gewährt." Pastor Wallace tupfte sich mit einem weißen Taschentuch den Mundwinkel ab. „Jetzt wäre es an der Zeit, das Taufwanne hierherzuholen. Können wir das machen?"

Lawrence und ein anderer junger Mann etwa gleichen Alters sprangen aus der Menge hervor und gingen zur linken Seite der Bühne, wo sich ein großes Objekt auf Rollen befand. Sie zogen ein glitzerndes violettes Tuch herunter und enthüllten eine Badewanne voller Wasser auf einer Holzplattform. Wallace schob das Pult und das Mikrofonstativ beiseite, während sie die Wanne in die Mitte rollten und die Rollen blockierten. Sie standen mit verschränkten Händen dahinter wie Soldaten, die auf Befehle warteten.

Pastor Wallace führte Ronald vor die Wanne und flüsterte ihm zu, sich auszuziehen. Odessa hatte Mühe, sich zu konzentrieren. Der Anblick des Mannes, der sich erneut entkleidete, machte sie schwindlig und übel. Sie wandte den Blick ab, völlig unfähig zuzusehen.

Die beiden jungen Männer lösten sich und rollten neben den Rollen eine dicke Malerplane aus. Einer von ihnen reichte Wallace einen Aktenkoffer.

Als Ronald bis auf seine enge, weiße Unterwäsche ausgezogen war, halfen ihm die Männer ins Wasser. Er stand da, die Beine geschlossen und die Arme ausgestreckt wie ein behaarter, übergewichtiger Erlöser. Die Männer hakten ihre Ellenbogen unter seinen Achseln ein und griffen fest nach oben. Doch Ronald wehrte sich nicht. Wallace öffnete den Koffer und zog ein Messer mit einer langen, geschärften Klinge heraus. Er hielt es in seinen flachen Händen, wie ein katholischer Priester einen Kommunionkelch halten würde.

Er trat hinter Ronald. Die Stimmen des Chors hallten durch die kleine Kirche. Ronald spürte die Vibrationen ihres Gesangs in seiner pochenden Brust.

„Wird es wehtun?", fragte Ronald und hatte einen Moment lang Zweifel.

Odessa fürchtete den Gedanken, dass er es sich anders überlegen könnte.

Nein, tu das nicht!

„Nein, Ronald. Die Ewigkeit im Himmel wird sich wie Glückseligkeit anfühlen. Diese Hülle, mit der du geboren wurdest... sie wird keine Rolle mehr spielen. Du wirst bei Gott sein." Wallace beruhigte ihn und flüsterte ihm noch etwas ins Ohr. „Ich beneide dich so sehr."

Und das tat er wirklich.

Ronald atmete tief durch, Tränen in den Augen, und flüsterte Odessa zu: „Ich liebe dich." Sie wollte keine Heuchlerin sein. Fast zwei Jahrzehnte lang hatte sie Predigten darüber gehört, wie Gott wollte, dass seine Kinder einander lieben. Dennoch konnte sie sich nicht dazu bringen, die Gefühle zu erwidern, nicht einmal als Lüge, um ihm die letzten Momente zu erleichtern.

Die Männer verstärkten ihren Griff, und Pastor Wallace rammte das Messer tief in Ronalds Kehle. Er zog es ganz durch, während er laut zum Heiligen Geist betete. Sanguinisches Blut spritzte aus dem rohen Fleisch in Ronalds klaffender, tödlicher Wunde. Das Wasser im Taufbecken wirbelte und verfärbte sich von blassblau zu leuchtendem Karmesin. Ronald keuchte und würgte, sein schwerer, zuckender Körper rang nach Luft. Seine untergetauchten Füße schlugen wild um sich.

Pastor Wallace zückte sein weißes Taschentuch und gab je eine Ecke den beiden jungen Männern in ihre zusammengepressten Finger. Sie hielten es vor die klaffende Wunde, um die Gemeinde vor dem grausamen Blutbad zu schützen und den Teppich vor den heftigen, herumspritzenden Fontänen.

„Herr, ich bitte dich, segne Ronald. Segne diesen Mann, der hier vor dir als Märtyrer stirbt, während er sich dir im Reich der Macht und Herrlichkeit anschließt.“

Blut sprudelte aus Ronalds weit aufgerissener Halsschlagader. Es überzog seine behaarte Brust und füllte das klaffende Loch in seiner Kehle, während seine pfeifenden Atemzüge erstickten. Die beiden unbeeindruckten Männer mühten sich ab, seinen schweren, zitternden Körper zu halten. Ihre einst makellosen Kirchengewänder sowie die Außenwand des Taufbeckens färbten sich in zueinander passenden Streifen aus zähflüssigem Burgunderrot.

„Herr Jesus, wir bitten dich, dass das Blut deines Lammes sein ultimatives Opfer sei… das Opfer, das nötig ist, um ihn zu befreien und… und ihn von all dem zu reinigen, was Satan von ihm verlangt hat, himmlischer Vater. Wir bitten dich, seine Seele reinzuwaschen, Herr, und wir flehen dich an, dass für jeden Tropfen, der aus ihm fließt, Heiliger Geist, dieses Blut der Weg zur Erlösung anderer sei."

Ronald krümmte sich heftig und hustete Blut über Wallaces Wange. Der Pastor zuckte nicht einmal.

Mit Blutspritzern im Gesicht sprach er weiter ins Mikrofon, während die Anwesenden zwischendurch Lobpreisungen riefen. „Er gibt sich nun dir hin, oh Herr, freiwillig und ohne

Vorbehalt. Herr, wir bitten dich, nimm Ronald jetzt von uns, nicht als einen Mann, sondern als ein Opfer im Austausch für die Erlösung deines Kindes hier auf Erden." Wallace legte einen blutbefleckten Arm um Odessa.

Sie lächelte, ihr Herz erfüllt von neu erwachtem Glück und wiedergefundener Hoffnung.

Wallace hielt das Mikrofon dicht an seine Lippen und flüsterte das Gebet, nur wenig lauter als der Gesang des Chores. „Wir bitten dich, oh Heiliger Geist, dass du dieses ultimative Opfer annimmst, Herr, als den Samen der Kirche, damit wir auch deine Tochter reinigen können."

Odessa hob die Hände, berauscht vom glorreichen Anblick von Ronalds erschlafftem Körper. „Preiset Jesus!" Eine Welle der Erleichterung überkam sie wie eine mächtige Brandung und stürzte sie in Ekstase.

Ein Donnerschlag erschütterte das unauffällige Gebäude, und einige Gemeindemitglieder keuchten, als hätten sie gerade die donnernde Stimme Gottes gehört – sein unmissverständliches Einverständnis mit diesem glorreichen Anlass, das die Grundmauern erzittern ließ. Ein gleißender Lichtstrahl brach durch das Fenster und badete Ronald für einen

Augenblick im eisigen Schein des Blitzes. Die kurze Erleuchtung ließ den Schmerz in seinem verzerrten Gesicht deutlich hervortreten. Ein Anblick, der Odessa geradezu schwindelig vor Freude machte. Sie beobachtete genau, wie das letzte Leben aus seinen bernsteinfarbenen Augen wich.

Augen, die sie nur allzu gut kannte nach Jahren der Intimität.

Das Zittern hörte auf. Pastor Wallace schenkte Odessa ein blutgesprenkeltes Lächeln.

Nun war sie an der Reihe.

Endlich.

Wallace nickte ihr zu, und sie öffnete langsam den Reißverschluss ihres befleckten weißen Kleides. Sie ließ es zu ihren Füßen auf den kurzflorigen Teppich gleiten. Zum ersten Mal war ihre Nacktheit kein Verbrechen. Ronald war tot. Er war nun beim Herrn. Und niemand würde je wieder so lüstern auf ihren entblößten Körper starren.

Die Männer zogen Ronalds schlaffen Leichnam aus dem Becken und betteten ihn ehrfürchtig auf die Malerfolie. Sie verschränkten seine Hände über der Brust und wickelten ihn behutsam ein, als würden sie ein Neugeborenes windeln.

Pastor Wallace streckte Odessa eine Hand entgegen. Sie ergriff sie, um Halt zu finden, und stieg in das burgunderfarbene Wasser. Sie stand der Gemeinde gegenüber, ihre Brüste wogten im Rhythmus ihres flachen, erregten Atems.

„Himmlischer Vater, wir danken dir für deine Gegenwart an diesem heiligen Ort. Herr, wir sind dankbar, dass wir uns heute so kraftvoll und lebendig fühlen, Gott."

Odessa ließ sich auf die Knie sinken und erlaubte dem granatfarbenen Nass, ihren Körper zu verschlingen. Sie setzte sich ganz hinein und streckte die Beine aus, so weit es das kleine Becken erlaubte. Pastor Wallace kniete am hinteren Ende des Podests in ihrer Nähe.

Wallace legte eine Hand auf ihre Schulter und schloss die Augen. „Gott, wir danken dir für deine hingegebene Dienerin, oh Herr. Odessa verpflichtet sich heute, ihr Leben ganz dir zu weihen, Gott. Wir preisen dich, Herr, und preisen, dass du ihr Leben gewaltig verändern wirst, himmlischer Vater, während sie sich dir hingibt durch die Taufe im Blut des Märtyrers, Herr. Herr, wir bitten dich, erfülle ihr Gebet, wenn sie aus dieser Taufe im Heiligen Geist wieder emporsteigt; oh, wir bitten dich darum im Namen Jesu Christi."

Wallace reichte das Mikrofon einem der jungen Männer und sprach direkt zu der im Blut einweichenden Frau. Liebevoll glättete er ihr schmutzblondes Haar mit einer ruhigen Hand und streichelte ihre Wange.

„Odessa, auf das Bekenntnis deines Glaubens im Namen des Wortes Gottes hin taufe ich dich im Namen Jesu Christi im Blut des Märtyrers.“

Odessa hielt den Atem an, als Wallace sie rückwärts ins Blut tauchte. Er drückte sie unter die rosafarbene Flüssigkeit und hielt sie einen Moment lang darunter.

Odessa war verwandelt. Sie war wieder ganz.

Mit starken Händen zog der Pastor sie wieder hoch, und sie blies die Luft aus ihrer Lunge, grinsend, während das blutige Wasser aus ihrem verfilzten Haar tropfte. Die etwa dreißig Gemeindemitglieder jubelte überwältigend und rief heilige Worte wie „Preiset Jesus!“ und „Halleluja!“. Sie hörte, wie der jubelnde Chor das Toben des Unwetters übertönte.

Sie hätte nicht göttlicher entzückt sein können.

Erlösung, endlich.

***

Die gesamte kirchliche Gemeinde stand nun draußen, unter den ausgestreckten Armen einer knorrigen Eiche versammelt, unter dem Mantel des dunklen Himmels.Sie standen still versammelt um den Haufen espresso-farbener Erde, wo früher der Trog neben dem Parkplatz gewesen war. Ronald lag nun darin und wölbte den Boden auf.

Der Sheriff klopfte die letzte Schaufel krümeliger Erde fest. Er atmete einen sichtbaren, frostigen Hauch eisiger Januarluft aus und lehnte das Werkzeug an die Hauswand. Die jungen Männer folgten seinem Beispiel. Sie waren nun in dicke Wintermäntel gehüllt, die die blutbefleckten Outfits darunter verbargen.

„Herr, wir legen dein Kind nun zur Ruhe. Er ist in deinen Armen, Gott, erfreut sich an der Wahrheit und Herrlichkeit deiner himmlischen Gegenwart, Vater. Wir danken dir für diesen Tag und für deine unendliche Geduld und Liebe zu uns, Herr."

„Gelobt sei Jesus", flüsterte Nina.

„In deinem allmächtigen Namen beten wir, Herr... Amen."

Die Gemeindemitglieder blickten auf und begannen sich zu umarmen. Sie schüttelten Hände und gingen in verschiedene Richtungen.

Sie wussten, dass Pastor Wallace die Sonntagspredigten stets mit diesen Worten beendete.

Odessa blieb am Grab zurück, während alle zu ihren Autos gingen, nur Lawrence blieb neben ihr.

Sie lächelte zum Himmel hinauf, entzückt, dass das Winterunwetter bald zurückkehren würde. Als silberne Flocken um sie tanzten, dachte sie darüber nach, wie eine Decke frisch gefallenen weißen Pulvers bald den blutigen Streifen auf dem Weg zudecken würde. Oder wie sie die aufgewühlte Erde des Trogs in ein Tuch der Reinheit hüllen würde. Die Erde würde wieder makellos sein.

Lawrence strich eine Flocke aus ihrem roségetönten blonden Haar. Sie lächelte über die Geste, ohne den Blick von der Begräbnisstätte zu wenden.

„Wir sollten dich an einen warmen Ort bringen." Er war schüchtern, mit einer fürsorglichen Stimme.

Odessa sah Lawrence jetzt in einem neuen Licht. Er hatte ein markantes Kinn, frisch geschnittenes, messingblondes Haar und eindringliche, kobaltblaue Augen. Bis jetzt hatte sie nie auf seine Augen geachtet. In all den Jahren, in denen sie ihn kannte, fragte sie sich, ob sie jemals wirklich sein Gesicht betrachtet hatte. Er war immer freundlich zu ihr gewesen. Und vor allem war er ein wahrer Mann der Hingabe.

Wie hatte sie das alles erst jetzt bemerkt?

An seinem Lächeln konnte sie sehen, dass er eine ähnliche Erkenntnis hatte.

„Du wohnst hier in der Gegend, oder?" Er trat etwas näher, wobei er zwei rosafarbene Stiefelabdrücke hinterließ.

Sie nickte in Richtung der Bäume. „Gleich auf der anderen Seite."

„Darf ich dich nach Hause begleiten?"

Odessa nickte freundlich und warf einen weiteren Blick auf seine sanften blauen Augen.

Er hielt ihr einen Ellbogen hin. Nach einem kurzen Zögern griff sie danach. Sie gingen ein paar Schritte vom Parkplatz weg durch den knirschenden Schnee, und Odessa blieb stehen, um noch einmal über die Schulter auf den düsteren, sechs Fuß langen Erdhügel zu blicken.

Zum ersten Mal seit so langer Zeit...
Lachte sie.

In all den Jahren, in denen er Odessa kannte, konnte sich Lawrence nicht erinnern, sie jemals auch nur ein leichtes Kichern von sich geben

gehört zu haben. Er zog fragend eine Augenbraue
hoch.

Sie antwortete nur: „Es tut mir leid. Ich
konnte nicht anders.“

INNEN ALLES IN DERSELBEN FARBE

„Zeit für die Zeitung, Falcon." Harold schlurfte mit steifen Gelenken den Weg entlang und versuchte, seine Augen an der gleißenden Sonne zu gewöhnen. Er murmelte, als er die Zeitung am Rand seines verwilderten Rasens aufhob und sie aus einem Büschel Unkraut zog. Seine Augen, sommerhimmelblau, von stürmischen Silberwolken überzogen, starrten auf das ethnisch gemischte Paar gegenüber. Sie tauschten einen Kuss in der Tür aus, bevor der Ehemann, Greg, ein uniformierter Schwarzer Mann, sich zu seinem Fahrzeug schleppte. Er winkte Harold aus

Höflichkeit zu, wobei der Ärmel seiner Polizei-Windjacke rauschte, knirschte mit den Zähnen und zwang sich zu einem Lächeln. Seine einzigen Erfahrungen mit dem alten Knacker waren negativ gewesen, aber er war von idealistischen Vorstellungen wie „Die Netten sind immer die Dummen" indoktriniert worden.

Harold versuchte, die Geste zu erwidern, aber sein wackelndes, faltiges Gesicht verzog sich zu etwas, das eher einem Hohnlächeln glich. Er nickte Greg zu, wobei sein Kopf sich kaum über seinen Buckel erhob.

„Gehst du zur Arbeit, hm?" Seine Stimme war abstoßend, wie die einer Hexe aus einem Märchen der Brüder Grimm.

Greg stieg ein und ignorierte, wie offensichtlich die Aussage war. „Jap. Das Haus zahlt sich nicht von alleine."

„Meins ist abbezahlt", warf Harold ein, in der Hoffnung auf einen anerkennenden Kommentar des Nachbarn, den er verachtete. Er war enttäuscht, als keiner kam. „Weißt du..." Ein scheinheiliges Grinsen breitete sich zwischen den harten Linien seines grimmigen, fast durchscheinenden Gesichts aus. „Deine Frau... sie ist weiß."

Greg starrte den vertrockneten alten Kauz einen Moment an, bevor er sarkastisch murmelte: „Ach, was? Hätte ich nicht gemerkt.“

„Nun“, Harold zuckte mit den Schultern und unterdrückte ein Kichern, als hätte er einen schlagkräftigen Punkt gemacht.

Greg grinste und bewahrte die Fassung. „Weißt du, was man sagt... wir sind Im Inneren sind wir alle gleich. Schönen Tag noch, Barry.“ Greg stieg in seinen schicken Limousine und knallte die Tür zu.

„Ich heiße Harry!“ brüllte Harold und winkte mit der zusammengerollten Zeitung dem davonfahrenden Auto nach, wobei Gregs blonde Frau Sandra genau in seiner Blicklinie stand. Sie starrte ihn einen Moment an und schloss dann die Tür.

Harolds struppiger Malteser kläffte ihn von neben seinen Pantoffeln aus an.

„Da stimme ich dir zu, Falcon. Die sollten bei ihresgleichen bleiben.“

Falcon hechelte zu seinem alternden Herrchen auf, lange Strähnen ungepflegten weißen Fells hingen wie Vorhänge über seinen pechschwarzen Augen, überglücklich über die Aufmerksamkeit.

„Du müsstest lernen, mir diese verdammten Sachen zu bringen und anfangen, deinen Unterhalt hier zu verdienen." Er schüttelte die Zeitung vor Falcon, der sich danach sehnte zu spielen.

***

Falcon kam vor Harold ins Haus und schlängelte sich durch das Labyrinth staubiger "Schätze", die in gefährlichen Stapeln im bescheidenen, einstöckigen Innenraum verteilt waren. Harold schlurfte in die Küche, vorbei an einem uralten, vergilbten Zeitungsausschnitt in einem Rahmen, der ebenso schlecht gealtert war wie er selbst. Die Schlagzeile lautete: Rakete startet durch – Millner bricht Connecticut-Rekord und zeigte ein Foto des jungen Harold Anfang zwanzig, wie er als Sieger durchs Zielband lief. Sein kindliches Gesicht, noch unversehrt von siebzig Jahren Leid und Verlust, strahlte mit jugendlicher Spannkraft und Stolz.

Harolds geschrumpfter Körper blickte aufwärts, die Anstrengung brannte in seinem Nacken. Er erinnerte sich an die Tage, als man ihn Rakete nannte wegen seiner atemberaubenden Geschwindigkeit auf der Rennstrecke. Jetzt benutzten seine Kollegen, mit denen er seinen Ruhestand aufbesserte, den Spitznamen als lustiges Antonym wegen seines gemächlichen Tempos bei Arbeitseinsätzen – mittlerweile mehr Hindernis als Hilfe.

Harold benutzte seine ledrige, fleckige Hand, um den staubigen Rahmen zurechtzurücken: „Das ist dein alter Herr, Falcon. Ein Leben her. Glaubst du das?"

Falcon bellte und raste in engen Kreisen um die Vorratstür, sorgsam darauf bedacht, nicht in die Türme von angesammeltem Kram zu krachen.

„Na gut. Willst du meine Geschichte nicht hören, du kleiner Mistkerl? Genau wie mein verdammter richtiger Sohn." Er schlurfte zum Vorratsschrank und holte eine Dose Hundefutter heraus. „Undankbare kleine Bastarde, ihr beide."

Harolds gebrechliche, altersfleckige Klaue wühlte in der Besteckschublade, bis sie einen schmutzigen Dosenöffner fand. Mühsam klammerte er ihn am Dosenrand fest und rutschte die Dose versehentlich vom Tresen. Sie krachte neben seinem watteweißen Gefährten zu Boden. Der erschrockene Hund scheute zurück in einen Stapel jahrealter Zeitungen und schmutzigen Geschirrs neben einem alten Fischaquarium, das seit über fünf Jahren kein Lebewesen mehr beherbergt hatte.

Harold gackerte über die Reaktion, seine Stimme hallte wie die eines bösen Zwergs durch den engen Raum. Sekunden später war Falcon wieder an seinen Fersen und leckte sich schmatzend die Lippen.

Habe ich Falcon gestern gefüttert?

...Oder vorgestern?

Harold konnte sich nicht erinnern, wann die letzte Mahlzeit des Hundes gewesen war. Nach der Aufregung des Tieres zu urteilen, hungerte Falcon.

Er versuchte es erneut. Diesmal griff der Öffner und knirschte ein Loch ins Metall. Er mühte sich, die Kurbel zu drehen – eine Aufgabe, die er vor dreißig Jahren nie hinterfragt hätte. Banale Dinge waren nun oft anstrengend.

Während er drehte, erinnerte er sich an das Vorstellungsgespräch für seinen ersten Bürojob vor fünf Jahrzehnten. Der Manager Joe Kowalski, den er später bewundern würde, sagte, er sei so beeindruckt von Rockets festem Händedruck gewesen, dass er ihn sofort eingestellt habe. Er starrte auf die Leberflecken unter den weißen Haaren seiner Knöchel und drehte das Rädchen des Geräts. Seine Hand kam ihm fremd vor. Uralt.

PLOPP!

Die Dose signalisierte den Abschluss. Er ließ den Öffner fallen und drückte eine Seite des Deckels, um die andere hochzuklappen. Seine schwachen Finger verfehlten es, und die messerscharfe Kante des Dosenrands schnitt durch die pergamentdünne Haut seines Daumens.

Er schleuderte die Dose mit fleischiger Gelatine über den Boden. Sie explodierte wie eine Granate, spritzte die ganze Küche mit Soßen-Splittern voll. Falcon stürzte sich auf die auslaufende Pampe, wischte mit seinem schneeweißen Bart die schlammbraune Brühe auf, während er gierig fraß.

Harold umklammerte seine verletzte Hand mit der anderen, zu Tode erschrocken, das Ausmaß des Schadens zu sehen. Als er die Faust öffnete, pulsierte aus der klaffenden Wunde an seinem Finger ein dünner Strahl von...

Gelb?

In all seinen Jahren hatte er so etwas noch nie gesehen. Er keuchte, fürchtete einen dritten Herzinfarkt allein vor Schreck. Das hämmernde Organ dröhnte in seiner gebrechlichen Brust. Ihm wurde schwindlig vor Angst.

Die Konsistenz der Masse, die aus ihm sickerte, glich Tapioka ohne Perlen. Die Farbe war wie eitriges Eiter einer Beule, nicht rubinrot wie frisches Blut.

Das war nicht normal. Nichts davon war normal.

Konnte es eine Infektion sein?

Er betete, er halluziniere die cremige, puddingartige Flüssigkeit, die wie Zuckerguss an einer Torte aus seiner Daumenspitze quoll. Die Menge der Substanz, die aus ihm herausströmte, war ebenso erschreckend wie ihre Farbe. Die dicke Masse wälzte sich seine zitternden, blauen Arme hinab wie Schlammklumpen. Sie tropfte auf seine speckige Hose und die blauen Pantoffeln, drang unter zunehmendem Druck immer heftiger aus der Wunde.

Der Schmerz aus dem Riss war unerträglich. Harold war alarmiert von der unmenschlichen Menge an Schleim, die aus seinem Daumen quoll. Die Wunde vergrößerte sich, spaltete das Fleisch von der Fingerkuppe bis zur Handfläche und legte die mit Schlick bedeckte Muskulatur frei. Sie verflüssigte sich ebenfalls. Das Fleisch, das einst einen beeindruckenden Händedruck ermöglicht hatte, zerfloss vor seinen Augen zu einer dickflüssigen Absonderung.

Harold schrie, was Falcons Aufmerksamkeit erregte, der wie ein treuer, pelziger Soldat strammstand. Qual durchzuckte Harold, als mehr Matsch aus der sich ausbreitenden Wunde gluckerte und auf den Boden spritzte. Falcon stürzte sich gierig darauf, um ihn aufzulecken.

Der Riss weitete sich, und Harold brüllte: „Helft mir!", als stünde jemand in der Nähe, der den sickernden Ausfluss aus ihm stoppen könnte.

Sein Fingernagel klappte nach hinten und tropfte von seiner Hand. Falcon leckte ihn gierig auf. Er blieb in dem verfilzten Fell seines Gesichts wie Klebeband hängen.

Die Wunde weitete sich, riss einen schleimigen Schlitz in Harolds Arm, als würde etwas aus dem glibberigen Sumpf in seinem Inneren geboren werden. Die schlammige Masse floss wie pürierte Babynahrung auf den Boden, und der hungrige Falcon stürzte sich darauf. Kleckse gelber Absonderung regneten über Stapel von Zeitungen und Beutel mit schimmelndem Abfall.

Der Schmerz war unerträglich. Harolds zerstörter Körper erschlaffte und fiel in eine Pfütze aus quellendem Glibber, die über das altmodische Linoleum spritzte. Er zitterte in der angeschwollenen Masse aus senfgelber Essenz. Seiner Essenz.

Harold stieß einen schwachen Schrei aus, eine Mischung aus Entsetzen und völliger Verwirrung. Der qualvolle Riss zerfetzte seine dünne, gehäutete Hautschicht wie eine Verwerfung, die bei einem starken Erdbeben das Land in zwei Teile spaltet. Seine Altersflecken waren nun verschwunden, ersetzt durch zerfetzte, vertrocknete Fleischstreifen, die ringelblumengelbe Substanz wie ein langsam platzender Wasserballon ausstießen.

Die panischen Hilfeschreie verstummten nach mehreren Minuten reinster Qual. Die einzigen verbleibenden Geräusche waren zwitschernde Vögel in der Vorstadt draußen und das schmatzende Lecken von Falcons Zunge, während er in Frieden den Rest seiner letzten Mahlzeit genoss – was von seinem Herrn übrig geblieben war.

***

Greg hockte sich neben die Überreste von Harolds lange totem Körper und den aufgeblähten Malteser. Ein Schwarm Fliegen umschwirrte beide, an seinen verfärbten Läufen, die mit einer widerlich buttergelben Substanz verkrustet waren.

Was vom alten Mann übrig war, war nicht viel. Greg konnte nicht bestimmen, was den Greis auf so abscheuliche Weise vernichtet hatte.

Greg bedeckte sein Gesicht mit dem Ärmel seiner Uniform. Er hatte den faltigen Senior seit mindestens drei Wochen nicht mehr gesehen. Wäre nicht der von einem neugierigen Nachbarn veranlasste Wohlfahrtscheck gewesen, hätte Greg ein Jahr lang nicht an den rassistischen Schwätzer denken müssen. Er starrte auf den zerstörten, versteiften Körper des zerfetzten, wurmverseuchten Alten. Die eiterfarbene Masse hatte sich in jede Ritze der verhärteten, verfaulten Höhlungen seines Nachbarn verkrustet.

Greg dachte an die letzten Worte, die er dem alten Mann vor einem Monat gesagt hatte, und wie falsch sie gewesen sein mochten.

Vielleicht sind wir im Inneren doch nicht alle gleich.

Dieser Gedanke und Harolds übler Verwesungsgeruch ließen Greg schmunzeln. Er unterdrückte es und stand über der grausigen Szene auf, wo er dem, was vom alten Mann übrig war, scheinbare Ehrfurcht erwies.

INDIREKTER KUSS

„Okay. Gutes Argument zur Maya-Kultur. Ich verstehe deinen Standpunkt bezüglich des Opferaspekts. Lass mich dir dann eine Folgefrage stellen." Rauch stieg zwischen Sandras vollen Lippen auf, während sie höflich den Joint weitergab, ihre sanfte Stimme durch das tiefe Inhalieren gedämpft. „Glaubst du an Gott?"

Ihre Augen huschten wild umher und scannten das ganze Feiertagstreiben unter ihnen.

Als Thomas McGregor in diese haselnussbraunen Iris starrte, die alle Farben des Kosmos zu bergen schienen, wusste er, dass er es tatsächlich tat. Er spürte, dass nur jemand – oder etwas – so allwissend und mächtig wie Gott imstande wäre, ein Wesen so makellos wie die himmlische Gestalt vor ihm zu erschaffen.

Sie beugte sich weiter über die Dachgeländer und studierte die lärmenden Menschen unten, die in Halloween-Kostümen mit unterschiedlichem Aufwand durch die Straßen von New Haven tanzten. Ihre kastanienbraunen Locken wehten in der kühlen, salzigen Brise, während sie ihren Blick auf ein Paar richtete. Ihre Hände waren liebevoll ineinander verschränkt. Der Mann war als Ghul in einem zerlumpten Cape gekleidet, die Frau als sexy Engel.

Ja, er war sich sicher. Irgendeine höchste Macht hatte sorgfältig jede dieser Sommersprossen gesammelt, die über ihre weichen Wangen wie ein komplexes Sternbild verstreut waren. Eine Gottheit hatte ihre zarte Nase, die vollen Lippen und die perfekt gewinkelten Schlüsselbeine ausgewählt, wissend, dass sie zusammen die bezauberndste Kombination bilden würden. Es war unvorstellbar, dass solche engelhaften Züge und erhabenen, weiblichen Kurven zufällig zusammengefügt worden waren. Sie war Perfektion.

Er stellte sich auch vor, dass derjenige, der sie aus den idyllischsten Materialien erschaffen hatte, ein Gott massiver Grausamkeit sein musste. Brutal genug, um ein Wesen zu formen, dessen Aussprache seines Namens aus ihren honigsüßen

Lippen die Zeit anhielt. Der Klang ihrer zuckersüßen Stimme konnte ihn in einem gefrorenen Moment wie diesem stranden lassen, überfallen von Begierde und schmerzhaftem Verlangen. Nur eine unmenschliche Entität hätte zwei kaleidoskopische Wirbel direkt vom Nachthimmel als Augen für ihr strahlendes Gesicht auswählen können, um dann mit denselben unbarmherzigen Händen schlampig schmutzig-braune in die tief liegenden Höhlen hinter seiner Brille zu stopfen. In den Stunden seit ihrem Treffen verspürte er ein unstillbares Verlangen nach ihr.

Ihre Hände drückten auf das Geländer. Er fantasiierte über ihre Berührung. Wie konnte die engelhafte Kraft, die ihre so zierlichen und makellosen Hände geformt hatte, auch die beiden zitternden, schwitzenden Hände erschaffen haben, die jetzt seinen glimmenden Joint hielten?

Ja. Er glaubte an Gott. An diesen schrecklichen, grausamen Gott, der jemanden so weit außerhalb seiner Liga direkt vor ihn stellen würde. Er war nur ein verschuldeter College-Student mit nichts zu bieten außer Liebe.

Er umklammerte den Joint unbeholfen und führte ihn mit zitternder Hand an seine Lippen. Er versuchte, es auf die kalte Nachtluft zu schieben, die ihn frösteln ließ, aber tief innen wusste er, dass sie es war, die seine Hand zittern ließ. Er genoss einen Zug. Das Papier knisterte. Er verlängerte die tiefe, aromatische Inhalation und erfreute sich an dem Gedanken, dass seine Lippen gerade etwas berührt hatten, das auch ihre berührt hatte – wie eine Art indirekter Kuss.

Die eisige Luft war erfüllt von den Rufen, Schreien und Gelächter einer geschäftigen College-Stadt, die nachts zum Leben erwachte. Und noch lebendiger an Halloween. Die Studenten ließen die Sau raus und zogen von Bar zu Bar entlang des New Haven Green. Thomas fragte sich, wie es wohl wäre, einer von denen da unten zu sein. Beliebt. Charismatisch. In Gruppenaktivitäten eingebunden. Anonym dank einer billigen Gummimaske.

Stattdessen fand sich Tom von Angst geplagt. Er fühlte sich, als rase er endlos durch den Weltraum. Keine wirkliche Familie oder enge Freundschaften mehr. Kein Hauptfach. Kaum Orientierung. Kaum Antrieb. Ein wachsender Berg aus Studiengebühren und Lehrbuchrechnungen. Gierig nach dieser einen romantischen Verbindung vor ihm, die so nah und doch gleichzeitig Lichtjahre entfernt war.

Sandra war das erste Mädchen, mit dem er seit Ewigkeiten gesprochen hatte – und ich meine wirklich auf einer tieferen Ebene gesprochen. Es war nur eine Frage der Zeit, bis sie zur Besinnung kam und merkte, dass sie da unten gehörte, wo sie über die bunten Zebrastreifen lief, während sie ihren perfekten Körper in einem nuttigen Kostüm zur Schau stellte, direkt auf dem Black-Lives-Matter-Asphaltgemälde auf dem Green. Er wusste instinktiv, dass sie nicht hier oben bei ihm gehörte, versteckt vor der Welt wie ein trauriges, dunkles Geheimnis.

„Na? Glaubst du?" Sandras traumhafte Stimme riss ihn zurück in den Moment, fast als ob der angehaltene Sekundenzeiger der stehengebliebenen Uhr wieder zu ticken begann.

Er hatte die Frage fast vergessen, verloren in ihren Augen. Diese funkelnden Augen, die im Licht der Stadt glitzerten. Nach einem Zug nickte er und kehrte rasch zurück aus der Tiefe seiner Gedanken, als hätte er die Taucherkrankheit riskiert.

„Ja, das tue ich." Thomas ließ den Rauch seine Lungen füllen. „Nicht so, wie es Leute wie die Mayas taten. Aber ja, ich wurde mit religiösen Werten erzogen. Ich weiß nicht, wie viel meines Glaubenssystems bloße Indoktrination aus meinen prägenden Jahren ist und wie viel ich noch glaube, wenn ich mir die Beweise genau ansehe. Und ich weiß nicht, ob irgendeine bestimmte Religion es ‚richtig‘ gemacht hat, sozusagen, aber ja, ich glaube schon. Ich denke nur, Gott könnte ein Sadist sein.“

Sandras Lachen war echt und ließ ihn schmelzen wie Eiscreme auf einem glühenden Gehweg. Das Blut pochte in seinen Schläfen, als ihr Blick ihn streichelte, ihr Ausdruck warm und strahlend.

„Das ist düster.“ Sie nahm noch einen Zug und reichte ihm den Joint zurück. „Inwiefern?“

Thomas lachte und sammelte hastig seine umherirrenden Gedanken. Wenn er high war, fürchtete er, sich in wirren Worten zu verlieren, ohne je auf den Punkt zu kommen. Was er von sich gab, war vage und wenig erhellend. „Hast du überhaupt mal die Bibel gelesen?“

„Welche? Es gibt viele.“

„Stimmt. Ich meine wohl die King-James-Version.“

„Ach.“ Sie trank die Ausgelassenheit einer anderen Gruppe auf dem Bürgersteig in sich ein, die alle auf die dröhnenden Bässe und grellen Lichter der neonumrandeten Bar an der Ecke zusteuerten. Zwei Männer waren in fast identischen viktorianischen Vampirkostümen. Ein Mädchen trug ein sexy Katzenoutfit mit einem winzigen pelzbesetzten Teil, das ihre trainierten, fishnet-bedeckten Oberschenkel freilegte, und eine Nachzüglerin in einem rot-grünen Freddy-Krueger-ähnlichen Pulloverkleid, dessen Ausschnitt ihr üppiges Dekolleté durch die Schlitze quellen ließ. „Also ist das der Gott, auf den du dich beziehst? Der sogenannte christliche Gott?"

„Nun, ich kann natürlich nicht sagen, ob Er genau das ist."

„Er?" Sie grinste, ihre Augen funkelten im gleißenden Licht des fünfstöckigen Parkhauses einen Block weiter.

„Er... oder sie." Er stand auf. „Oder es. Oder they/them, verdammt, ich weiß es nicht."

Obwohl sie sich erst heute Nachmittag kennengelernt hatten, war Thomas von ihr hingerissen. Er fühlte sich gesegnet durch die Anwesenheit dieser umwerfenden Astronomiestudentin, die wie durch ein Wunder in sein Leben teleportiert war und seitdem jeden seiner Gedanken beherrschte.

Sie war etwas Besonderes.

Er wusste, wenn er auch nur die kleinste Gelegenheit bekäme, würde er sie auf die heiligste Art verehren. Thomas hatte ihr seine Nummer früher im Flur des Literaturgebäudes gegeben, wo sie ins Gespräch gekommen waren. Es war Schicksal. Er hatte angeboten, ihr den Campus zu zeigen, in dem Wissen, dass sie ihn nie nutzen würde. Umso verblüffter war er, als er nur Stunden später, während er eine Schüssel Rindfleisch-Ramen löffelte, ihre erste SMS bekam. Der Klang der Nachricht war euphorisch. Und jetzt, nach ein paar Stunden auf dem Dach, in denen sie über verschiedene Themen und Motive philosophiert hatten, war es, als kenne er sie seit mehreren Leben.

Er fragte sich, ob sie das Schlagen seines Herzens hören konnte, das gegen seinen Brustkorb hämmerte. Oder ob sie das Kribbeln in seinem Bauch und die Sehnsucht in seiner Seele spürte, jedes Mal, wenn er sie ansah.

„Also, erstens—" Thomas nahm noch einen Zug und brach in einen heftigen Hustenanfall aus. Er spürte bereits die Wirkung des ersten Zugs, die langsam seine Wahrnehmung veränderte. Die Produkte aus der Dispensary waren so stark, und er war noch so unerfahren im Rauchen. Es war erst seit Kurzem legal, und Thomas war nicht der Typ, der Gesetze brach, obwohl ihn seine spärlichen Freunde über die Jahre hinweg dazu gedrängt und verspottet hatten.

„Alles okay?" Sandras intensive Augen fixierten ihn. Ihr spielerisches Grinsen traf ihn wie ein Pfeil mitten in seine brennende Kehle. „Muss ich dir Mund-zu-Mund-Beatmung geben?"

Oh Gott, JA, dachte er, während sein Mund keinen Ton hervorbrachte.

Er malte sich das Bild aus: Ihr unschuldiges, leuchtendes Gesicht über seinem, während er am Boden nach Luft rang. Ihre langen, welligen Haare flossen wie ein Vorhang aus glänzendem Himbeer-Eistee herab und boten völlige Abgeschiedenheit. Dieser göttliche Mund auf dem seinen, der ihn intim mit ätherischen Lebenshauchen belebt.

Moment, war das ein Hinweis? Flirtete sie... mit ihm? Sein Herz hüpfte vor Freude über die Andeutung. Blut schoss zwischen seine Beine, machte ihn schwindlig und ließ ihn über die steife, pochende Wölbung in seiner Jeans zusammenzucken.

Er wünschte, er wäre am Sterben. Wünschte, sein Herz würde ganz aufhören zu schlagen, damit diese steife Wölbung verschwände, die bald unübersehbar und zutiefst demütigend sein würde.

Er wollte sie jetzt küssen, ihre beginnende Freundschaft wie eine Münze werfen und sehen, wo sie landete. Er wünschte, das Weed hätte ihm etwas Mut gegeben, doch es schien nur die Zeit zu dehnen. Die Momente zwischen seinen Antworten – Momente wie dieser – fühlten sich an wie Stunden. Stunden verloren in Gedanken. Verloren in ihrem atemberaubenden Blick. Stunden ingefroren wie ein Jedi in Karbonit.

Qualvoll erstarrt schrie sein Geist ihn an, den Moment zu ergreifen. Eine einfache Aufgabe und doch das Schwierigste, was er je getan hatte.

Sein Körper rührte sich nicht.

Und er hasste sich dafür.

Sandra stand auf, und die erdrückende Last der Realität traf ihn, als die Gelegenheit entglitt.

„Alles gut?" Sie lächelte verschmitzt und schlenderte zu einem anderen Geländer, wo sie mit funkelnden Augen die tristen, farblosen Gebäude im Zentrum von New Haven betrachtete. Ihre koloniale Zitadelle, die über ein modernes Königreich wachte. Die palastartigen Gebäude des Campus standen wie Burgen. Imposant, breit und geschichtsträchtig. Massive Steinstrukturen, über dreihundert Jahre alt, die von allen bourgeoisen Ivy-League-Studenten mit ihren überteuerten Zulassungen als selbstverständlich hingenommen wurden.

Ihre kosmischen Augen huschten über die Landschaft wie die einer Königin, die von einem Burgturm aus herrscht. Bei Tag waren die dichten Baumgruppen lebendig, übersät mit einem Spektrum feuriger Farbtöne. Terrakotta-, Umbra-, Granat- und ringelblumengelbe Blätter übersäten die malerische Aussicht: eine jährliche Explosion von Farbe, bevor die Blätter von ihren Ästen fielen und skelettartige Stämme zurückließen, die mit dünnen Rindenfingern den Himmel kratzten. Bei Nacht jedoch waren die Farben von der Dunkelheit gedämpft, nur stellenweise von Straßenlaternen und dem vollen, milchweißen Mond erhellt, der selbst ein ominöser Blickfang war in einem rußigen, wolkenverhangenen Himmel wirkte.

Sandra kicherte, und der helle Klang zauberte ein Lächeln auf Toms Gesicht.

„Was?" Tom kicherte ebenfalls, das Weed traf ihn jetzt wie ein betäubender Ziegelstein gegen den Kopf.

„Keine Ahnung. Ich finde es nur irgendwie witzig, dass du sagtest, du glaubst an Gott, aber noch nicht näher darauf eingegangen bist."

Sie hatte recht. Er war so in Gedanken
verloren, so high und so berauscht von ihrer
Schönheit, dass er die Frage völlig vergessen
hatte. „Ich denke, da draußen ist etwas. Das
Universum ist so riesig, möglicherweise
unendlich. Ich meine, das muss ich dir ja nicht
erzählen. Du studierst das Fach. Aber es ist klar,
dass wir erst einen winzigen Bruchteil davon
entdeckt haben."

„Du sagst ‚wir', als wären Menschen die
einzigen Wesen, die zählen."

„Ich meine, wer weiß, was die Galaxie
bereithält? Ich glaube nicht unbedingt, dass wir
die Einzigen da draußen sind. Das wäre
arrogant."

„Nun, die Menschheit ist es meistens." Ihr
Ton war nachdenklich und melancholisch.

„Kein Scheiß. Alles könnte da draußen sein.
Aber was Gott angeht, um deine Frage zu
beantworten, ich glaube nicht, dass Er so ist, wie
die meisten Amerikaner denken – nämlich das."

Thomas deutete auf einen Fraternity-Bruder
in einem weißen Gewand, langen weißen Perücke
und einem Hirtenstab, der auf seine Kameraden
zustürmte. Die Männer brüllten laut, und einer,
als muskulöser Polizist verkleidet, dessen Bizeps
von den hochgekrempelten Kostümärmeln

gequetscht wurden, sprach. Seine Stimme trug. „Du siehst so bescheuert aus."

„Du bist nur neidisch." Der Fraternity-Bruder heulte wie ein Wolf in die Nacht: „Weil ich ein Gott unter Menschen bin!"

Thomas kicherte. „Ich glaube nicht, dass Gott irgendein weißer Typ in einem übergroßen, schlampigen Gewand ist."

„Das ist etwas, was ich nie verstanden habe", warf Sandra ein, ihr Ton ernst. „Dass Menschen Gott als männlich bezeichnen. Auf der Erde sind Frauen die fast alleinigen Schöpferinnen von neuem, lebenswichtigem Material. Sie sind die Bringerinnen neuen Lebens. Der einzige Grund für ihre weitere Existenz ist, dass Frauen seit Jahrhunderten leicht verzerrte Kopien von ihnen hervorbringen. Sie sind Nährende und Schaffende. Nicht Zerstörerinnen. Sie sind blinde Architektinnen mit überraschenden Bauplänen für jedes zukünftige Projekt."

„Wow." Thomas grinste und kämpfte darum, mitzukommen, doch ihre Worte und Gedanken segelten über seinen sich ausdehnenden Kopf hinweg.

„Ich weiß, was Götter wirklich sind", fuhr sie fort. Ihre ruhige, sanfte Stimme drang durch den gedämpften Nebel seiner Berauschung. „Sie sind weder Frau noch Mann und haben keinerlei irdische Ähnlichkeit mit beidem."

Er schnaubte und kicherte heftig, versuchte das Verlangen nach lautem Lachen zu unterdrücken. Es war nicht lustig, aber Sandras ernster Ton löste in seinem highen, zwanzigjährigen Geist eine Reaktion nervöser Heiterkeit aus. Er raffte sich. „Androgyne Polytheismus. Da kann ich mitgehen."

„Astrophysische Älteste, die existierten, bevor es Zeit gab, wie du sie verstehst." Sie nahm einen weiteren langen Zug und reichte ihm das winzige Reststück des Cannabis zurück.

Thomas leckte sich Daumen und Zeigefinger an und erstickte die Glut, bevor er den Rest hinter sein Ohr steckte. „Verrückt." Seine einfache Antwort war flapsig. Ihre Theorien ergaben immer weniger Sinn, je mehr die Sativa in ihm tobte. Er verlor sich in einem nebligen Abschweifen. „Ich finde es erstaunlich, dass es sieben Milliarden Menschen gibt und vielleicht unzählige unerforschte Planeten in dieser wahrscheinlich grenzenlosen Galaxie – und doch schaffen wir es manchmal, völlig... allein zu sein. Wir sind umgeben von diesem", er wirbelte leidenschaftlich seine Hände, „Schwarm des Lebens um uns herum, und doch sind wir leer."

„Dieses Gefühl kenne ich nur zu gut." Verzweiflung sickerte aus ihren Worten, ihr Ausdruck niedergeschlagen.

„Wie könnte jemand so... Spektakuläres wie du überhaupt einsam sein? Was für eine wahre Tragödie." Er sinnierte, erstaunt, wie die Worte ungefiltert aus seinem Mund sprudelten.

„Ich habe länger in Isolation gelebt, als du dir vorstellen kannst, Thomas."

Er starrte fragend, seine braunen Augen auf ihr mondbeschienenes Gesicht geheftet.„Wieso? Bist du viel umgezogen?"

Er malte sich eine kindliche Sandra als Soldatenkind aus, die ständig packte und auspackte. In jeder neuen Schule musste sie sich Cliquen anbiedern. Dann stellte er sich eine Sandra, die zu Hause unterrichtet wurde, mit wohlmeinenden Nomadeneltern vor, die ihr die Naturwunder des Landes aus einem Wohnmobil zeigten. Er wollte nicht aufdringlich sein und wartete geduldig auf die Brocken, die sie ihm über ihre Vergangenheit preisgeben würde.

Sie lächelte schwach und traurig. „Oh ja, ständig unterwegs. Ich strecke immer wieder die Hand aus, aber egal was passiert, am Ende stehe ich doch wieder ganz allein an einem neuen Ort."

„Das bricht mir das Herz", entfuhr es ihm mit melancholischer Ehrfurcht.

„Es zehrt an den Kräften." Sie seufzte und starrte auf die Menschen hinab, die wie Ameisen über den Campus krochen. „Aber ich habe überall Freunde gefunden."

„Das muss schön sein. Ich reise kaum." Er blickte in die Ferne, konnte den nahen Long Island Sound zwischen den alten Gebäuden nicht sehen, roch aber den schwachen Hauch von Seetang und Salz in der Herbstluft.

„Würdest du gern?"

„Klar. Verdammt, ich war noch nicht mal südlich von Jersey." Sein Grinsen wurde breiter. „Ich würde gern weit weg von hier. Alles sehen."

Ihr Blick verhakte sich in ihm, ihre Stimme klang dringlich. „Lass uns heute Nacht losziehen. Wohin du willst."

Er lachte ungläubig. „Lustig, ich hätte dich nicht als Trust-Fund-Baby mit Privatjet eingeschätzt." Er kicherte. „Aber andererseits, das ist ja eine Ivy—"

„Kein Jet. Sag mir den Ort und ich bringe dich dorthin." Sie war ernst, hoffnungsvoll.

„Überallhin?" Er lachte, warf die Hände spielerisch in die Höhe und schnaubte. „Na gut, wie wär's mit der Antrim-Küste? Habe da ein paar sehr entfernte Verwandte."

„Oooh. Nordirland." Sie grinste. „Exquisit. Ausgezeichnete Wahl."

„Warst du schon dort?"

„Viele, viele Male." Ihr Tonfall war überzeugend, was Thomas' Lachen nur schwerer kontrollierbar machte. „Zu dieser Jahreszeit ist es dort wunderschön. Dort regnet es gerade. Atemberaubende Aussichten. So grünes Gras hast du noch nie gesehen." Ihre Hände begannen aufgeregt eine weite, hügelige Landschaft zu beschreiben. „Wellen von Smaragdgrün, Meile um Meile. Du wirst es lieben, Thomas."

Thomas brach in ein unvorteilhaft hupendes Lachen aus, gefolgt von einem schüchternen Deuten mit dem Zeigefinger. „Mädchen, du bist soooo high."

„Vielleicht." Sie trat zu ihm. Ihre Grübchen vertieften sich, als sie näher kam. „Bitte komm mit mir." Ihre Stimme klang hungrig, flehend.

Sie berührten sich. Körper an Körper verschmolzen ihre feuchten Kleider. Die Luft war elektrisch, ein Kribbeln der Aufregung auf seiner begierigen Haut. Sein Herz hämmerte wie eine unausgeglichene Waschmaschine, prallte wild wie ein springender Ball gegen seine Rippen.

„Ich bin so einsam, Thomas." Glitzernde Tränen rannen über ihre glänzenden, sommersprossigen Wangen, ihre Stimme schmerzerfüllt, triefend vor Qual.

Die Sehnsucht und der Kummer in ihren Worten lasteten auf ihm wie ein Gewicht von oben. Er wollte diese Worte für immer aus ihrem Vokabular streichen. Jetzt, wo sie ihn endlich getroffen hatte, schwor Thomas, das zu ändern.

„Du bist nicht allein", flüsterte er.

Aber das stimmte nicht.

Er wagte nicht, seinen Blick aus ihren fesselnden Augen zu lösen, diesen schwindelerregenden galaktischen Kaleidoskopen aus Silber, Blau und Grün, erleuchtet vom Mondstrahl. Er sah die Spiegelung seiner unbeholfenen schwarzen Brillengestells darin, die trübe dunkle Punkte in das Farbenspiel streuten.

„Bitte", flehte sie, Tränen wie Bächlein. „Bitte, Thomas, ich würde alles tun, um nicht mehr so einsam zu sein."

Diese Worte waren die letzten, die Thomas jemals hören würde...

Auf diesem Planeten oder einem anderen.

Ich würde alles tun, um nicht mehr so einsam zu sein.

Er strich mit dem Daumen über ihre Unterlippe, die sich unter dem Druck öffnete. Dann küsste er sie.

Und sie küsste zurück. Begierig.

Sie erwiderte seine Zuneigung mit einer Kraft, die keiner irdischen Emotion oder Berührung glich, die er je erfahren hatte. In einem Moment begann sich alles zu verändern. Die Studentin vor ihm erwies sich als Illusion. Seine Welt wurde auf den Kopf gestellt.

Intensive Leidenschaft wich einer Flut trostlosen Elends, die ihn einhüllte wie ein Ertrinkender mitten in einer Naturkatastrophe. Panische Angst erhellte das neuronale Netzwerk in seinem verwirrten Gehirn. Das astronomische Ereignis sprengte Thomas' Realitätsverständnis.

Ihre haselnussbraunen Augen wirkten nun leer und trostlos. Zwei frostige weiße Kugeln in ihrem sich wandelnden Gesicht. Die Berührung ihrer Haut brannte, aber er war machtlos, sich loszureißen. Ihre gepressten Epidermisschichten begannen schmerzhaft zu verschmelzen, und durch sie verstand er Sandras Gefühle. Er verstand den schmerzhaften Druck von Äonen der Sehnsucht, die nur nach einer verwandten Seele in der eisigen Weite des Universums suchte.

Seine Augen waren die ersten, die gingen – sie platzten gewaltsam in ihren tiefen Höhlen wie zerdrückte Trauben, spritzten heißes, wässriges, purpurnes Fluid gegen die Innenseite seiner Brille. Der Rausch des Joints verflog schnell, und weißglühender Schmerz durchzog ihn, als seine Nerven und Sehnen wie misshandelte Gitarrensaiten rissen. Seine Knochen zersplitterten brutal, mahlten in seiner sich lockerten Haut. Sein schreiendes Gesicht sackte wie Knetmasse zusammen, so formbar, als wäre kein elastisches Kollagen mehr in seinem zerfallenden Körper.

Toms Brust bebte.Eine nach der anderen brachen seine Rippen und zerfielen. Wo sie einst konvex gewölbt waren, wurden sie nun konkav eingedrückt, sie zersplitterten mit hörbaren Knacksgeräuschen wie Wunschknochen. Seine Muskeln wurden pulverisiert, als wären sie mit einem Hammer zu flüssiger Masse zerschlagen worden. Seine Schreie versickerten in der Leere ihres Mundes zwischen diesen makellosen Lippen, die ihm seine letzte und brutalste Form der Intimität gewährten.

Die Knochen seiner Unterschenkel zersplitterten und brachen wie Leuchtstäbe. Sein Körper krampfte, als seine zerbrochenen Schien-

und Wadenbeine zu grauenhaften Bündeln anatomischer Verwirrung zermahlen wurden. Sein Bewusstsein blieb schmerzhaft erhalten, während sein Körper sich in seinen Nähten auflöste.

Als der Schmerz einer verwirrenden geistigen Entwicklung wich, begann Thomas die zuvor unvorstellbare Weite des Universums und sein komplexes Geflecht galaktischer Verbundenheit zu begreifen.

Er wurde sich der Bedeutungslosigkeit der Menschen bewusst. Unverdiente Egos und Narzissmus wucherten wie tödliche Seuchen, die den schließlichen Untergang ihrer Rasse vorzeichneten – ihre Arroganz war im großen Schema lächerlich. Bloße Ameisen an Größe und Bedeutung gemessen im Vergleich zu physisch greifbaren Wesen auf anderen Planeten.

Ein Schwall hirnverbiegender Konzepte durchflutete sein Bewusstsein wie eine Nadel voll reinem Heroin und überflutete seine verbliebenen Sinne, während die einst Sandra genannte Entität ihn umhüllte.

Ihr einst zartes Maul war nun ein unfassbar weit aufgerissenes Monstrum. Sie inhalierte, sog ihn ein in eine kosmische Wolke aus violetten und himmelblauen Gasen, die zwischen ihren klaffenden Kiefern hervorquollen.

So plötzlich wie es begonnen hatte, ließ der brennende Schmerz nach, und Thomas' Körper war verschwunden. Er war in ihr – und begriff, dass Sandra überhaupt kein „sie" war. Dieses Wesen, diese Essenz – es war etwas völlig anderes.

Es war zugleich Gott und Sklave. Eine vitale Kraft von beträchtlicher Größenordnung. Alle Geschlechter und Spezies in einem verschmolzen. Es war eine uralte, intergalaktische Existenz. Eine ehrwürdige Präsenz von außergewöhnlichem Alter und Weisheit.

…Und von beträchtlicher Traurigkeit.

Verlassen und grenzenlos, war es übervoll mit Neugier. Es verleibte sich Thomas' Körper zwangsweise ein in einer Aufräumaktion. Die Kraft war weise genug, keine losen Enden zu hinterlassen, selbst auf einem so unbedeutenden Planeten wie der Erde.

Der Sterbliche stillte kurzzeitig die Sehnsucht der Entität nach Verbindung, doch es war bei weitem nicht genug. Thomas' Fleisch war nun aufgelöst, verschwand mit den wirbelnden Gasen, stieg zurück in den Äther, aus dem es vor einer Woche erschienen war, und hinterließ nichts als Marihuana-Asche und eine Pfütze dunklen, zähen Blutes und Ichor, die in den Kies des Wohnheimdaches sickerte.

Thomas war nicht länger Thomas. Seine Seele war nun Teil von etwas Größerem. Verschmolzen mit der unsterblichen Kraft und den anderen, die vor ihm verschlungen worden waren. Gemeinsam durchstreiften sie den Himmel, um noch einen letzten irdischen Besuch abzustatten, bevor sie in die unendlichen kosmischen Tiefen des Weltraums zurückkehrten, aus denen sie stammten.

Eine veränderte Form von Toms Bewusstsein blieb noch für einige selige Momente erhalten. Sein Gewahrsein dauerte gerade lange genug, um das feine Prasseln nordirischen Regens zu spüren, der durch ihn hindurchströmte, durch sie, während sie wie eine galaktische Drohne über die Meilen der Antrim-Küste schwebten. Die Entität gestattete ihm geduldig, den kristallklaren Anblick der verfallenen, bröckelnden Burgen in sich aufzunehmen, gefolgt von weiten, atemberaubenden Flächen smaragdgrünen Grases, satter und lebendiger als alles, was er je mit seinen längst vergangenen sterblichen Augen gesehen hatte.

Was von Thomas übrig war, sog die schwankenden elysischen Felder vibrierenden, üppigen Grüns in sich auf, genau wie versprochen, bevor die verschmolzene Entität ihre weite Reise zu dem begann, was sie als Heimat betrachtete. Die idyllische Aussicht war ein teilweise selbstsüchtiges Abschiedsgeschenk der Entität an Tom, um ihre Dankbarkeit für die kurze, aber aufrichtige Kameradschaft auszudrücken.

Thomas war nun eins mit der drohenden Gottheit, vereint mit den unzähligen anderen vor ihm, deren sterbliche Existenzen jeweils für immer durch einen indirekten Kuss verändert worden waren.

Durch den Kosmos wirbelnd, durch den Weltraum rasend, überlegte sie, wohin sie als Nächstes reisen und welche Form sie annehmen könnte, während sie unendlich existierte, getrübt von einem depressiven Nebel der Einsamkeit und sich nach dem flüchtigsten, zerstörerischsten Geschmack von Kameradschaft sehnend, um die Zeit auf einer angehaltenen Uhr zu vertreiben, gestrandet und ein Opfer der Unermesslichkeit der Ewigkeit.

ATMEN

Ich rucke auf meinem Sitz hoch. Blut pocht durch meine ergrauten Schläfen. Mein Herz hämmert. Das Hupen hinter mir jagt mir einen eisigen Schauer über die Haut. Mein abgelenkter Geist hatte das grüne Licht oben nicht registriert. Ich trete das Gaspedal durch, reiße meinen Subaru ruckartig in Bewegung und schieße durch die Kreuzung. Während ich durch die Ampel rucke, bleibt mein abgelenkter Geist an dem Tonfall von Mr. Careys Stimme hängen, als er die Worte sagte: „Pack deine Sachen. Du bist fertig."

Rausgeschmissen.

Ich gehöre nun zu den Arbeitslosenmassen, über die in den Abendnachrichten berichtet wird. Ich werde um etwas Neues kämpfen müssen, um etwas, das deutlich weniger zahlt. Oder schlimmer, Arbeitslosengeld beantragen. Ich schaudere bei dem Gedanken an all die Online-Formulare. Die Diskussionen. Die Bürokratie. Das Lächeln, das aus dem Gesicht der attraktiven Kassiererin verschwindet, wenn ich meine EBT-Karte überreiche, um einen Block Cheddar zu bezahlen. Ich sehe mich schon Wochen später vor mir, wie ich mit einem Mund voll beschissener Käse-Toast-Sandwich Tränen der Frustration herunterschlucke, während ich einen weiteren Ablehnungsbrief nach einem vielversprechenden Vorstellungsgespräch lese.

Wir bedauern, Ihnen mitteilen zu müssen…

So fängt es immer an, nicht wahr?

„Wir bedauern, Ihnen mitteilen zu müssen, Mr. Alexander, dass wir uns für eine andere Richtung bei der Besetzung der Position entschieden haben.“

Die werden diesen Trottel nicht wollen. Ich bin nur ein Wichser, der neun Jahre einer Firma gegeben hat, die mich wie wie einen Filzknoten am Hintern eines Hundes, als ich den ersten Fehler machte. Oder vielleicht läuft es ja gut.

„Dürfen wir Ihren vorherigen Arbeitgeber als Referenz kontaktieren, Lawrence?“

Ich lache. Das wird ja ein Riesenerfolg.

Ich kann Mr. Careys Stimme jetzt hören, wie er lachend ins Telefon sagt: „Ja, Larry ist unter dem Radar geflogen und war sonst die menschliche Version von Zellophan, bis er sich am Ende blamiert hat—"

Vielleicht schaffe ich den großen Durchbruch mit Rusty. Für einen Moment scheint es möglich. Wenn ich meinen Körper neu ausrichten würde, könnte Surfen zum Beruf vielleicht mehr als nur ein frommer Wunsch sein. Man sagt, 10.000 Stunden reichen aus, um in etwas ein Meister zu werden. Ich habe im Laufe der Jahre sicherlich fast so viel Zeit am Strand verbracht. Und mein Terminkalender hat sich gerade... weit geöffnet.

Im Moment könnte der Serotoninrausch beim Wellenreiten das Einzige sein, wofür es sich zu leben lohnt.

Sarah hätte über die absurde Vorstellung gelacht, dass ich in irgendeinem Sport „pro" werden könnte. Sie war bedingungslos unterstützend, aber ein schallendes Gelächter wäre ihre erste Reaktion gewesen, wenn ich es laut ausgesprochen hätte. Gefolgt von verzweifeltem Rückrudern, um meine Gefühle nicht zu verletzen, und schließlich einer Rede darüber, dass ich alles schaffen kann, wenn ich mich nur darauf konzentriere.

Oh, Sarah...

Eine überwältigende Welle von Anspannung und Panik überkommt mich. Der leere Beifahrersitz brennt ein Loch in meine Seele.

Hol tief Luft.

Und das tue ich.

Ich biege von der Matunuck Beach Road ab und parke am strauchgesäumten Straßenrand. Nach gut einer Stunde bin ich da: Ein versteckter Spot an der Küste von Rhode Island, hinter einem dichten Dickicht verborgen, mit einem großartigen Point Break, der nur einer Handvoll ernsthafter New England Surfer bekannt ist – Siren's Cove genannt.

Trotz der zähen Verkehrsschlange außerhalb von Mystic komme ich zu meiner Lieblingszeit an: kurz vor Sonnenuntergang. Ich liebe es, diesen flammenden Lichtball von Rusty aus dabei zuzusehen, wie er unter den Wellen versinkt.

Ich werfe meine Brieftasche und Schlüssel ins Handschuhfach und wuchte mich aus dem Auto. Als ich mich strecke, knackt mein Rücken wie ein Knicklicht, und ich stöhne wie jemand, der in einer mittelalterlichen Folterapparatur gequält wird.

Zeit, an die Arbeit zu gehen.

Ugh, die Ironie.

Ich öffne die Krokodilverschlüsse am Dachträger und befreie Rusty aus seinem Griff. Das Schaumstoff- und Fiberglasmaterial federt unter den gelockerten Nylonbändern zurück, als hätte das Brett die Luft angehalten. Ich werfe die Gurte auf die Kiste mit ausgeräumten Büromaterialien auf dem Rücksitz. Verzweiflung überkommt mich, als ich neun verlorene Jahre zwischen Pappwänden zusammengepfercht sehe. Ein Blick auf meinen Mitarbeiterausweis macht mich krank.

Die Enge in meiner Brust schnürt mir die Luft ab. Ich habe wieder eine Panikattacke. Oh Gott, nicht schon wieder. Ich zwinge meinen Körper, Luft einzuatmen. Atmen fühlt sich nicht mehr automatisch an.

Hol Luft.

Und das tue ich.

Ich reibe Rustys Fiberglasoberfläche mit einem Wachsblock ein und greife nach dem Neo, der in einem gummiartigen Haufen auf dem Rücksitz liegt. Das graue Innenfutter ist noch mit Sandkörnern gespickt, was ein Kribbeln der Vorfreude auslöst, als ich meine Beine hineinschiebe. Ich habe das Gefühl von Sand auf meiner bloßen Haut vermisst.

Ich quetsche mich hinein, mir bewusst, wie viel Übergewicht ich mir durch den sitzenden Job, das Trinken und meine jüngste „depressive Episode" (wie mein Therapeut es nennt) angefuttert habe.

Ich greife durch das Fenster und hole eine chromblitzenden Flachmann hervor. Warum musstest du nur dieses Chaos anrichten, kleiner Freund? Wir waren doch Freunde. Ich nehme einen Schluck. Der billige Wodka brennt, aber ich weiß, dass das Selbstvertrauen, das ich dadurch gewinne, befriedigend sein wird.

Zum Teufel, ein weiterer Schluck kann nicht schaden...

Ich werfe das Metallgefäß zurück ins Auto und drücke Rustys harte Schale fest an mich, schmerzhaft tief in meine Achselhöhle geklemmt. Ich rolle die Leine auf und mache mich durch das Dickicht auf den Weg, vorsichtig, um Rustys Flossen nicht zu beschädigen. Trotz der peitschenden Rhode-Island-Winde, die mich schlagen, kriege ich einfach nicht genug Luft. Die Feuchtigkeit legt sich wie ein nasses Handtuch um mein Gesicht.

Ich stapfe den schmalen, abgelegenen Pfad entlang, der sich durch dünne Bäume schlängelt, bis er sich zum felsigen Block Island Sound öffnet. Ich sollte in diesem malerischen Moment für so viele Dinge dankbar sein. Stattdessen fühlt es sich an, als würde die Welt zusammenbrechen und mich unter einem zu schweren Trümmerhaufen begraben.

Ein Möwenschrei reißt mich aus dem dunklen Wirbelsturm der Panik und zurück in den klaren Frühlingsmoment. Eine seitliche Böe eisiger Luft wirbelt durch mein lockiges Haar, und mein einst heiß pulsierendes Blut fühlt sich jetzt an wie ein gemischter Eiskaffee-Slurry. In meinem Magen landet der Alkohol wie eine heiße Rakete, die in einem öden, trockenen Feld detoniert.

Kabumm.

Die warme Nachwirkung der Explosion breitet sich aus, und das Kribbeln der Trunkenheit setzt ein. Der rasche Temperaturwechsel ist beunruhigend. Ein pochendes Gefühl hämmert durch meinen Kopf, und eine Welle von Schwindel überrollt mich. Eine weitere Panikattacke lauert direkt um die Ecke. Ich weiß es.

Oder vielleicht habe ich Glück, und es wird ein weiterer ausgewachsener Zusammenbruch.

Dreh das Rouletterad, Larry. Mal sehen, auf welche demütigende Reaktion der Ball fällt.

Nein. Mein Therapeut hat mich für solche Abwärtsspiralen gerügt.

Erinnere dich an ihre Worte:

Hol Luft.

Und das tue ich.

Während ich mich bemühe, meine Gedanken zu kontrollieren, konzentriere ich mich und atme langsam wie bei einem Zug an einer Zigarette einen Lungenzug salziger Meeresluft ein, bis ich am Wasser stehe. Ich streife meine Flip-Flops ab und aktiviere meine Muskeln, mache Ausfallschritte und Dehnübungen, konzentriere mich auf die Ebbe. Die Aussicht vor mir ist wie ein Ölgemälde, reich an Türkis- und Blautönen, durchsetzt mit ausgedehnten Kämmen schaumiger weißer Gischt.

Zu meiner Überraschung habe ich hier trotz der großen, wilden Wellen die freie Auswahl.Obwohl dieser felsige Bereich ein verstecktes Juwel ist, wissen viele dennoch von seiner Existenz. Trotzdem habe ich diesen Ort noch nie so leer gesehen, besonders nicht bei Ebbe.

Etwa 150 Yards entfernt bricht eine verlockende Serie von Wellen jenseits einer Felsspitze. Von hier aus wirken die Wellen trügerisch bescheiden, aber ich weiß aufgrund ihrer Höhe und Wucht, sowie der Art, wie sie brechen, dass sie monumental sind. Sie sind etwas unordentlich durch parallel wehende Seitenwinde, aber sie sind groß.

Acht Fuß? Vielleicht zehn?

Ich mustere den Bereich hinter der Felsspitze und entscheide mich, meine Kraft für die riesigen Wellen selbst zu sparen. Vielleicht kann ich die Strömung des nahen Kanals nutzen, um mich hinauszutragen und Energie zu sparen. Die lähmende Flut rauscht an meinen Knöcheln vorbei, steigt zu meinen Waden auf und reißt mich aus meinen konzentrierten Berechnungen.

Das kalte Wasser ist betäubend.

Es ist noch Zeit umzukehren.

Aber wohin sollte ich gehen? Nach Hause? In eine durchschnittliche Wohnung, durchdrungen von gespenstischen Erinnerungen an sie? Oder zur Arbeit? Pffft. Dank des fermentierten Kartoffelsafts in meinem Outback bin ich dort nicht mehr willkommen.

Konzentration, Larry.

Die eisige Strömung lockt mich. Ich sammle den Mut, mich hineinzuzwingen. Ich kann immer noch nicht glauben, dass ich allein bin. Normalerweise sind hier mindestens ein paar Surfer, die auf ihren Brettern hocken wie aufrecht stehende, neoprenbekleidete Robben und um den besten Platz in der Rotation kämpfen.

Aber nicht heute.

Ist das ein Omen oder dringend benötigtes Glück? Vielleicht liegt es daran, dass es Mittwoch ist. Die meisten Leute sind schließlich noch bei der Arbeit. Sie haben Jobs.

Ugh, das ist deprimierend.

Ich seufze bei dem Gedanken, mittellos und arbeitslos zu sein, zusätzlich zu meiner erdrückenden Ziellosigkeit seit Sarah. Die letzten zwei Monate hatten genug Verlassenheit für mich. Wenn sie hier wäre, würde sie ihr schaumstoffbeschichtetes Longboard hinstellen und mich mit diesem spielerisch neckenden Ton hineinlocken. Sie würde ihre Fußleine wirbeln wie eine Lassoschlinge und so tun, als würde sie mich in die sprudelnde Brandung zerren wie ein hilfloses Rind.

Es sind nie die, von denen man es erwartet, heißt es.

Diese verborgene, unverfälschte Traurigkeit kann sich hinter einem echten Lächeln einnisten, sich wie ein heimtückischer Krebs anheften und ihren einst fröhlichen Wirt unmerklich zu einer hohlen, leeren Hülle auszehren.

Es sind nie die, von denen man es erwartet.

Ich blicke zum Himmel, als hätte es meine
jahrzehntelangen katholischen, unmusikalischem
Summen auf den Knien und die schläfrigen
Predigten über die Hölle als Strafe für Selbstmord
nie gegeben. Ich suche nach einer Andeutung von
Sarahs Gesicht in den hoch über mir treibenden
Wolkenbällen. Stattdessen drohen düstere,
farblose Taschen von algenartig riechender
Feuchtigkeit. Ich frage mich, ob diese plötzlichen
Anfälle jemals von mir ablassen werden.

Hol Luft, Larry.

Und das tue ich.

Nachdem ich die Leine an meinem Knöchel
befestigt habe, machen Rusty und ich uns wie
unzertrennliche alte Freunde auf den Weg in das
trübe Wasser. Das Wasser platscht laut um mich
herum wie Kinder, die fröhlich in einer
Badewanne planschen.

Denk nicht an Badewannen...

Zum ersten Mal übertönt das laute,
krachende Geräusch der Wellen nicht die
Megaphon-Lautstärke meiner Gedanken, aber
dennoch wate ich tiefer, bis das Wasser mir bis
zur Taille reicht. Der Ozean fühlt sich an wie
Chaos. Ich werfe mich härter als nötig auf Rustys
glasfaserverstärkte Oberfläche. Das ungeschickte
Aufsteigen verursacht eine Schockwelle von

Schmerzen in meiner Brust. Ich schäme mich für diesen Anfängerfehler.

Verdammt, konzentrier dich, Larry.

Ugh, ich werde zu schwer für dieses Brett.

Ich paddle weiter zu den anhaltenden Wellen in der Ferne, bis ich die Impact-Zone erreiche. Trotz der Energie des Kanals bin ich immer noch außer Atem, und meine Schultern brennen vom Paddeln durch das aufgewühlte Wasser. Ich schaukele über einer langen Sandbank parallel zu den unruhigen Wellen. Ich sammle mich und merke mir die Geografie der riesigen Felsen in der Gegend. Die untergehende Sonne überzieht den Himmel mit einem rosigen, düsteren Pinkton, und das Einzige, was hier draußen in den tieferen Gewässern bei mir ist, sind die kreischenden Möwen und was auch immer unter mir im Wasser lauert.

Diese nächste Welle hat meinen Namen draufstehen.

Ich kneife die Augen zusammen, lege mich auf den Bauch und konzentriere mich. Mit Blick auf das leere, felsige Ufer paddle ich wie im Turbogang, während ich große Handvoll schaumiges Salzwasser hinter mich werfe. Ich frage mich, ob ich den richtigen Zeitpunkt zum Paddeln gewählt habe. Ob ich vielleicht zu tief in der Pocket bin und einfach nur durchgewirbelt werde.

Die Welle schwillt unter Rusty an und hebt uns beide wie die riesige Hand des Poseidon empor. Für eine Sekunde schwebe ich schwerelos. In diesem kurzen Schwebezustand überkommt mich eine plötzliche Welle der Panik. Egal wie oft ich in solch großen, herausfordernden Wellen bin, es gibt immer diesen nervenzerreißenden Hauch von Terror, als würde ich gleich aus großer Höhe fallen. Die Welle bäumt sich mit roher, natürlicher Kraft auf, und der Ozean schleudert mich zurück zum Land, als würde er mich abweisen.

Aus reinem Muskelgedächtnis reagiere ich und stehe auf Rusty auf. Ich hebe meinen Körper und schneide mit dem subtilen Druck meiner Füße durch das Wasser. Ich gleite präzise entlang der Unterkante der Welle zur Felsbarriere, achtsam, keine zu streifen. Das wäre leicht und gefährlich, besonders bei diesem Niedrigwasser. Der berauschende Schwall von Chemikalien in meinem Gehirn erinnert mich daran, wie sehr dieser Sport seit Jahrzehnten meine Rettung war.

Rustys hintere Finnen schneiden wie ein heißes Messer durch Butter, während wir sanft durch das Wellental gleiten. Die Welle bricht hinter mir, und ich gleite sorglos unter ihr dahin. Es ist das erste Mal, dass ich seit Sarah überhaupt einen Moment Frieden gespürt habe.

Denk nicht an Sarah. Das ist nicht der richtige Zeitpunkt oder Ort—

Meine Gedanken werden jäh unterbrochen, als Rustys Flosse gegen etwas Hartes unter der Oberfläche knallt. Ich verliere das Gleichgewicht durch den abrupten Stopp des Schwungs und werde nach vorn geschleudert, wobei mein Knie hart auf einen unnachgiebigen Felsen aufschlägt. Der Schmerz durchzuckt mich, und ich merke, dass das erschreckende Knirschen in meinem Knie ein Problem werden wird. Ich rapple mich auf, atme tief durch und werfe meine salzige Haarmähne aus den Augen. Während ich im Wasser trete, sendet jeder Tritt einen scharfen, qualvollen Schmerz durch meinen alternden Körper. Wahrscheinlich habe ich mir wieder etwas gerissen. Das ist das Letzte, was ich brauche: eine weitere Knie-OP ohne Job und ohne betriebliche Krankenversicherung.

Ich wate noch einen Moment und überlege, ob ich mit diesem höllischen Schmerz weitermachen kann. Es tut weh, aber ich werde überleben. Rusty treibt hinter mir an seiner federnden Leine, angebunden wie ein bräunlichroter Schatten. Ich spüre, wie Wut und Frustration aus meinem von Wodka durchtränkten Bauch in meinen Schädel hochschießen wie ein Topf mit überkochend heißer Suppe. Ich lasse ein wütendes Knurren über meinen versagenden Körper los und kämpfe mich zurück auf mein Brett.

Geh sofort wieder raus, Larry.

Ohne Pause paddele ich zurück zu derselben Stelle. Ich will meine Chance nicht verpassen und auf eine Flaute warten müssen. Ein Hauch von Lavendel färbt den Sonnenuntergang, und es bleiben nur noch wenige Gelegenheiten, bevor die Sonne für heute untergeht. Die starke Strömung des nahen Kanals winkt mich wie der Zeigefinger eines Sensenmanns heran, und ich nutze diese Kraft und meine aufgestaute Wut, um schnell zurückzukehren. Das salzige Meerwasser strömt an der nackten Haut meiner Gliedmaßen vorbei, während ich treibe und geduldig auf die nächste Welle warte. Heute sind sie beständig, wie eine gut geölte Maschine, die im perfekten Rhythmus mit sich selbst arbeitet. Der Ozean senkt und hebt mich wie eine aufregende, hydraulische Jahrmarktsattraktion.

Es ist Zeit.

Ich paddele mit aller Kraft in mir auf die Brechung zu. Ich erhebe mich mit der mächtigen Welle und schlage das Wasser mit genug Kraft, um mich vorwärts zu treiben und den Schwung zu nutzen.

Ich höre ein Geräusch. Es kommt mir vertraut vor, ein sanftes Gurren zu meiner Linken. Ich drehe den Kopf, um zu sehen, aber etwas Dunkles und Großes taucht zurück unter die brodelnde Oberfläche, bevor ich es richtig erkennen kann.

Was war das? Eine Robbe?

Mein Blick kehrt zurück, und meine Hände flachen sich auf Rusty ab. Ich drücke mich hoch, schwinge meine Füße in Position und stemme mich nach oben.

Ein brennender Schmerz schießt durch mein Bein, und mein verletztes Knie knickt heftig ein. Ich sause wieder schwerelos durch die Luft. Ich stürze gnadenlos auf einen kantigen Felsbrocken, den die rasende Flut gerade freigelegt hat. Beim Versuch, meinen Sturz abzufangen, verdreht sich mein linker Arm unnatürlich unter der Wucht meines Körpers. Mein Kinn knallt als Nächstes auf den unnachgiebigen Stein. Mein Kiefer bricht mit Gewalt, und meine Backenzähne reißen tiefe

Wunden in meine Zunge. Ich schmecke sofort das kupferne Blut.

Ein qualvoller Schmerz pocht durch meinen Mund und Unterarm. Während die Welle vorbeirauscht, schnappe ich tief nach Luft. Ich zittere vor Schock und Ungläubigkeit. Ich versuche mit meinem rechten Arm, Rusty wieder zu mir heranzuziehen, aber eine neue, noch gewaltigere Welle bricht herein. Mit der Gummileine in der Hand halte ich sie fest, als das Wasser mich vom Felsen zu spülen beginnt. Rusty löst sich mit der Leine nach unten und reißt aus großer Höhe davon. Ich schaue gerade noch rechtzeitig hoch, um zu sehen, wie Rustys harter Körper wie ein Kamikazepilot einen ungebremsten Kurs direkt auf mich nimmt. Er zerfetzt mir ohne Zögern in einem brutalen Augenblick das Gesicht. Ein ohrenbetäubendes Klatschen hallt durch meinen Schädel, als die Nase des stabilen Fiberglasbretts mit aller schaurigen Kraft, die es aufbringen kann, in meine Augenhöhle knallt und mich rückwärts auf einen weiteren scharfkantigen Felsen schleudert.

Die Welle umhüllt mich nun, und ich taumle desorientiert durch ein turbulentes Chaos aus Wasser und Blasen, verheddert in Rustys Leine. Unter der brodelnden Oberfläche klammere ich mich mit aller Kraft an die Unterseite des rutschigen Bretts. Die Kraft der nächsten gigantischen Welle schleudert mich rückwärts gegen einen weiteren Felsbrocken, wodurch ich meinen Halt daran verliere. Die aufwärts gerichtete Kraft des schwimmenden Bretts lässt das unnachgiebige Material von Rustys harten Finnen mühelos durch das weiche Fleisch meines Gesichts schneiden.

Rot. Das ist alles, was mich umgibt.

Ein strömender Blutfluss trübt das Wasser um mich herum, der aus meiner aufgerissenen Wange und Augenhöhle hervorschießt. Mein verbleibendes Sehvermögen und die Tiefenwahrnehmung sind verzerrt, und Entsetzen macht sich breit, als ich merke, dass ich auf dem rechten Auge erblindet bin.

Nein, Gott, nein.

Ich will zurück.

Strg+Alt+Entf.

Doch der Ozean tobt weiter. Es fühlt sich an wie Krieg. Ich bin auf dem Schlachtfeld verstümmelt, während diese kämpfende Kraft unbarmherzig um mich herum wütet, gleichgültig gegenüber dem Trauma, das sie meinem Körper gerade zugefügt hat.

Ich verspüre den Drang, mein Gesicht abzutasten, um festzustellen, ob mein Auge noch in der Höhle ist, aber mein funktionierender Arm ist zu sehr damit beschäftigt, wild zu rudern. Es ist Flucht-oder-Kampf-Zeit, und eiskalte Panik durchflutet jeden meiner Muskeln. Salziges Meerwasser brennt in meinen offenen Wunden wie weißglühende Kohlen, während das Wasser mich erneut gegen die Felsen schleudert. Durch das trübe Wasser und die Blasen sehe ich nur noch Rot.

Genau wie damals, als ich die Badezimmertür öffnete.

Sarah lag dort, im Bad unserer Wohnung aufgeschlitzt in der Wanne, ihre blassen Beine gespreizt über der Kante. Ihr Kopf war vollständig unter der glatten Oberfläche des lauwarmen, blutroten Wassers. Sie war reglos. Es war eine Stille, wie ich sie noch nie zuvor erlebt hatte.

Ist das ein Albtraum? Ich will verzweifelt aufwachen.

Ich werde erneut von der nächsten unaufhörlichen Welle unter die Oberfläche gedrückt. Betäubend gurgelt das karmesinrote Wasser um meinen blutenden Kopf, aufgewühlt von meinem eigenen panischen Gezappel. Ich verschlucke mich an Meerwasser und Blut, und mit dieser grausigen, klaffenden Wunde in meiner Wange kann ich keine Luft mehr halten.

Mein Schädel pocht, und das dumpfe, pochende Rauschen der Flüssigkeit, die durch mein Gehirn strömt, wird lauter, während ich gewaltsam nach Luft ringe.

Wieder höre ich die seltsamen Geräusche, das liebevolle, sanfte Gurgeln durch das Wasser wie ein Wiegenlied. Der Klang hat eine erschreckende Vertrautheit, aber ich kann ihn nicht genau zuordnen.

Düster beleuchtete Blasen ziehen durch das rot-grüne Wasser über mir, während ich in die tintenschwarzen Tiefen des Ozeans hinabgerissen werde. Frische Luft scheint so unerreichbar weit weg.

Ich paddle heftig mit meinem unverletzten rechten Arm, aber ich bin unbestreitbar desorientiert. Eine Welle erfasst Rusty und zerrt mich durch das Wasser an der Leine. Ich kann keinen einzigen Atemzug Sauerstoff erhaschen.

Das Singen wird lauter, pocht jetzt in meinem Gehirn wie ein Verstärker mit aufgedrehten Bässen. Ich kenne die Melodie, aber ich kann sie immer noch nicht zuordnen. Es klingt wie etwas, das Sarah mir oft vorgesummt hat, wenn ich mit der Grippe im Bett lag.

Tatsächlich klingt es genau wie Sarah, wenn ich so darüber nachdenke…

Meine salzgefüllten Nasennebenhöhlen brennen, und ich beginne langsam zu ersticken, nur wenige Fuß unter der wellenden Oberfläche, zitternd vor Qual. Ich kämpfe, die Augen auf die Lichtstrahlen über mir gerichtet.

Ich breche durch und schnappe mir einen süßen, feuchten Atemzug mit aller Kraft. Meine Bemühungen haben mich in die Irre geführt, denn die unruhige See und mein panisches Strampeln haben mich weiter von der Küste weggetrieben. Ich schlage mit meinem brennenden Gliedmaß und würge Seewasser, während ich um Hilfe schreie. Niemand ist in dieser aquatischen Hölle nah genug, um meine Existenz zu bemerken. Der Schmerz in meinem gebrochenen Arm steigt auf ein übelkeitserregendes Niveau, während der Ozean mich hin und her wirft. Ich taumele auf Rusty zu, der völlig unversehrt und ahnungslos gegenüber der Brutalität bleibt, die gerade geschehen ist. Wenn ich es schaffe, auf ihn zu gelangen, werde ich Auftrieb haben. Ich werde atmen können. Ich werde zurück zum Ufer treiben können.

Bevor meine Hände Halt auf dem glänzenden Brett finden, schießt Rusty von mir weg, und eine weitere riesige Welle bricht über mir zusammen, drückt mich tief unter Wasser. Messerscharfe Schmerzen durchzucken mein Knie bei jedem Tritt. Die Strömung wird stärker, zieht mich erneut in die massiven Felsen am Meeresgrund. Mein Blut zieht sich wie eine Chemikalienfahne hinter mir, während ich mit der Strömung davongetragen werde. Ich ringe mit dem inneren Antrieb, weiter gegen den qualvollen Schmerz und die überwältigende Erschöpfung zu kämpfen.

Diesmal bleibe ich zu lange unter Wasser. Meine Lungen verkrampfen sich in der erstickenden Umarmung der nassen Arme des Ozeans. Die Oberfläche ist jetzt so niederschmetternd weit entfernt. Vielleicht liegt es an meiner gestörten Tiefenwahrnehmung. Oder möglicherweise ist die Strömung so stark, dass sie tatsächlich so weit weg ist, wie es scheint. Ich treibe mit weit aufgerissenen Augen und verwundet durch die trübe Tiefe.

Wie Sarah…

Ihre Augen waren offen. Sie starrte mich durch das getrübte, glasige Wasser an, ohne Leben in diesen eiskalt erstarrten Augen. Ihr ganzes Wesen war verschwunden. Das glitzernde Rasiermesser lag auf den Fliesen neben uns, während ich sie anflehte aufzuwachen.

Aber das würde sie nie wieder tun.

Hysterie überflutet mich, als ich mich aufrappele, eingeschlossen in der flüssigen Gruft. Diese Erstickung macht mich schwindlig, und mein erlöschendes Sehvermögen verschwimmt weiter. Ich bin mir jetzt schmerzhaft bewusst über das zerfetzte Fleisch in meinem Gesicht und den fehlenden Druck in meinem rechten Auge. Das rasende Pochen in meinem Schädel verstärkt sich mit meiner Panik. Mein Kopf steht kurz davor, einzustürzen wie eine mit einem Vorschlaghammer zertrümmerte Melone.

Nach all dem Hass, den ich für ihre egoistischen Taten empfand, denke ich, Sarah hatte die richtige Idee. Ihr Schmerz, ihre Jobprobleme, die Hoffnungslosigkeit ihrer Welt und die trostlosen Beziehungen darin... wie unsere... sie sind alle weg. Keine Panikattacken. Keine Angst. Kein Kampf. Kein Leiden.

Sie hat alles für immer gestoppt. Sie war immer die Intelligentere…

Während ich um mein Bewusstsein kämpfe, bleibt nur noch der ohrenbetäubende Lärm des mächtigen Ozeans, der nicht im Takt mit meinem aufgewühlten Herzschlag schlägt, und das Summen von Sarahs Stimme.

Ich bin sicher, dass sie es ist.

Oder vielleicht bin ich wahnsinnig geworden.

Diese entsetzliche Herzrhythmusstörung ist alles, was mich jetzt umgibt. Der klaustrophobische Griff des Ozeans und das Schlagen der Wellen sind so vertraut, als würde ich in einem wässrigen Mutterleib ersticken. Dennoch gurgelt ihre Stimme weiter, singt süß.

Ich kann sie jetzt sehen. Ihre Arme sind ausgebreitet, und karmesinrote Rinnsale strömen durch das zurückweichende Wasser aus den Wunden an ihren Armen. Sie sehen aus wie leuchtende Seetangbänder, die aus den Rissen in ihrer blassen, ausgelaugten Haut wachsen. Ihre Augen sind rot und gereizt, genau wie damals, als ich sie in der Wanne fand. Sie hatte geweint, und ich war nicht für sie da gewesen.

Jetzt würde ich weinen, wenn ich könnte. Wenn ich nicht schon in Wasser eingeschlossen wäre…

Sie lächelt und treibt in den dunkler werdenden Tiefen auf mich zu. Die Distanz zur Oberfläche fühlt sich jetzt unmöglich an. Ich erhasche einen flüchtigen Blick auf den rasenden Sonnenuntergang, der auf der Atlantikoberfläche tanzt, weit über mir, während ich von den unaufhörlichen Wellen gewaltsam nach unten gezogen werde. Rusty gleitet sorglos über mir und verdeckt das winzige Lichtfenster, das mich wie eine Eisenkugel an der Kette gefangen hält.

Sarah öffnet den Mund. Ich kann ihre Worte klar durch das Salzwasser hören. Ihre honigsüßen Lippen fühlen sich wie Zuhause an, als sie die Worte formen, die ich sie so oft sagen hörte vor jenem schrecklichen Tag. Bevor die Erinnerung an sie in dieser Wanne sich in mein Gehirn einbrannte.

„Hol Luft."

Sie lächelt. Es beruhigt mich.

„Hol Luft", flüstert ihre engelsgleiche Stimme wieder durch den Seetang und die Sole und schenkt mir einen einzigen Moment überraschenden Trostes.

Sie sieht jetzt anders aus. Es sind mehr Zähne in ihrem Mund, als menschlich möglich. Scharf, erschreckend. Die Angst schwillt in meinem pochenden Schädel an und verspottet die Kraft des Ozeans, während das Bewusstsein mich verlässt.

„Hol Luft", murmelt sie ein letztes Mal…

Und das tue ich.

ZWEI-LIPPEN-GARTEN

Ein bernsteinfarbenes Blatt verließ den Ast, tanzte fröhlich durch die klare Nachtluft, flatterte wie ein mondbeschienener Schmetterling durch die Dunkelheit und landete auf Lana Wilsons ergrauten Locken. Abgeschirmt von der restlichen Welt hinter einer hohen Hecke aus geschnittenen Ligusterbüschen schnitt ein weißer Lichtstrahl durch den Schleier der Dunkelheit und beleuchtete strahlende Farbtupfer im ganzen Garten.Ein weiteres Blatt folgte, glitt durch die feuchte Luft und wirbelte um einen Schwarm winziger Insekten, die sich wild um die Glühbirne einer Arbeitsleuchte auf einem auffallend grellen gelben Ständer versammelten.

Sie rammte die Handschaufel in den reichen, kaffeeschwarzen Boden und grub ein Loch einige Zentimeter tief. Sie legte eine knoblauchförmige Tulpenzwiebel hinein, die in ihrer schützenden organischen Hülle wie die trockene äußere Schicht einer Zwiebel saß, mit der Spitze nach oben. Sie lächelte.

Lana zog es vor, nachts zu gärtnern. Die Dunkelheit sollte man niemals fürchten, dachte sie. Seit Garys Weggang schien die Pflege der Erde die vielen langen, schlaflosen Stunden zwischen Dämmerung und Morgengrauen zu füllen. Es ersparte ihr die brutale Nachmittagssonne, die tückischen Winde Neuenglands, kalte Nachmittagsregen und das chaotische Geräusch der aufblühenden Vorstadt, deren Medianalter täglich jünger wurde.

Sie erinnerte sich an die Nacht von Garys Beerdigung, als ein Erdhörnchen – oder war es ein Eichhörnchen? – ihren Gemüsegarten verwüstete, mit seinen scharfen Krallen eine Höhle in die Erde scharrte und wie eine pelzige Plage wütete, sich an einem riesigen Beet mit Romana und Gurken gütlich tat. Betäubt von erstickender Trauer erinnerte sie sich, wie sie über dem Loch kniete – oder waren es mehrere Löcher? An jenem Abend, als die Dunkelheit über die stille Nachbarschaft in Connecticut wie ein Tuch über einen Vogelkäfig sank, fand sich Lana dabei wieder, wieder einmal eine Grube mit Erde zu füllen. Während die, in der Gary zur Ruhe gebettet worden war, tief und weit war, schien diese schmal und ging viele Klafter tief ins Unbekannte hinab, was ihre Neugier weckte. Sie fragte sich, was das Nagetier dort unten trieb und ob es eine eigene Familie hatte.

Etwas, von dem Lana wusste, dass sie es niemals haben würde.

Lana starrte mit von dicken Bifokalbrillen verhüllten Augen in die winzige, gewundene Höhle. Während sie Erde in das unersättliche, endlose Loch drückte, fragte sie sich, ob das Tierchen die Früchte ihrer Arbeit allein verzehrt oder etwas für seinen Nachwuchs mitgenommen hatte.

Sie erinnerte sich an eine Geschichte, die ihre Tante in Massachusetts ihr als Kind erzählt hatte, von einem blinden Maulwurf, der Tunnel grub und Eicheln in die Erde legte. Die Eicheln verwandelten sich in Baby-Maulwürfe, die in einem verzweigten Tunnelsystem spielten, bis sie mit ihren Krallen ein labyrinthisches unterirdisches Reich geschaffen hatten, in dem sie alle glücklich bis ans Ende ihrer Tage lebten.

Und wenn sie nicht gestorben sind, dann leben sie noch heute.

Pfft.

Dieser Begriff war das untrügliche Zeichen eines Märchens, dachte Lana. So etwas wie "Happy End" gab es nicht wirklich hier auf der Erde. Nur Schmerz, Trauer und Einsamkeit. Es gibt Elend und kaputte Knie, knarrende Gelenke und erdrückende Schulden, sinnloses Einkaufen und Gedächtnislücken. Verfaulende Zähne und verheerende Autounfälle. Astronomische Grundsteuern. Inflation und Wut. Raserei und verschreibungspflichtige Medikamente, Verlassenheit und Zuzahlungen, Schlaflosigkeit und unaussprechbare Chemikalien im Essen sowie Herzen, die mitten in einem Whiskey Sour für immer stillstehen.

Die Realität ist dein Mann, der im Esszimmer zusammenbricht. Das zerbrochene Glas, das einst in seiner Hand lag, liegt in Millionen Scherben wie deine Träume von einem gemeinsamen Leben. Träume von einer Familie. Das verzerrte Heulen auf seinen Lippen und der alptraumhafte Hervortreten seiner Augen... das war real.

Keine Eicheln im Boden. Keine Familie aus Maulwürfen oder Erdhörnchen.

Sondern Angst... allein sterben... Einsamkeit. Isolation.

Das sind die wahren "Happy Ends".

Lana stellte sich vor, wie wunderbar das Leben wäre, wenn sie eine Eichel-Familie hätte. Sie wollte eine Nuss in den Schlamm pflanzen und frisches menschliches Wachstum hervorbringen. Ein Wesen erschaffen, das sie umsorgen könnte. Eines, das sie bedingungslos lieben würde.

Ein Kind, das sie nie verlassen würde wie Gary.

Sie stellte sich noch mehr von ihnen vor, im Dreck, die in der unterirdischen Stadt spielten wie die Nager, die ihre Ernte immer wieder vernichtet hatten.

Doch das war reine Fantasie. Hier stand sie nun, fünf Jahre später – oder waren es sechs? – und pflanzte um 3 Uhr morgens Tulpen.

Lana schaufelte zwei Handvoll Erde hoch, fasziniert von den Altersflecken auf ihrer einst straffen Handrückenhaut. Behutsam schüttete sie die Erde in das Loch, über die Zwiebel, und klopfte sie fest. Sie konnte es kaum erwarten, die Blume zu sehen, die daraus entspringen und im frühen Frühling nach dem letzten Schnee hell erblühen würde. Vorfreude auf die leuchtend orangen – oder waren sie gelb? Lachs vielleicht? – Knospen, die sie in ihrer Mittagspause im Laden ausgesucht hatte. Lana hatte sich in die Farbe verliebt, obwohl sie sich jetzt nicht mehr erinnerte, welchen Ton sie gewählt hatte, also würde die Wartezeit nur umso spannender sein, wenn sie sich enthüllten. Sie hoffte nur, dass sie sie nicht zu nah an eine andere Zwiebel gesetzt hatte. Sie konnte sich nicht erinnern, ob sie in diesem Beet schon welche gepflanzt hatte.

Mit einem weiteren Stoß der Kelle schaufelte sie eine Portion krümelige Erde aus und stach das Werkzeug erneut hinein.

Klick!

Als die kleine Schaufel auf etwas Hartes traf, neigte sie neugierig den Kopf.

„Verdammte Steine." Ihr heißer, sichtbarer Atem zog durch die Dunkelheit, während sie murmelte.

Klick! Klick-klack!

Als sie mit der silbernen Spitze den Boden untersuchte, stieß sie wiederholt auf den unnachgiebigen Widerstand darunter. Sie scharrte die Erde von dem Objekt gerade unter der humusigen Oberfläche weg. Die harte, elfenbeinfarbene Oberfläche glänzte im Schein der Arbeitslampe, und sie untersuchte sie mit unerbittlichem Interesse.

„Was um Gottes willen?" Lana schaufelte schaumige Erde zu sich heran und grub mit bloßen Händen wie ein Terrier nach dem vergrabenen Objekt. Eine glatte Oberfläche mit Kurven und Rillen, was immer es war, schien sich viel weiter durch das Beet zu erstrecken. Sie grub schneller, entsetzt über die plötzliche Entdeckung. Lana keuchte und zog sich zurück, presste zwei schmutzverschmierte Fäuste voller Entsetzen an ihr Gesicht.

Zähne.

Was immer es war...hatte Zähne.

Schnell wurde ihr klar, dass sie nicht auf ein Stück weißen Fels gestoßen war, sondern auf einen schimmernden menschlichen Schädel, dessen Kiefer in einem ewigen Schrei verriegelt war, in ihrem Garten vergraben. Lana stellte sich vor, dass er schon lange dort liegen musste, denn Lippen und Haut waren längst verwest, und Pflanzenwurzeln hatten sich darum geschlungen, die Augenhöhle mit ihren winzigen Fingern zugewuchert, wo einst das linke Auge gewesen war.

Lana wusste nicht, was der nächste logische Schritt sein sollte. Sollte sie die Polizei rufen? Würden sie ihr glauben? Sie würde wahrscheinlich wie eine Verrückte klingen, die mitten in der Nacht die Cops anruft, um von ihrem Gärtnern zu erzählen – wie eine Spinnerin, während der Rest der Welt schlief – und dabei wirres Zeug von fleischlosen Leichen in ihrem Tulpenbeet faselte. Und dann war da noch die Alzheimer-Krankheit. Angesichts der überwältigenden Anteilnahme im letzten Jahr – oder war es das Jahr davor gewesen? – schien mittlerweile die Hälfte der Stadt von Lanas Demenz gehört zu haben.

Vielleicht...

Das alles kann bis morgen warten, dachte sie.

Vielleicht würden die Polizisten sie dann als Frühaufsteherin sehen, die bei Tagesanbruch mit einer Tasse Kaffee in der Hand ihren Blumengarten pflegte, wie ein vernünftiger Mensch, und sie würden sie ernster nehmen.

Sie fasste sich ein Herz und untersuchte den Schädel, wischte die Erde von seiner Stirn. Der Kopf wirkte klein, wie der eines Kindes.

Wer würde etwas so Grauenvolles tun?

War das alles nur ein böser Streich auf ihre Kosten? Oder dachte jemand, der Garten einer alten Frau wäre der perfekte Ort, um eine Leiche zu verstecken?

Lana blickte auf das schreiende, hautlose Gesicht des jungen Wesens vor ihr hinab und wünschte sich, sie hätte eigene Kinder gehabt. Sie sehnte sich nach etwas Kleinem und Verletzlichem, das ihre Fürsorge brauchte.

Das hatte sie immer.

Deshalb war sie in den letzten Monaten von Garys Leben so ausgerastet. Nicht nur, dass ihr Mann im Gerücht stand, mehrere leidenschaftliche Affären gehabt und sogar initiiert zu haben – er hatte angeblich sogar einige Kinder in Hamden gezeugt.

Letzteres schmerzte Lana mehr als alles andere.

Sie wollte nichts sehnlicher als Mutter zu sein. Nichts sehnlicher, als ein Kind zum Trost in den Armen zu halten, ihm Zärtlichkeit und Liebe zu schenken, so wie sie so vielen anderen Dingen im Leben ihre Zuneigung zeigte. Sie hatte eine Gabe, die Welt reicher und verzaubernder zu machen – eine Dahlienknolle, ein lackierte Terrassendiele, eine geschnittene Ligusterhecke oder eine gestrichene Wand nach der anderen. Lana war eine Schöpferin, entschlossen, die Erde schöner zu hinterlassen, als sie sie vorgefunden hatte. Jeden Tag kämpfte sie mit aller Kraft gegen die zerstörerischen Kräfte des Universums. Wären mehr Menschen wie sie auf dieser Welt, dachte sie, wäre sie sicher ein besserer Ort.

Lana wollte diese Werte und Tugenden immer an ihr eigenes kleines Wesen weitergeben.

Oder an zwei.

Sie lachte über die herzzerreißende Ironie. Trotz ihrer Fähigkeit, Dinge zu upcyclen, zu bauen und zu verschönern, war sie nicht in der Lage, die wichtigste und doch einfachste Schöpfung von allen zu vollbringen. Dazu, wofür die Frau biologisch geschaffen ist.

Als sie und Gary in ihren Zwanzigern heirateten, versuchten sie, ihre eigene „Brut" zu haben. (Garys Worte, nicht ihre.) Damals behauptete er, ähnliche Lebensziele zu haben, wollte einen Sohn, der genau in diesem Garten Baseball spielen würde. Er hatte hypothetische Namen für ein Mädchen ausgesucht und ihren zukünftigen nicht-existierenden Freunden gedroht, dass sie, falls sie ihr jemals Unrecht täten, den kalten Schock von Garys Zorn und möglicherweise auch seine 9-mm-Pistole zu spüren bekämen.

Nach Jahren, in denen sie versucht hatte, mit dem unersättlichen Sexualtrieb und den neuen

Abwegen ihres Mannes Schritt zu halten, bat Lana Gary kurz nach Beginn der Gerüchte um eine Adoption. Er lehnte sie mit wechselnden Begründungen ab:

Es sei finanziell nicht der richtige Zeitpunkt. Er sei sich nicht sicher, ob er ein Kind in diese „verrückte Welt" setzen wolle. Kinder seien zu teuer. Ohne sie hätten sie noch Zeit und Freiheit zum Reisen.

Aber sie waren bis dahin nicht viel gereist, und im Nachhinein würden sie es auch nie. Abgesehen von den Besuchen bei Garys Geschwistern in Fairhope hatten sie sich seit der Hochzeitsreise nicht weiter als bis New England gewagt.

Zu diesem Zeitpunkt war ihr Alter ein Faktor. Sie war damals erst Mitte vierzig. Zugegebenermaßen ein gefährliches Alter, um ein Baby zu bekommen. Aber sie hatte noch nicht die Wechseljahre erreicht und war bereit, diese Risiken einzugehen. Sie war bereit, ihr Leben zu opfern, wenn nötig, um ein kleines Stück von sich weiterzugeben und ihr Erbe fortzuführen. Und falls ihr Nachwuchs besondere Bedürfnisse haben sollte, war sie auch darauf vorbereitet. Sie wollte jemanden, den sie lieben und halten konnte, jemanden, den sie beim Wachsen und Blühen beobachten konnte – wie ihren Garten – egal, welchen IQ oder welche Fähigkeiten er hatte.

Gary wollte nicht einmal darüber reden.

Und nun stand sie hier, über dem Kind eines anderen gebeugt, in dunkler Erde eingeschlossen wie ein begrabener Familienhund. Ein fragmentierter Mensch, geboren aus zwei Ganzen, reglos und leblos, erstarrt in einem ewigen, entsetzten Schrei. Oder Lachen. Vielleicht ein herzliches Kichern darüber, wie grausam und unfair die Welt ist.

Lana konnte das nachfühlen.

Sie wollte die Leiche aufheben und halten, ihr strahlendes Skelett in den Armen wiegen und ihr sagen, dass sie jetzt an einem besseren Ort sei, mit liebevoller Stimme, wie eine fürsorgliche Mutter es tun würde. Sie wollte die Erde von seinem Gesicht wischen wie Schokoladenkuchen von der Wange eines Jungen.

...Bis die Polizei in ihren khakifarbenen Uniformen auftauchte, ihr Blumenbeet achtlos zertrampelte und die Körperteile ausgrub, als ob ihr geliebter Garten nicht existierte.

Vielleicht konnte er bis dahin ihr gehören.

Sie würde ihm Gesellschaft leisten, die Würmer aus der Höhle fegen, wo einst seine fleischige Zunge gewesen war. Die Bindung, die sie in den frühen Morgenstunden teilten, könnte für die Ewigkeit die ihre sein. Und sie würde, wenn auch nur kurz, wissen, wie es sich anfühlte, eine Mutter zu sein. Etwas so Zerbrechliches zu lieben und zu beschützen.

Die Makaberheit ließ sie auch an Gary denken. An den ähnlichen Ausdruck, den er im Tod gehabt hatte, und an die reglose Stille, die sie im Raum gespürt hatte. Sie fühlte, wie sein Leben durch die Luft und den Äther entwich, was sie seltsamerweise weniger verlassen und allein zurückließ als noch Augenblicke zuvor, als er lebendig vor ihr gestanden und einfach nur geatmet hatte. Manchmal war das Zusammensein einsamer gewesen als die verwitweten Jahre danach. Wenigstens hatte sie damals Unterstützung von Freunden, Verwandten und Nachbarn.

Tränen sammelten sich in Lanas Augen und tropften wie heißer Nieselregen auf die skeletthaften Überreste des kindlichen Wesens. In Nächten wie dieser, wenn sie klare Momente durch die schnappenden Kiefer der Demenz hatte, die ihr ein Leben voller kostbarer Erinnerungen für immer wegfraß, war sie dankbar für die Privatsphäre, die das nächtliche Gärtnern bot. Sie weinte oft – daran erinnerte sie sich jetzt – und vergoss warme Tränen in das Gartenbeet, wenn sie an Gary dachte.

Oder an Garys Kinder...

Sie hatte sie einmal auf der Beerdigung getroffen. Beide hatte sie gesehen. Einen Jungen und ein Mädchen, jung und mit frischen Gesichtern. Ihre dunkelbraunen Augen waren auf die ergraute Leiche in Garys silbrig schimmerndem Sarg gerichtet – oder war er schwarz gewesen? Eine Frau, die Mutter, hielt die Hand des Mädchens. Sie weinten feierlich, und Lana musterte sie intensiv. Sie waren die einzigen Personen bei der Aufbahrung, die sie nicht erkannte. Das erinnerte sie sich mit Klarheit.

Die Fremdheit ihrer Gesichter hatte sich in ihr zerbröckelndes Gehirn eingebrannt. Sie hatte sich als Lana Wilson, Garys Ehefrau, vorgestellt, und sie erinnerte sich an die Panik im Gesicht der Frau und die Verwirrung, die in den wertvollen Augen der Kinder aufblitzte. Der Junge sah aus wie auf Garys Kinderfotos.

Wie aus dem Gesicht geschnitten, hätten manche gesagt.

Es kam ihr der Gedanke, dass dies der Grund gewesen war, warum Gary seine Meinung über Kinder geändert hatte. Er hatte bereits das wundersame Glück erlebt, mit jemand anderem Leben zu erschaffen...

Zweimal.

Lana war zusammengebrochen, erinnerte sie sich. Mit dumpfem Aufprall auf ihre schmerzenden Knie und gebrechlichen Handgelenke, mehr beschämt als verletzt. Die Geliebte bot an, ihr aufzuhelfen, doch Lana schlug sie wie einen Dämon von sich, heulend und unzusammenhängend. Die brünette Fremde war atemberaubend und kurvenreich, mit vollen Schmollmund-Lippen und jugendlich strahlender Haut.Sie musste mindestens eineinhalb Jahrzehnte jünger sein als Lana. Zu ihrem Entsetzen bestätigten sich die Gerüchte.

Wie konnte jemand zu so etwas fähig sein? Wie konnte man so unbekümmert ein Doppelleben führen? Die Menschen um sich herum mit sorgloser Gleichgültigkeit verletzen.

In einer gerechten Welt hätten diese beiden entzückenden Kinder ihre sein sollen. Sie hätten Curveballs über den Erdboden geworfen, auf dem Lana jetzt auf ihrem Schaumstoffkniepolster über den Skelettresten kniete. Zwei Kinder mit einer frappierenden Ähnlichkeit zu seinen espresso-farbenen Augen und Mündern voll seiner makellosen Zähne. Sie hätten ihr Haar und Garys herzhaftes, aus vollem Hals kommendes Bauchlachen gehabt. Sein weit aufgerissenes, echtes Gekicher glich dem, in dem der jugendliche Schädel erstarrt war.

Wenn Gary nicht gestorben wäre, hätte sie ihn selbst umgebracht, dachte sie. Und sie meinte es ernst. Damals schien es tragisch, ihn an einem massiven Herzinfarkt leiden zu sehen, aber bei weitem nicht so schrecklich wie der Ausdruck gewesen wäre, den er gemacht hätte, wenn Lana von seinem geheimen Doppelleben erfahren hätte, während er noch quicklebendig war.

Wut stieg in Lana auf wie ein übler Säurekessel, der giftige Ranken um ihr Herz und ihre Kehle legte und sie wie sich zuziehende Glyzinienranken würgend umschloss. Sie ließ die Kelle in die Erde fallen und rappelte sich mühsam hoch, begleitet von einem hörbaren Hüftknacken und knirschenden Kniescheiben unter dem Gewicht ihres alternden Körpers. Sie schlurfte über den gepflegten Kentucky-Bluegrass-Rasen und zog die Fliegengittertür auf, auf der Suche nach einem Glas kaltem Wasser, um sich wieder zu fangen. Sie spürte, wie ihr Blutdruck in ihrem Kopf hämmerte vor der Wut, die sie immer noch auf Gary hatte.

Ihr Kopf pochte, dröhnte laut in ihrem Schädel, genau wie vor Jahren, als sie Garys alten Metallaktenschrank ausgeräumt und den Beweis für seine Vasektomie gefunden hatte. Das war neu für Lana gewesen. Und es erklärte vieles. Jahrelang hatte sie sich fälschlicherweise selbst die Schuld für ihre Unfruchtbarkeit gegeben, als er es war – und noch eine weitere monströse, jahrzehntelange Lüge, die er für sie wie bei einer perversen Schnitzeljagd hinterlassen hatte. Die Belege waren genauso vernichtend gewesen wie sein Tod.

Vielleicht sogar noch mehr.

Drinnen angekommen, knipste sie das Küchenlicht an, und ihr donnerndes Herz schlug ihr wieder bis zum Hals.

Zusammengesackt auf dem Boden saß ein junges Mädchen, reglos in einer Blutlache. Lana wollte schreien, aber sie zitterte nur. Ihr schmutzbedeckter Pantoffel berührte den Rand der sich in einem dunklen, entsetzlichen Rostbraun, schon fast trockenen Blutlache.

Vorsichtig trat sie auf das Mädchen zu, in Sorge, es könnte erwachen und sie zu Tode erschrecken. Doch das Mädchen hing leblos und zerknittert da. Der Raum fühlte sich so leer an wie damals, als Gary gestorben war. Lana hob ihre erdverkrusteten Hände vor ihr Gesicht und bemerkte, dass ihre Ellbogen und Oberarme mit getrocknetem Blut bedeckt waren. Rötliche Streifen vermischt mit dunkler Erde überzogen sie. Sie blickte nach unten.

Ihr ganzes Nachthemd war mit Blut verkrustet.

Hatte sie das getan?

War sie dazu fähig?

Wieder rannen Tränen aus ihren faltigen Augen, frustriert von dem demenzbedingten Nebel, der sich wie ein Schleier über ihr Gehirn legte. Sie näherte sich dem toten Mädchen, das in durchnässten Jeans und einem T-Shirt steckte, sein straßenköterblondes Haar zu einem Pferdeschwanz gebunden. Es hatte genau den gleichen stumpfen Blondton wie Garys Haar. Mit einem krummen, arthritischen Finger kippte sie den Kopf des Mädchens nach oben, um ihn genauer zu betrachten, und ihre Augen weiteten sich. Obwohl sie sie nur einmal – oder war es zweimal? Oder vielleicht...

Lana hätte diese braune Augen mit Schlupflidern überall erkannt. Es war das Mädchen von der Beerdigung.

Garys Tochter.

Mit Garys Augen.

Die Ähnlichkeit war noch frappierender als beim letzten Mal, als sie das Mädchen gesehen hatte.

Aber wie? Warum?

Plötzlich erinnerte sich Lanas Geist. Blitzlichter. Beunruhigende Fragmente. Wie ein Geist, der rasend schnell durch Radiostationen zappt, ohne je ein ganzes Lied zu erhaschen. Sie erinnerte sich an Bruchstücke jüngster Erinnerungen von früher in dieser Nacht. Sie erinnerte sich, wie sie dem Mädchen die Tür geöffnet, es hereingebeten hatte. Es schien scheu, unruhig, verwirrt. Ein Sofa. Eine Umarmung. Lana holte einen Kuchen aus dem Kühlschrank. Das Mädchen erkundigte sich nach dem Verbleib ihres Bruders. Sie erinnerte sich, dass es etwas darüber gesagt hatte, dass er seit einiger Zeit verschwunden sei. Jahren... möglicherweise.

Lana bestand darauf, dass das Mädchen ein Stück Schokoladenkuchen probierte. Proteste. Das Mädchen machte sich zur Tür auf, gerade als Lana das Messer, mit dem sie das Dessert geschnitten hatte, direkt in seine Kehle rammte.

Alles wurde für einen Moment neblig, aber sie erinnerte sich an die schreiende Stimme des Teenagers: „Warum, warum, warum?", während es durch das Haus taumelte.

Lana spähte in das dunkle Wohnzimmer, schwach erleuchtet von der trüben Glühbirne einer alten, staubigen Küchenleuchte nahe dem Eingang. Sie sah überall im Raum verschmierte und getrocknete Blutspritzer. Vertrocknete Handabdrücke an den Wänden. Das Mädchen hatte gekämpft.

Aber jetzt war es zu Hause.

Ja, Lana erinnerte sich. Sie ist nach Hause gekommen, damit wir endlich eine Familie sein können.

***

Lana lag auf der Seite in der aufgewühlten Erde des Tulpenbeets. Es war ein mit Blumen geschmückter Grabhügel, verborgen vor der Welt durch streng geschnittene Ligusterhecken und den Mantel der nächtlichen Dunkelheit. Sie streichelte liebevoll die kalte, blasse Wange des jungen Mädchens, beeindruckt von seiner kindlichen Schönheit und der für immer eingefrorenen Jugend.

Es war eine erschöpfende Aufgabe für eine Frau in Lanas Alter gewesen, diese leblose Last den ganzen Weg bis in den Garten zu schleppen...

Aber nun war es ein Familientreffen, da sie in der Nähe ihres Bruders zur letzten Ruhe gebettet wurde.

Dies, erinnerte sich Lana klarer als alles in ihren letzten Jahren, war von Anfang an das Ziel gewesen. Wieder mit ihren Kindern vereint zu sein.Um sie wieder mit zwei geliebten Wesen zu vereinen, die sie jede Nacht im Garten pflegen und wachsen sehen konnte, wie die Tulpen, die über ihnen gepflanzt waren.

Sie würden eine Überraschung sein, nein, ein Geschenk für sich selbst, das sie mit ihrem zerbrochenen Geist immer wieder aufs Neue in den kommenden Jahren empfangen konnte, als wäre es jedes Mal das erste Mal.

Sie würde ihre geliebten Kinder in die Erde betten, sie eng umschlungen für einen langen Schlaf mit Decken aus Erde und Wurzeln. Mit einer einfachen Schaufel voll Erde könnte sie ihre Hände halten und sie vor der Angst vor der Dunkelheit bewahren, denn Dunkelheit war nichts, wovor man sich fürchten musste. Sie würde ihnen hier im Garten jeden Abend ein Schlaflied singen. Ihre Freudentränen über eine so liebevolle, hingebungsvolle Mutter würden die Blumen über ihnen bewässern und neugierige Blicke fernhalten.

Niemand würde sie auseinanderreißen. Sie streichelte den Schädel des Jungen und drückte dem Mädchen einen Gutenachtkuss auf die

Lippen, bevor sie sie unter der Erde bettete, zwischen den Zwiebeln, die im frühen Frühling neues Leben und Schönheit hervorbringen würden, sobald der Frost vorüber war.

Sie klopfte die letzte Erde fest und blickte zum Sonnenaufgang des frühen Morgens auf, endlich erschöpft genug, damit ihr müder, verwirrter Geist schlafen konnte.

***

Als sie im Bett lag und den fröhlichen Morgenvögeln lauschte, die ekstatische Melodien zwitscherten, dachte sie an ihre Kinder und wie aufregend es sein würde, ihr Wachstum in der Zukunft zu beobachten, gekennzeichnet durch eine atemberaubende Pracht von leuchtenden Blüten in kräftigen Farben auf dichtem grünen Laub und langen, strohähnlichen Stängeln, die in allen Regenbogenfarben blühten.

Sie konnte es kaum erwarten, beide wieder auszugraben und sie unter der Erde zu finden, wahrscheinlich versehentlich, aufgrund ihrer Demenz, die momentanen Schrecken erneut in Freude verwandeln würde, sobald sie die Vergangenheit zusammensetzte. Es wäre eine wahre Überraschung und absolute Freude für ihren zerrütteten Geist, sie wiederzuentdecken, genau wie sie den Jungen in den letzten Jahren jedes Mal aufs Neue entdeckt hatte.

Und nun waren sie endlich eine Familie.

In den Monaten bis zu ihrem nächsten Wiedersehen würde sie den Garten mit ihrem steifen Rücken und zitternden knöchernen Fingern lieben und pflegen, die von ultraweicher Haut bedeckt waren, als wäre sie die Göttin Mutter Natur selbst.

Wenn Gary sie nur jetzt sehen könnte... wie sie ihr wahres glückliches Ende mit ihrer vollständigen und liebevollen Eichelfamilie genoss...

Endlich eine Mutter, allem zum Trotz.

FÜTTERE DIE MASCHINE

Stuart klemmte sich eine Zigarette zwischen die dünnen Lippen und zog den letzten Rest starken Tabaks ein. Seine knöcherne Hand zitterte, als er den ausgedrückten Stummel in ein Beet mit roten Petunien an der Ziegelwand warf. Sein Gesicht war kreidebleich, was die geröteten Ringe um seine Augen noch deutlicher hervortreten ließ. Trotz der Übelkeit war sein sarkastischer Witz noch vorhanden. „Wenn du die Hosen hochkrempelst, siehst du aus wie der verdammte Schornsteinfeger aus Mary Poppins." Sein dicker Londoner Akzent durchzog jedes Wort, als er spielerisch mit einem scharfen Nicken auf Dashs Waden deutete.

„Bitte, Kumpel. Nicht jetzt." Dashs Tonfall und Aussprache ähnelten Stuarts, aber die Worte, schwer von Schuld, fielen kalt von seinen farblosen Lippen. Er hockte auf den Stufen und atmete langsam tief durch, um die Wellen der Übelkeit zu besänftigen, die ihn durchströmten. Er starrte auf den Biohazard-Müllcontainer an der Hauswand und stellte sich die Suppe aus sonnengereiftem Ichor und zerfetztem Gewebe vor, die darin lag. Ein brodelnder Kessel einst blutunterlaufener Augen und gebrechlicher, von Karpaltunnelsyndrom geplagter Arme. Sein schweißnasses Gesicht wurde noch blasser, als er sich laut über das Geländer übergab und seinen Morgensnack aus Brie und Crackern ein zweites Mal schmeckte.

„Wie zum Teufel kotzt du nicht auch? Verdammter Soziopath."

Dash starrte entsetzt. Stuart blieb ungerührt von den traumatischen Ereignissen des Morgens.Ihm fehlte es nicht an Mitgefühl. Er hatte einfach monatelang mehr Erfahrung mit dem vergossenen Blut und den Eingeweiden gesammelt.

Dashs Jugendfreund hatte ihn immer schon in zwielichtige Situationen gebracht, aber dies…

Das war der Gipfel.

Stuart zuckte mit den Schultern. „Naja, wird leichter, Alter."

Dash starrte ihn mit zwei haselnussbraunen Augen an, die vor Ekel funkelten. Von all den Schnellgeld-Maschen, in die Stuart ihn über die Jahre verwickelt hatte, hatte sein Freund stets eine Art, das Trauma zu normalisieren und alles wie einen ganz normalen Tag erscheinen zu lassen. Nichts schien Stuart Campbell jemals aus der Fassung zu bringen.

„Is' wie se sagen, Videospiele stumpfen ab." Stuart zwang sich zu einem Grinsen und blitzte mit einer Reihe schäbiger englischer Zähne. „Wirkt jetzt verkorkst, Alter, aber vertrau mir. Freitag, wenn wir die Löhne kriegen, wirst du meine Füße küssen wollen." Er deutete stolz auf seine eigene Brust. „Paar Monate davon und wir ziehen zurück nach Mayfair, suchen die West-End-Mieze, die dich in Berkeley Square abgezogen hat."

Dash wischte sich mit dem Handrücken über die gallenbedeckten Lippen. „Saundra."

„Saundra! Genau die." Stuart lachte und blies Rauch in schnellen Stößen aus wie eine stampfende Lokomotive. „Bis Juni hast du genug Asche, um der blöden Schlampe ihre Bude direkt abzukaufen, wenn du willst."

Dash rappelte sich hoch und klopfte sich schwach die Hosenbeine ab.

„Das wird das Leben. Du und ich, exklusive Drinks bis zur Besinnungslosigkeit, gute Laune, während die Weiber sich um Paul-William Pritchetts Aufmerksamkeit reißen. Du kannst dir jede aussuchen. Geld ist der ultimative Gleichmacher, Alter. Wirst schon sehen.“

„Du weißt, dass ich es hasse es, wenn du mich verdammt noch mal so nennst.“

„Ja, aber hat dich auf die Beine gebracht, oder? Du Wichser.“

Stuart deutete zur Tür, und Dash schüttelte den Kopf. Es war Zeit, sich der grausigen Szene dort drinnen zu stellen.

***

Der Raum war von Wand zu Wand mit Blut und Eingeweiden bedeckt, schlimmer als jedes Kriminalfoto, das Dash je gesehen hatte, selbst als makabrer Teenager auf der Suche nach den abscheulichsten Seiten des Internets.Die „Faces of Death“-VHS, die er als Teenager aus dem Schreibtisch seines Vaters gestohlen hatte, war nichts dagegen.

Das hier war real. In Fleisch und Blut.

Tod hautnah und persönlich.

Die Übelkeit überkam ihn erneut und er befürchtete, sein Erbrochenes würde das ohnehin schon strenge Reinigungs- und Sterilisationsprotokoll nur verschlimmern. Heute Morgen waren die Wände noch eisweiß, spiegelglatt. Jetzt waren dieselben Wände mit reichlich rostfarbenen arteriellen Blutspritzern überzogen, wie ein in Schnörkelschrift geschriebener Liebesbrief mit rubinroter Tinte, versehen mit knotigen Gewebebrocken und einem zerstückelten Organ als Nachschrift in der Lache auf dem Boden.

Er fragte sich, wie der Pfad des Lebens ihn an diesen moralisch perversen Moment geführt hatte, an dem die Missachtung menschlichen Lebens im Streben nach persönlicher Heimunterhaltung so normalisiert worden war.

Stuart, nun in einem blendend weißen, wegwerfbaren Schutzmaleranzug und einer grauen Ventilationsmaske gekleidet, rollte einen kanariengelben Eimer mit einem befleckten Mopp in den blutverschmierten Testraum, wobei eine scharfe industrielle Reinigungslösung schwappte. Der beißende Geruch von Bleichmittel und Lavendel drang durch die Maske und überwältigte den metallischen Münzgeruch des Raumes.

Gedämpft durch den Filter drang Stuarts Akzent durch die Stille. „Ist, als wärst du in der Mikrowelle, nachdem jemand 'n Kätzchen zehn Minuten auf höchster Stufe in die Mikrowelle geschmissen."

Dash lachte nicht. Er vermutete, dass Humor Stuart half, mit dem Grauen umzugehen und sich von der schweren Schuld und den moralischen Konsequenzen des Jobs zu distanzieren. Er blickte auf ein einsames Stück menschlichen Schädels herab, an dem noch ein Stück Kopfhaut und eine komplette Augenbraue hingen, samt abgetrennter Reste der Augenmuskulatur. Er hob es mit einer behandschuhten Hand auf und verschmierte versehentlich zähflüssiges Hirngewebe über die Finger seiner gelben Gummihandschuhe. Angewidert ließ er es in eine Plastikmülltüte gleiten und zuckte bei dem feuchten Plumps zusammen, als es auf die Fliese darunter klatschte.

„Erinnerst du dich an Mums zweiten Mann?" fragte Stuart aus heiterem Himmel, während er einen See dunkelbraunen Bluts aufwischte.

„Johnny?" Dash atmete langsam und tief durch seine Maske und versuchte, sich zu beruhigen, bevor eine hyperventilationsartige

Panikattacke einsetzte. „Richtiger Knaller, der Typ."

„Weißt du noch, als wir in der Wohnung in der Wardour Street gewohnt haben und John dieses kleine Zimmer oben hatte mit all den Arcade-Spielen?"

Dash nickte stumpf und ortete den Rest des zerfetzten, zerstückelten Kopfes des Verstorbenen. Der jugendliche Körper des männlichen Probanden war wie ein blutiges Puzzle auseinandergerissen, unmöglich wieder zusammenzusetzen.

„Weißt du noch, diesen einen Sommer, als wir da fast zwei Wochen lang dieses Queen's Quest gespielt haben, wo man durch das Burgverlies springen und all diese Edelsteine einsammeln musste?" Stuart kicherte.

Dash erinnerte sich, ganz sicher. Plötzlich konnte er wieder atmen, versank in Kindheitserinnerungen, um den umgebenden Schrecken zu entfliehen.

Stuart schwärmte weiter. „Weißt du noch, wie Johnny uns damals erwischt hat? Der war so sauer, aber als er rauskriegte, wie viel Geld wir in das Ding gesteckt hatten, änderte er schnell seine Meinung!" Stuarts gedämpftes Lachen hallte durch den Raum. Es erinnerte Dash an Stuart als kleinen Jungen, der selbst in den dunkelsten Zeiten fröhlich war. „Der Typ hat 'n Vermögen mit uns gemacht!"

„Weißt du noch, was er uns am nächsten Tag zugerufen hat?" rief Dash. „Ab nach oben…"

Kichernd brüllten beide im Chor:

„Zeit, die Maschine zu füttern!"

Dash lachte aus vollem Hals und näherte sich der Untersuchungsliege, dem offensichtlichen Epizentrum der verschütteten Pints verschütteten Blutes und des grausamen Fleischkarnivals.Mit einer behandschuhten Hand zerrte er ein Stück menschlichen Trapeziusmuskels aus dem Lederhalsband, die Muskulatur noch mit einem glänzenden, freiliegenden Schlüsselbein verbunden, und ließ es mit einem Plumps in seinen Müllsack fallen.

Er beobachtete, wie sein bester Freund emsig arbeitete, die Brocken ekelhafter Körperflüssigkeit aufsammelte, als würde er bei einem Gemeinschaftsdienst Müll am Straßenrand auflesen. Nur eine grell-neongelbe Warnweste und ein Müllgreifer hätten das Bild perfekt gemacht.

Konzentriert wickelte Stuart einen grauen Klumpen weicher Därme in seinen Sack, als würde er einen schlammigen Gartenschlauch aufrollen. Der schlammige Darminhalt des Probanden quoll durch die Kratzspuren im zerfetzten Gewebe. Wie durch ein Sieb tropfend, schlabberte das widerliche Gedärm gegen das dünne Plastik des Beutels. Nicht einmal mehr zuckte er zusammen – der widerliche Gestank, der in seinen Schutzanzug drang, war etwas, mit dem er seltsamerweise seinen Frieden gemacht hatte.

Dash hatte zwar vor Jahren Anatomie und Physiologie an der Uni belegt, doch der verstümmelte Zustand der verstreuten Organe, splitternden Knochen und zerfetzten Muskulatur machte die Identifizierung des zerstückelten Chaos schwer. Er fand ein feuchtes Stück von irgendwas, zerfetzt wie zähes Pulled Pork, nur dunkler, und schob es behutsam in den schwarzen Plastiksack. Er fragte sich, was es war.

Eine Leber vielleicht? Niere?

Dash flüchtete sich zurück in die Nostalgie längst vergangener Tage in Johns verbotenem Heim-Arkadenraum. Der Staub. Das chaotische, enge Versteck, wo zwei Kinder für ein paar Stunden die Welt vergessen konnten. Die heruntergekommenen Holzgehäuse. Der Friedhof aus kaputten Bildschirmen und abgegriffenen Joysticks...

Es war das reine Glück.

Er erinnerte sich, wie der muffige Raum intensive Zedernholzaromen vermischt mit heißem, altem Plastik ausdünstete. Noch immer hörte er die delirierende Wiederholung des Queen's Cave-Themas, das wie bizarre Technomusik in einer Endlosschleife piepte. Er summte die Melodie. Leise, gedämpfte Töne drangen unter seiner Maske hervor.

Sobald Stuart die Melodie hörte, stimmte er ein, bis ihre gedämpften Stimmen von jeder grauenvollen Oberfläche des übrig gebliebenen Kadavers von Proband Nr. 482 widerhallten.

***

„Entspannen Sie sich. Die Salbe braucht einen Moment, bis sie wirkt", sagte Dr. Angus mit fürsorglichem Tonfall und tätschelte dem jungen Mann den Arm. Ihr dicker Tennessee-Akzent war unverkennbar, trotz ihrer Bemühungen, ihn zu verbergen, und die honigfarbene Farbe ihres seidigen Haars glänzten unter den grellen Neonröhren.

„Tut mir leid, ich bin nur total aufgeregt." Anthonys Stimme schwankte, seine Kehle zuckte nervös gegen die Halshalterung. „Das ist verdammt geil." Er grinste mit einem

Mund voller Zahnbelag in der Farbe eines verkrusteten Rings auf einer Raststättentoilette.

„Das ist es wirklich. Ich bin froh, dass Sie das so sehen. Nicht jeder schätzt es so wie Sie. Sie leisten bahnbrechende Arbeit, Anthony. Dank Ihnen werden die P.S.- und P.C.-Virtual-Reality-Systeme der Vergangenheit im Vergleich zu dieser Technologie wie ein Atari wirken, wenn Verity weltweit auf den Markt kommt." Ihr perlweißes Lächeln entwaffnete ihn.

„Jesus, ich hab ganz vergessen, dass es Atari überhaupt gab."

„Das war wohl vor Ihrer Zeit."

„Jep." Er grinste. Sein Lächeln war arrogant, selbstgefällig. „Aber wenn jemand Teil davon sein sollte, dann ich."

In der schalldichten Beobachtungskabine rollte Dash mit den Augen.

Stuart lachte laut und stellte die Füße auf das Bedienpult. „Was für'n Wichser, der Typ."

Drüben im Raum schwadronierte der arrogante Amerikaner weiter.

„Ernsthaft, Sie wollen doch keinen Noob, der die Qualität Ihres Systems bewertet. Sie wollen einen anspruchsvollen Gamer wie mich." Er versuchte, seine Hand auf die Brust zu legen, vergaß aber, dass sie mit einem

Lederriemen an der sterilisierten Liege festgeschnallt war, was eine wackelnde Schockwelle durch seinen weichen Oberkörper jagte. Obwohl er schlank wirkte, war der junge Mann schwabbelig, mit kaum Muskeldefinition außer seinem schnatternden Kiefer und zwei sehnigen, festgeschnallten Unterarmen.

„Mein Twitch-Kanal ist megaerfolgreich. Ich bin kein Idiot. Eineinhalb Millionen Follower da. Nochmal 'ne halbe Million auf TikTok. Discord explodiert. Sponsoren, die mir aus'm Arsch quellen und um Mundpropaganda und Werbeflächen auf meinen Seiten betteln. Das hier könnte also riesig für euch werden... falls das Ding nicht scheiße ist.“

Dr. Angus presste unbewusst die Kiefer zusammen, tat so, als würde sie zuhören, während sie die Kabel und Rezeptoreinheiten anschloss. „Ich versichere Ihnen, so etwas haben Sie noch nie erlebt.“

„Cool. Weil ich keine Spiele und Systeme bewerbe, an die ich nicht glaube. Die Community schätzt meine Meinung. Also“, er versuchte mit den Achseln zu zucken, schüttelte aber nur den Tisch, „hauen Sie mich um, und das könnte riesig für Sie werden. Geben Sie mir perfekte Optimierung oder... was über 150 Bilder pro

Sekunde. Oder eine Storyline, die ultra-frisch ist. Oder, wissen Sie, zeigen Sie mir Grafiken, für die ich ne Grafikkarte von der NASA bräuchte, dann singe ich Ihr Loblied im ganzen Internet."

Ein wirrer, ungepflegter Haarschopf umrahmte sein kantiges Gesicht, ungekämmt wie bei einem jungen, durchgeknallten Wissenschaftler. Eines der angeschlossenen Kabel zog eine Strähne über sein Gesicht. Er versuchte, ein dünnes Handgelenk zu heben, merkte aber, dass seine Ellbogen an der Liege festgeschnallt waren.

„Können Sie mir kurz übers Gesicht wischen?" Anthony verzog das Gesicht und kitzelte sich mit der Nase an den struppigen Haaren.

Sie kam der Bitte nach. Er mochte kaum älter als dreiundzwanzig sein, doch er strahlte die selbstgefällige Unreife eines zurückgebliebenen Teenagers aus.

„Ich bin froh, dass ich der Erste bin." Er strahlte.

„Oh", sie kicherte verschmitzt. „Um Himmels willen, nein. Sie sind bei Weitem nicht der Erste."

„Hm. Ach ja?" Seine Miene verfinsterte sich.

„Tatsächlich sind Sie Proband“, Dr. Angus blickte auf ihr Metallclipboard, „Nummer 483.“ Ein Grinsen breitete sich über ihr hübsches Gesicht, während sie innerlich feierte, dass dies höchstwahrscheinlich das letzte Mal war, dass sie sich mit diesem unerträglichen Incel herumschlagen musste.

Zumindest... lebend.

„Stuart, ist die gesamte Dokumentation von 483 in Ordnung?“ Dr. Angus blickte zur Kabine hoch, trotz ihrer dick gerahmten Brille umwerfend.

Stuart beugte sich zum Mikrofon und sprach. Die Stimme des Briten hallte durch die Lautsprecher an der Decke.

„Bestätigt. Die Verträge wurden alle vor einer halben Stunde digital unterschrieben. Dash hat alle Gesundheits-, Gefahren- und Haftungsverzichte bei der Rechtsabteilung eingereicht. Wir haben grünes Licht. Alles klar.“ Durch das Fenster streckte er einen knöchrigen Daumen hoch und lehnte sich wieder zurück.

„Ja, ich hab die Verträge überflogen. Sah alles ziemlich standardmäßig aus“, sagte Anthony selbstbewusst.

In der Beobachtungskabine brach Stuart in Gelächter aus. „Der Volltrottel ist verdammt dumm, oder?"

Dr. Angus rollte ihren Stuhl hinter die Liege und nahm eine sterile Sonde vom Tablett neben Anthonys Kopf. „Nummer 483, spürst du das?" Sie drückte ihren Daumen durch eine Lücke in der Kopfstütze an die Basis seines Schädels.

Seine schwarzen, knopfgroßen, wieselähnlichen Augen fixierten Stuart durch das Fenster, während er den Kopf schüttelte. „Nö."

Dr. Angus betätigte einen Hebel. Die hydraulische Liege hob sich wie ein Auto auf einer Hebebühne. Sie schob ihren Rollstuhl darunter, tastete seine Wirbelsäule ab und drückte die Nadelspitze der Sonde tief in das empfindliche Fleisch seines Nackens. „Du wirst vielleicht einen leichten Stich spüren."

„JESUS CHRISTUS!" Anthony jammerte vor Schmerz und stemmte sich gegen die Fesseln. Seine Worte zogen sich in seinem südstaatlichen Akzent, quengelig.

„Okay. Du machst das großartig, 483." Angus senkte den Stuhl und durchwühlte den Inhalt des Tabletts. Sie drückte eine Metallklemme zusammen, deren verhärtete

Backen sich weit öffneten. Sie klappte sie über sein Gesicht.

Anthony begann zu keuchen, als die Klaustrophobie ihn überkam. „Warte, was?“

„Als nächstes müssen wir beide okularen Sonden einführen.“ Sie griff nach einem Paar mit Nadeln bestückten Kabeln, die von den Verbindungen an seiner Wirbelsäule herabhingen.

„Ach, Scheiße, nein!“ Anthonys Atem stank ihr faulig ins Gesicht, als er schrie. Er stemmte sich gegen die Fesseln. Seine Beine zitterten, fest an den Knöcheln fixiert. Panik durchdrang sein rasendes Herz. Die Realität setzte ein.

Er war völlig wehrlos.

Er konnte nichts tun.

„Keine Sorge. Dieser Prozess wurde in den Unterlagen ausführlich erklärt.“ Behutsam klammerte sie ein weiteres Gerät an eines seiner Augenlider und drückte es zu. Er schrie auf.

„Hör auf! Schlampe, das Formular war... 26 Seiten lang! Wie hätte ich das alles lesen sollen?“

„Wie du gesagt hast, 483. Du bist kein Idiot. Es gab kein Zeitlimit.“

„Niemand liest diesen Scheiß!“ Anthony zuckte mit dem Lid, als sie sein anderes Auge fixierte.

Der Widerhall von Anthonys Schreien ließ die Beobachtungskabine vibrieren. Die gellenden Heulschreie jagten Dash einen empathischen Schauer über den Rücken wie eisiges Schmelzwasser in seinen Adern. Er sehnte sich nach dem Moment, in dem das Geschrei aufhörte.

Die kindliche Panik in der Stimme des Probanden hallte durch den sterilen Raum, und die gedämpften Schreie drangen in die Kabine.

„Ich brauch frische Luft. Ich glaub, diesen Teil verkrafte ich immer noch nicht." Mit entschuldigendem Blick quetschte sich Dash durch die Tür und verschwand im Flur. Stuart wandte seinen unheimlich ruhigen Blick wieder den Monitoren zu.

Am Probandentisch hatte Dr. Angus endlich Anthonys zweites Auge fixiert. „Entspann dich, 483. Du hast dich für unser gruseligstes Spiel entschieden. Ich fürchte, das hier ist noch der einfache Teil." Sie tätschelte seine Schulter in vorgetäuschtem Trost. Insgeheim empfand sie nichts mehr bei diesem Vorgang. Es gibt schlimmere Arten, Geld zu verdienen, dachte sie.

Anthony verstummte, vor Angst erstarrt. Das grelle Licht von oben verschwamm trübe durch die Adern seiner Lider zu einem schlammigen Bernsteinschein.

„Was... was machst du jetzt?" Die Worte kamen ängstlich über seine Lippen.

Ohne weitere Erklärung schob Dr. Angus geschickt die spitze, nadelähnliche Spitze der ersten dünnen Metallsonde durch die fleischige Ecke seines linken Lids, sorgsam darauf bedacht, den Augapfel nicht zu durchstechen und das Erlebnis zu ruinieren. Das war ihr bei Nummer 12 passiert, und sie hatte sich seither ständig Vorwürfe gemacht:

Du warst neu. Du hast gelernt. Niemand ist perfekt.

Anthony kreischte wie ein brüllender Esel, als die Nadel in sein Gesicht glitt und sich an den Schädelknochen schmiegte. Sein Schrei war rein, eiskalt.

„Notier dir das, Stuart. Nächstes Mal brauchen wir auch eine Klammer für die Lippen." Angus kicherte und blickte zum Fenster. Aber Stuart lachte nicht. Den gleichen Witz hatte sie schon mehrmals gebracht.

Er dachte daran, die Gegensprechanlage zu drücken und ihr zu sagen, sie solle sich neues Material besorgen, aber er ließ es. Normalerweise war sie so korrekt. Er ließ sie ihre abgestandenen Witze wiederholen. Schadet ja nichts, dachte er.

Dr. Angus führte die zweite Sonde geschickt ein, und Anthony kreischte erneut. „Stuart, okulare Sonden erfolgreich. Augäpfel müssen nicht wieder aufgepumpt werden.“ Sie wandte sich wieder Anthony zu. „Okay, 483. Bist du bereit, das Spiel zu starten?“

Angsterfülltes Schweigen des fixierten, durchbohrten Patienten. Tränen quollen aus den gezogenen Spalten neben den Sonden, was ihn an die sezierten Frösche erinnerte, die er in der Schulbiologie misshandelt hatte.

„Wie du weißt, 483, dieses Spielesystem heißt Verity. Es ist ein einzigartiges vierdimensionales Realitätssystem, in dem dein Körper zur Konsole wird.Das von Ihnen gewählte Erlebnis, Bloodshed, entwickelt in Japan, erreicht Sie über ausgeklügelte elektrische Impulse und Frequenzen von Sonden, die in Ihre Halswirbel und die medialen Rektusmuskeln. Gemeinsam können sie ständig Informationen übertragen, um Ihre Augen, Ihr Nervensystem und Ihr Gehirn perfekt aufeinander abzustimmen für eine harmonische sensorische Programmierung.“

Stuart tippte einen Befehl in die Software und warf Angus erneut einen Daumen hoch zu, während das Programm hochfuhr. Sie nahm es zur Kenntnis.

„Durch die direkte Verbindung mit Körper und Gehirn nutzt das System diese Impulse auch, um das olfaktorische System zu stimulieren und die Gerüche des Spiels zu simulieren, sowie Nervenrezeptoren für Tast- und Schmerzempfindungen. Es gibt auch auditive Halluzinationen, die mit dem Programm einhergehen. Besser als Surround-Sound, aber noch nicht ganz so ausgefeilt wie der Rest", kicherte sie. „Es ist schließlich noch in der Alpha-Testphase. Um eventuelle Lücken zu schließen, werden wir Ihnen daher Ohrenschützer aufsetzen, die den Soundtrack abspielen, den die Designer für die Bloodshed-Software komponiert haben."

„Obwohl das Einführen unangenehm war, arbeitet unser Schwesterlabor in Louisiana an Implantat-Technologie mit chirurgisch eingesetzten Ports, die nach einem kurzen Eingriff im Körper verbleiben. So können Kabel und neue Spielekarten mit von Entwicklern oder Nutzern erstellten Inhalten einfach in den dorsalen Port eingesteckt werden, wie ein Aux-Kabel eines iPods in einen CD-Player."

„Ich weiß", lachte sie, „ich verrate mein Alter mit dem Vergleich. Die Leute mögen keine kabelgebundenen Geräte mehr, daher arbeitet die

Niederlassung in Louisiana bereits an Bluetooth-Verbindungen. Aber im Moment", klopfte Angus sich auf die Knie, „sind Sie hier, um Bloodshed zu alpha-testen, das erste je für diese Technologie entwickelte Horror-Spiel. Es soll Spiele wie Hideo Kojimas P.T. und ähnliche Konami-Titel übertreffen. Aber das wissen Sie sicher schon, als Spitzen-Elite-Gamer."

Anthony blieb still, salzige Tränen wie kleine Bäche um seine Augensonden.

Dr. Angus stand auf, ein verkabeltes tragbares Computergerät in der Hand. Sie wählte einen Punkt auf dem Bildschirm aus. „Das war übrigens eine ausgezeichnete Wahl. Bloodshed wird bei weitem nicht so oft getestet wie Vacationland. Viele Probanden entscheiden sich lieber für das familienfreundliche Spiel, aber dieses hier braucht meiner Meinung nach die meiste Testarbeit und Feinschliff." Ihr Lachen hatte einen unheilvollen Unterton, wie ein cremiges Getränk mit einem Hauch von Sadismus.

„Sie sollten gleich den Startbildschirm sehen", schloss sie und tippte einen zehnstelligen Code in die Tastatur.

Stuart drückte den Knopf und sprach ins Mikrofon: „Bild ist da. Proband 483 sollte gleich das Startmenü sehen."

Anthony zitterte, schwitzig, die Sonden ragten aus beiden Augen. Sie bewegten sich leicht mit seinen panischen Augenbewegungen. Unter den metallenen Lidklemmen zitterten seine Lippen, vor Staunen und Entsetzen weit geöffnet. Doch sein Ausdruck veränderte sich schnell.

Was er sah, war wie nichts, was er je zuvor erlebt hatte. Anthony war nicht mehr auf einem Edelstahltisch in Nashville, wie ein angeleinter Hund gesichert, angeschlossen wie eine Sega Genesis.

Nein.

Er war visuell an einen völlig anderen Ort versetzt. Es fühlte sich an wie ein luzider Traum. Er konzentrierte sich darauf, seinen Körper zu betrachten. Seine Hände waren nicht mehr gefesselt, sondern frei beweglich. Die Farben des Menübildschirms waren atemberaubend, wie unheilvolles Technicolor. Er stellte sich vor, so müsse Tokio bei Nacht aussehen, erleuchtet von vibrierenden Neonlichtern, die durch die Dunkelheit des Nachthimmels brachen. Er war eine Kopie seiner selbst... eine Illusion in seinem aktuellen Alter, stehend an einem fremden, fantastischen Ort.

„Heilige Scheiße." Ein Lächeln kroch durch seinen eintägigen, lückenhaften Bart, und seine

schmuddeligen Zähne blitzten in einem breiten
Grinsen. „Das... das ist der Wahnsinn."

Dr. Angus lachte über die rasche emotionale
Kehrtwende des Patienten. Es war üblich, aber es
amüsierte sie immer wieder.

„Nun, Sie bekommen nur einen Versuch im
Spiel", sagte Angus und hoffte, Anthony würde
aufpassen.

In der Kabine murmelte Stuart leise vor sich
hin: „Oder vielmehr, das Spiel bekommt einen
Versuch an Ihnen."

Dr. Angus ging ihre Papier-Checkliste durch,
die an einem Clipboard befestigt war. „In dem
Gebäude zu Ihrer Rechten befindet sich ein
Bekleidungsgeschäft. Dieser Bereich ist im Spiel
derzeit freigeschaltet, also haben Sie Zugriff auf
jedes Outfit, das Sie möchten. Wenn das System
weltweit verfügbar ist, werden viele Outfits nur
durch In-Game-Käufe oder freischaltbare Erfolge
erhältlich sein."

Anthony hörte kein Wort von dem, was sie
sagte. Im unheilvollen Bekleidungsgeschäft war
er bereits dabei, sein gewähltes Outfit anzuziehen:
eine zerrissene Skinny-Jeans, ein Muskel-Shirt,
eine abgewetzte Lederjacke und stylische Chucks.
Er präsentierte sie vor einem Ganzkörperspiegel
und rief dann stolz: „Fertig!"

„Gut, jetzt kommt das kurze Trainingstutorial, wo wir die Funktionalität aller sensorischen Knoten testen können, um sicherzustellen, dass alles richtig funktioniert. Danach können Sie das Spiel starten. Klingt das gut?“

„Super. Lasst uns loslegen.“ Anthony grinnte jetzt über das ganze Gesicht.

Angus nickte Stuart zu und setzte Anthony ein großes Paar altmodisch aussehende Kopfhörer auf, die sie genau an die richtige Position schob. Stuart startete die Trainingssoftware mit dem gekonnten Klick einiger Tasten.

Mit einem dramatischen Rauschen wurde Anthony auf einen kalifornischen Hügel versetzt, der einen tobenden Waldbrand überblickte. Der überwältigende Geruch von brennendem Holz vor ihm war widerlich. Er hustete. Rauch quoll aus dem versengten Wald in der Ferne dieser verkohlten Höllenlandschaft. Asche regnete vom Himmel, blieb an seiner Lederjacke hängen und bedeckte seine frischen Sneaker mit Ruß.

Er streckte eine Hand aus. In der Realität war die Hand an den Tisch gefesselt, zuckte in den Restriktionen, aber in der neuen Welt bewegte sie sich frei. Er rieb die herabfallenden

Ascheflocken zwischen den Fingern. Sie verschmierten an den Spitzen und hafteten daran.

„Wow. Das ist wirklich der Wahnsinn." Anthonys Stimme war lauter als beabsichtigt, wegen der Kopfhörer. Sein Mund stand offen, vor Konzentration und Staunen, nicht mehr beunruhigt durch die Nadeln oder Fesseln.

Er konnte das Knistern des Feuers hören, das ihn umgab, in perfektem Surround-Sound. Es tobte und knackte. Dahinter hallten ätherische menschliche Schreie. Schreie unerbittlichen Schmerzes drangen von jenseits der brennenden Baumgrenze.

„Heilige Scheiße." Sein Ton war leise, ehrfürchtig.

„Scheiße, Alter", murmelte Stuart vor sich hin. „Hätte auf das X-rated-Programm warten sollen, an dem sie arbeiten."

„Un...fucking...fassbar!" Anthonys Kopf drehte sich leicht, wodurch die Kabel der Augensonden straff gezogen wurden.

Dr. Angus berührte Anthonys Fingerspitzen und übertrug Asche von seiner gefesselten Hand auf ihre. Zufrieden hielt sie ihren Finger hoch, damit Stuart die Übertragung in der Kabine sehen konnte. Er notierte den Befund in seinem Bericht mit schnellen Tastaturanschlägen.

„Lauf herum, 483. Gewöhn dich an die mentalen Steuerungen. Verity will dir die bestmögliche Kampfchance geben." Dr. Angus starrte auf den Handmonitor, sah, was Anthony sah, und überflog den scrollenden Code-Overlay für die aktuell erlebten Geräusche und Gerüche.

Dash schlich bleich und still in den Beobachtungsraum. „Was hab ich verpasst?"

„Ja, der Junge hat sich im Kleiderladen einen Ständer geholt. Jetzt ist er im Waldbrand-Training. Angus hat seine Hand berührt. Die Ascheübertragung funktioniert. Alle Systeme stehen auf Go."

„Fragst du dich eigentlich auch manchmal, wie das alles funktioniert?"

„Alter, das ist über meiner Gehaltsklasse, oder?" Stuart schnaubte, und beide Männer richteten ihren Blick zurück auf das verzerrte Echtzeitbild auf dem Bildschirm. Auf einem benachbarten Monitor wirbelten Codefetzen über einen pechschwarzen Bildschirm.

„Über oder unter... zehn Minuten. Wie lange wird er durchhalten?"

„Unter. Weit unter für diesen arroganten Wichser. Scheiße, ich setze nochmal zehn drauf, dass er in unter fünf den Geist aufgibt. Der Typ schafft es nicht mal an Toothy vorbei." Dash verschränkte seine dürren Arme.

„Uff. Echt? Dachte, er kommt wenigstens bis zum Axtmann. Aber ja, er ist schon etwas schwächlich." Stuart klatschte auf den Tisch. „Scheiße, weißt du was, ich nehme die Wette an."

Angus' Stimme drang durch die Trennwand. „Tutorial abgeschlossen, Jungs. 483 ist bereit, das Spiel zu starten."

„Verstanden." Dash sprach in die Gegensprechanlage.

Stuart gab einige Befehle ein und drückte gleichzeitig die Gegensprechanlage und den Patienten-Audio-Override-Knopf. „Alles klar. Willkommen bei Bloodbaf', Kumpel."

Er ließ die Knöpfe los und lehnte sich so weit zurück, dass Dash dachte, er würde umkippen. „Zeit, die Maschine zu füttern, oder?"

Dash kicherte. „Clever, Alter."

Anthonys Hände zuckten seltsam, als er sich durch dunkles Nichts tastete.

„Ich kann nichts sehen!" Anthony geriet in Panik, aus Angst, das Spiel habe versagt.

Dash drückte den Audio-Override-Knopf. „Du bist in einem Raum, Kumpel. Du musst einen Ausgang finden." Er ließ den Knopf los und schüttelte den Kopf, als wäre das

Allgemeinwissen. „Siehst du, Stu, hätte die Unter-Wette nehmen sollen."

„Oh, verstanden." Anthonys Antwort war leise. Seine Hände streichelten die rauen, kalten Betonwände des stockdunklen Raums auf der Suche nach einem Ausgang. „Jesus, das fühlt sich so real an. Unglaublich."

Dr. Angus beobachtete die Vertiefungen auf den Fingerspitzen des Patienten, als sie gegen die flache Oberfläche der Wände drückten. Sie senkte den Blick auf den Monitor, als Anthony den Knopf fand und sich in die dunklen, blutverschmierten Gänge einer Middle School entließ. Der Flur bot spiegelnde Reihen glänzender Schließfächer, aber wenig Licht. Eine sterbende, über Kopf hängende Leuchtstoffröhre flackerte immer wieder und setzte einen unheilvollen Ton, starb und erwachte mit einem schaurigen Summen wieder zum Leben. Das elektrische Brummen wurde lauter, je näher er der Quelle kam.

BAMM!

Das Geräusch von aufgetürmten Holzstühlen, die neben ihm zu Boden krachten, hallte wider.

„Jesus!" schrie Anthony auf, erschrocken von der erschütternden Aktivität so nah bei ihm, die alle Sinne anregte.

In der Schule durchdrang ein donnernder Zusammenstoß von Holz und Metall die hallenden Gänge. Etwas kroch langsam in der Nähe. Jeder feuchte, widerliche Schritt dieses Dinges jagte ihm einen Schauer über den Rücken.

Sein Herz pochte gegen seine gefesselte Brust.

Im Spiel ließ ihn der Schreck erstarren. Sein Charakter stand wie angewurzelt da, die Füße am Boden klebend, während er diesem... Ding... was auch immer es war, lauschte, das in der Nähe raschelte.

Er musterte seine Umgebung. Mondlicht sickerte durch die Jalousien und badete seine rußbedeckte Kleidung. Er trat ein und entschied sich, das Geräusch zu untersuchen. Als er sich langsam vorarbeitete, strich er mit den Händen über das Holz der umgestürzten Tische. Heiße, zähflüssige Flüssigkeit bedeckte sie. Seine Chucks rutschten auf einer breiten, weinfarbenen Pfütze auf dem Boden aus. Er bückte sich, um das gerinnende Blut genauer zu betrachten. Ein Hauch von Kupfer erfüllte seine Nase.

„Iiiiih, cool“, murmelte Anthony.

Dr. Angus sah die klebrigen, granatfarbenen Spuren auf seinen Handflächen auftauchen, von denen einige auf die Armlehnen unter ihm übertragen wurden.

483 Mal.

483 Mal hatte sie das getan, und doch hörte sie nie auf, sich zu wundern, wie die reale und die virtuelle Welt so miteinander verbunden sein konnten. Wie diese hergestellten Ereignisse sich in ihrer Existenzebene manifestieren konnten...

In ihrer Realität.

Sie konnte sich nicht vorstellen, welche Jahre der Entwicklung Sakamant Talagashis Team in die ausgeklügelte Sondentechnologie der letzten Jahrzehnte gesteckt hatte, um echte virtuelle Realität möglich zu machen.

Anthony spähte in ein zersplittertes, blutgetränktes Aquarium auf die grauenvollen Überreste eines pelzigen Klassenhaustiers, dessen Eingeweide sich in seinem Metall-Laufrad hinter vier gezackten Wänden aus zerbrochenem Glas verfangen hatten. Angewidert verzog er die Nase.

Über ihm schlug die Klassenraum-Uhr, während er das schaurige Schulmassaker untersuchte. Er fragte sich, was hier vorgefallen sein mochte, und überließ seinen Gedanken kranke, abartige Vorstellungen.

Gruselige Geräusche drangen ein. Spannungsgeladene Instrumentalmusik erklang wie aus dem Nichts mit kristalliner Klarheit, als ob ein unsichtbares Streichquartett den Raum mit ihm teilte. Das Orchester schwoll an.

Ein Schatten.

Im Flur.

Unmöglich groß, der mit jedem näher kommenden Schritt kleiner wurde…

Etwas näherte sich.

Anthony verkrampfte. Er beobachtete, wie sich die Dunkelheit über die karierten Laminatfliesen schob. Er lauschte. Nasse, ohrenbetäubende Schmatzgeräusche. Tiefes, schleimiges Atmen. Stampfende Schritte. Er konnte es auch spüren. Gewaltige Vibrationen nähernder, massiver Füße pulsierten durch ihn hindurch, bis in die Knochen.

Und mehr als alles andere konnte er es riechen. Den widerlichen Gestank aufgequollener Roadkill-Kadaver. Faulige Ausdünstungen von Kot und beißendem Urin. Ihm war übel.

Als das unsichtbare Biest näher kam, sprang Anthony auf eine Fensterbank, fegte mit seinen blutverschmierten, aschebedeckten Schuhen einen Stapel unscheinbarer Wissenschaftsbücher zu Boden und riss ein Fenster auf. Sein Fluchtversuch scheiterte sofort. Er schwebte mindestens zehn Stockwerke hoch in der

Nachtluft ohne Auffangmöglichkeit. Springen war keine Option.

„Ich würde eine Waffe empfehlen, 483“, warf Stuart über die Audio-Überbrückung ein.

Dash protestierte, imitierte einen Schiedsrichterpfiff und warf die Arme in die Luft. „Oi, unsportlich, Alter! Freistoß! Komm schon!“

„Tut mir leid!“, scherzte Stuart. „Der Junge ist ein Idiot! Ich musste!“

„Betrügerischer Wichser!“, brüllte Dash kichernd. „Das ist echt ne fiese Nummer!“

Die Klassenzimmertür füllte sich mit einer bestialischen Silhouette.

Der Schrei des fettleibigen Wesens war guttural. Dämonisch. Ohrenbetäubend.

Anthony rutschte auf der glitschigen Oberfläche aus und krachte schmerzhaft auf den Boden. Er heulte vor Schmerz, unsicher, ob er sich beim Sturz Knochen gebrochen hatte.

„Stuart, wie steht's mit der Wette?“, fragte Dr. Angus, die nun in der Kabine stand und Stuart beiseite schob, um mit ihren scharfen Augen die größeren Bildschirme zu sehen.

„Zehn Minuten.“

„Und wie weit sind wir?“

Er schnaubte. „Vier Minuten fünfzehn Sekunden.“

„Kann ich zwanzig auf Under setzen? Der Kleine hat noch nicht mal ne Waffe. Schafft nicht mal das zweite Monster.“

„Wetten sind geschlossen“, grinste Dash.

Anthonys pochendes Blut hämmerte wie wütende Meereswellen in seinem festgeschnallten, verkabelten Kopf.

Toothy näherte sich, stampfte mit seinen dicken Füßen über den karierten Boden ins Mondlicht. Seine Haut war grau. Schleimig. Jetzt konnte Anthony ihn besser sehen. Seine schlampigen Fettwülste. Sein struppiger Körper übersät mit Warzen, Muttermalen und fettigen Haarsträhnen. Er wog sicher über 500 Pfund. Eine sumoringerähnliche Masse speckiger Wabbelhaut auf einem widerlichen Mutantenkörper.

Seine Augen waren pechschwarze Kugeln in übergroßen, geschwollenen Höhlen. Sie saßen schief, eines rutschte fast vom Gesicht wie bei einer billigen Toxic-Avenger-Kopie.

Aber die Fangzähne…

Seine Fangzähne waren Albtraummaterial.

Hunderte davon. Lange, schmale Zähne so lang wie menschliche Finger, wobei jeder schmerzhaft in sein entzündetes, stinkendes Zahnfleisch gebohrt war.

Fünf akkurate Reihen.

Wie verlängerte Haifischzähne.

Sein Kiefer klackte auf, das Maul weitete sich wie bei einer fressenden Echse. Fünf weitere Reihen gezackter Beißer unten. Mit roher Kraft schlug er den Kiefer zu. Die fauligen Fangzähne knirschten und krachten gegeneinander.

Anthony schrie. Das Biest hatte genug Schrecken verbreitet.

Fütterungszeit.

Es stürmte auf Anthony zu. Schneller, als sein fettleibiger Körper sich bewegen können sollte. Toothy donnerte durch das Klassenzimmer. Schleuderte einen umgestürzten Tisch gegen die Wand, der bei Aufprall in verbogenes Metall und Splitter zerbarst.

Er näherte sich seiner Beute. Anthony war sprachlos. Er griff nach einer scharfkantigen Glasscherbe vom Nagetierkäfig in der Nähe seines Kopfes.

Er stand auf, trotz der Schmerzen, und hieb auf Toothy ein.

Einmal.

Zweimal.

Die Scherbe sauste ein drittes Mal durch die Luft und traf, verfehlte knapp Toothys Kehle, riss stattdessen eine seiner massiven Schultern auf.

Eitriges Gangrän sickerte aus der stinkenden Wunde statt Blut.

Die Tester verzogen angewidert die Gesichter vor den Monitoren.

Stuart beugte sich vor, die Spannung stieg. „Uff, Alter, jetzt hast du es erst recht wütend gemacht!"

Die Kreatur stürzte sich auf Anthony, schlang ihre fauligen, fleischigen Arme um seine zitternden Knie, zermalmte sie mit roher Gewalt, bevor sie alle fünf Reihen ihrer ausgekugelten Fangzähne in seine Kehle und Schultern rammte. Zerreißen. Zerfetzen. Der Kiefer verriegelt. Zähne wie geschärfte Stahlzahnräder, die den Körper des Gamers in Windeseile bearbeiteten.

Auf der sterilen Liege brach Anthony in ein schauderhaftes Schreien aus, während die Schnittwunden im Spiel seinen sehr realen, festgeschnallten Oberkörper durchtrennten.

Dr. Angus blinzelte nicht, gebannt auf den Bildschirm starrend, während Anthony zuckte.

Anthony rammte das Glasstück mit aller Kraft gewaltsam in Toothys Rücken. Er trieb die spitze Kante tief in Schichten fauliger Haut und Speckschichten.

Muskeln rissen. Sehnen schnappten. Arterielles Blut spritzte aus seiner zerfetzten

Halsschlagader und bespritzte jede Wand des kürzlich gereinigten Raumes.

Anthonys Knurren und Schreien gurgelte in seiner Kehle, die nun mit warmer, blutiger Flüssigkeit gefüllt war. Er ertrank in der Essenz seines eigenen Lebens.

Dash stürmte zum Mülleimer, um sich zu übergeben.

Toothy zerfetzte weiter, bespritzte den Behandlungsraum in knallendem Rot wie ein Pollock-Gemälde. Das Biest schredderte Anthonys gelähmte Gliedmaßen zu einem pulsierenden Brei aus Fleisch und Blut mit diesen Zähnen... diesen abscheulichen Zähnen.

Die Kreatur schmauste fast eine ganze Minute lang, nagte an den harten Knochen in Anthonys Oberschenkel, zermalmte das umliegende Fleisch zu einer gelartigen Masse unter dem knorrigen, verdrehten, blutroten Gewebe.

Verschwendetes Blut und Galle ergoss sich überall.

Stuart blickte auf die Uhr und seufzte. Er griff in seine Brieftasche, kaum berührt von der viszeralen Gewalt und dem Chaos auf der anderen Seite der Scheibe. Er warf etwas Geld seinem besten Freund zu.

„Hätt mehr erwartet von nem Kerl mit soviel angeblicher Elite-Erfahrung." Stuart stand auf, erleichtert, dass die blutgefrierenden Schreie verstummt waren. Der Tod lag schwer in der Luft. Noch ein ausgeweideter Kadaver saß da. Bewegungslos. Bereit zur Entsorgung.

Ein letztes kardinalrotes Pint tropfte aus den Überresten von Anthonys Oberschenkeln, und Stuart reckte sich gnadenlos mit einem Quieken, seine langen Arme hoch über dem Kopf verschränkt.

Grün im Gesicht, kurz davor, sich wieder zu übergeben, spähte Dash über den ranzigen Inhalt des Mülleimers, der immer noch vorzuziehen war gegenüber dem Chaos hinter der Scheibe.

„Komm schon, Kumpel", reichte Stuart eine Hand, um ihm hochzuhelfen. „Aufräumzeit, Bruder. Mach's für die Mädels in Wayfair." Sein Lächeln war sanft, fast entschuldigend. „484 kommt um vier Uhr."

DAS STARRE GRINSEN

„Hi, ich bin euer Gastgeber Terry Bates, und das ist *Demolition Flicker*...“ Terry stöhnte und tat so, als wolle er die Haustür wütend mit seinem Hammer einschlagen, zog aber im letzten Moment zurück, „Matt, können wir abbrechen?“

„Warum? Was ist los?“ Matts fast schwarze Augen lugten hinter der teuren Kamera hervor, die mit verschiedenen Gadgets ausgestattet war, inklusive eines LED-Monitors und eines montierten Shotgun-Mikrofons in seiner Fellhülle.

„Ich sagte verdammt nochmal ,Flicker‘ und nicht ,Flipper‘. Hast du mich nicht gehört? Du solltest auf so was achten.“ Terrys Stimme hallte durch die sonnige, friedliche Nachbarschaft. Hinter ihm erstreckte sich eine malerische Vorstadtlandschaft, idyllisch und ruhig. Die Blätter der Obstbäume glitzerten in der sanften Brise.

„Sorry, Mann, normalerweise hab ich dafür nen Scripty." Matts Gesicht verzog sich zu einem höflichen Lächeln, seine Augen wurden zu Schlitzen, als er einem vorbeifahrenden Teenager auf einem lauten Fahrrad zuwinkte. „Hi."

Matt winkte neben dem 20mm-Objektiv und justierte die Schulterhalterung der Kamera neu.

Der Junge zeigte ihnen beiden gelangweilt den Mittelfinger und fuhr weiter. Matts Lächeln verflog, und er schüttelte den Kopf. „Nette Nachbarschaft. Wie bist du überhaupt an das Haus gekommen?"

„Hab ne Menge mit den IndieStarter-Pledges zusammenbekommen und dann hat House Junkies es als unseren offiziellen Sponsor verdoppelt. Dann haben wir nach billigen Häusern bei Auktionen gesucht, was, das direkt abgerissen werden muss."

Matt musterte das Haus mit einem angewiderten Blick. „Na, da hast du es geschafft."

„Hab das Ding für einen Apfel und ein Ei, glaub ich. Besitzer tot. Erben nicht auffindbar. Grundstück zu kaputt für nen Makler, also ging's unter den Hammer, und wir haben's direkt gekauft."

Matt seufzte tief, zückte sein Handy, öffnete eine App und begann, das Haus damit zu betrachten. Er scrollte durch die Objektivoptionen und entschied sich für das weiteste. „Okay, ich denk an ne sechs Fuß Dana Dolly auf Full Apple-Boxen und dem 18mm-Objektiv."

„Nein, heute haben wir keine Zeit für Dana Dolly-Kram. Das ist nicht einer deiner *avantgardistischen*blöden Indie-Filme. Das ist ein Proof-of-Concept fürs Fernsehen. Verstehst du... einfach run-and-gun."

„Heuere mich nicht für mein Know-how an und dann fessel mir die Hände, Mann. Könntest mir gleich die Eier abschneiden."

„Immer so dramatisch." Terry rollte mit den Augen und starrte dann in den hellen Himmel. Schließlich wandte er sich wieder um. „Komm schon. Ernsthaft. Keine Dana Dolly. Nur Schulterhalterung oder SteadyRig heute. Wir müssen schnell sein. Abrisscrew reißt's ab Montag runter."

„Das ist nicht genug Zeit."

„Doch, ist es. Passt schon. Hör auf zu jammern und fang an zu drehen. Willst du ne erfolgreiche Show haben oder nicht?"

„Erfolgreiche Show?" Matt lachte laut auf. „Oh mein Gott, du meinst das ernst, oder? Heilige

Scheiße." Matt schwang das Rig herunter, ließ es umgedreht an seinen Oberschenkeln baumeln, sein Arm zitterte. „Du nimmst das wirklich so ernst, oder?"

„Ja!Das solltest du auch sein! Wir haben, was, achtundvierzig Stunden, um das hier zu drehen?"

„Na und? Das wird sowieso nie jemand ausstrahlen. Du machst diesen Blödsinn auf Spek."

„Die Leute bei Nolo wollen ihre Plattform mit Originalcontent starten. *Matt, wir könnten dieser Content sein!*"

„Ist das wirklich, wer du sein willst? So eine billige Abklatschversion von Ty Pennington für das nächste *Crackle* der Welt? Komm schon! Mit Crowdfunding wie diesem hätten wir einen Spielfilm machen können. Etwas mit Handlung. Etwas, das in der Welt *etwas bedeutet*."

„Oh, deine kleinen Sechzigtausend-Dollar-*Schmuckstücke*wie*Cannibal Roller Babes?*"

„Wir haben den Best Feature Award in Orlando gewonnen, Beste Kamera in Boulder, den verdammten Besten Score in Salt Lake City. Einige der randständigen Mormonen haben unseren Scheiß sogar geliebt, Alter."

„Es ist *Cannibal Roller Babes*. Die Hälfte
der Frauen war halb nackt durch den ganzen Film.
Du bist kaum *Scorsese*, du Trottel.“

„Du musst nicht so ein Snob sein. Du hältst
dich für Tom Cruise, der eine Reality-Show
moderiert, aber in Wirklichkeit siehst du aus
wie...“ Matt fand keine Worte. Er deutete nur auf
Terry, ohne Einfall.

„Matt“, Terry stemmte die Fäuste in die
Hüften und schaute sich einen Moment um, bevor
er ihm direkt in die Augen sah, „wie verdammt
*bekifft*bist du gerade?“

„Ach, hör auf damit. Was bist du, meine
Mutter?“ Matt rollte mit den Schultern und
stöhnte. „Ich zieh die SteadyRig an. Meine
Schultern tun jetzt schon höllisch weh.“

„Matt, beantworte die Frage.“

„Terry, du willst mich nicht *nicht* bekifft
erleben, okay?“ Matt schlüpfte in die SteadyRig
und zog den Klettverschluss fest. Über ihm ragte
ein Metallarm im 90-Grad-Winkel hervor, an
dessen Ende eine einziehbare Leine mit einer
Metallklaue befestigt war. Er zog sie herunter,
öffnete die Klaue und befestigte sie am großen
Ösenbolzen der Kamerahülle. Er ließ die Kamera
auf Brusthöhe sinken, wobei die Leine genug
Spiel ließ. Er justierte die Fokussierringe, um

sicherzustellen, dass Terry scharf abgebildet wurde.

„Ich würde dich nur zu gern mal nüchtern erleben. Vor allem, wenn so viel davon abhängt“, brummte Terry und glättete sein Hemd im Widerschein des zerbrochenen Fensters neben ihm.

„Bei deinem mimosenhaften Perfektionismus hätte ich längst ein blutendes Magengeschwür und würde Tums wie Bonbons lutschen, wenn ich diesen Scheiß nüchtern machen müsste.“ Matt seufzte und wedelte mit einer Hand, die spärlich mit dunklen Haaren bedeckt war. „Geh zurück zu deiner Markierung. Ich lösche die Aufnahme, und wir machen nochmal.“

„Lösch die Aufnahme nicht. Dreh einfach einen neuen Clip.“

„Willst du mir jetzt bei jedem Schritt reinreden? Oder kannst du dich mal entspannen und dich daran erinnern, dass ich weiß, was ich tue? Du hast mich engagiert, weil ich *gut* bin.“

„Nein, ich habe dich engagiert, weil Kim bei dieser Atlanta-Mafia-Serie als zweite Kameraassistentin anheuerte und weil Alan in Tibet ist und irgendeinen blöden Dokumentarfilm mit Kevin McNally dreht.“

„Ugh, Kevin ist *so*ein verdammtes Blödmann."

„Oder?!"

Die beiden schwelgten einen Moment in ihrem gemeinsamen stillen Hass auf den Mann, bevor jeder tief durchatmete, um die Situation zu entschärfen.

Schließlich sprach Matt wieder, diesmal ruhig. „Tut mir leid, Mann, aber da hängt viel für mich dran."

„Schon gut, ich verstehe. Kein Thema."

„Wir vergeuden Tageslicht und müssen diese Einleitung in die Dose kriegen."

„Man sagt nicht 'in die Dose', wenn man mit DSLR dreht, Matt. Da gibt es keine *Dose*. Du musst nicht so tun, als würden wir auf Film drehen."

Matt klopfte sich auf die Oberschenkel. „Mein Gott, können wir jetzt bitte drehen?"

„JA! Herrjemine!" Terry schrie, seine Stimme hallte durch das idyllische Viertel mit seinen akkuraten Rasenflächen und Einheitshäusern.

Matt schnaubte, drückte auf Aufnahme, verbreiterte seinen Stand und ging leicht in die Knie, während Terry sich sammelte. Er sprach die Einleitung noch einmal leise vor sich hin, während er auf die morschen Dielen unter ihm starrte. Er positionierte seine Füße neu am Rand des farbigen Klebeband-"T" auf einer der knorrigen Bretter. Das Holz ächzte unangenehm unter ihm, als er in die Linse blickte und lächelte.

„Hi, ich bin Terry Bates, und willkommen zu *Demolition Flippers*, der Show, in der wir heruntergekommene und zwangsversteigerte Häuser kaufen, verborgene Schätze bergen und dann das Grundstück abreißen, damit Entwickler den Platz für attraktive neue Häuser nutzen können, die die Grundstückswerte in der Umgebung steigern. Heute komme ich zu euch aus Moab, Utah, einer Stadt, die für ihre malerischen roten Felslandschaften, die Moab Jeep Safari und eine blühende Filmindustrie bekannt ist...“

Terry starrte Matt einen Moment lang mit leerem Blick an.

„Was?“

„Sollen wir das sagen?“

„Was denn?“

„Blühende Filmindustrie?“

„Warum nicht? Es stimmt doch.“

„Es ist aber *Porno*. Wenn Leute fragen, welche Art von Filmen in Moab gedreht werden, ist die Antwort Pornos.“

„Na und? Es ist keine Lüge.“

„Ja, aber müssen wir das extra hervorheben?“

„Tust du ja nicht.“ Matt justierte den Fokusring an der Kamera und überprüfte, ob Terrys Augen scharf gestellt waren. „Wenn es dich stört, sag einfach was von den Felslandschaften und der Safari.“

„Wie weit siehst du bei mir nach oben?“

„Mittelweite Einstellung.“

„Also bis zu den Oberschenkeln? Wieso? Ich dachte an eine halbnahe oder nahe Einstellung.“

„Weil der Hammer dann nicht einfach aus dem Nichts auftauchen soll, als wärst du ein Psychopath.“

„Ah, verstanden.“

„Entspann dich einfach, Mann. Lass mich das tun, wofür ich gut bin. Und du machst dein Ding.“

Terry rollte mit dem Nacken, bis die Wirbel knackten. „Okay, ich versuche es nochmal ohne den Pornokram. Wie sehe ich aus? Sitzt die Frisur?“ Terry strich sich durch die Haare, suchte nach abstehenden Strähnen und versuchte, sein Spiegelbild im Widerschein des drehbaren Polfilters in der Mattebox zu erkennen.

Doch als Matt ihn ansah, fiel sein Blick auf etwas hinter Terrys Schulter.

Etwas im hinteren Fenster des baufälligen Hauses, das sie gleich abreißen würden.

Etwas Großes. Etwas… *das sich bewegte.*

Es war so groß wie ein Erwachsener, aber knochenweiß mit Einbuchtungen und Kurven an völlig falschen Stellen, die Teile seines vermeintlichen Gesichts auf seltsame Weise beschatteten. Was auch immer es war, schien aus dieser Entfernung zu viele Augen zu haben, um menschlich zu sein. Der untere Teil seines Gesichts öffnete sich, doch zwei schwarze, höhlenartige Löcher taten sich auf – allerdings nicht synchron. Fast so, als hätte das Ding zwei untere Kiefer, von denen jeder eines der Löcher unabhängig öffnen oder schließen konnte. Seine Haut war hager und fahl, an manchen Stellen eingefallen und so weiß wie die Zahnreihen in beiden Mündern…

„Was zum Teufel?!" Matt stolperte über seine eigenen Füße und taumelte rückwärts. Seine Schuhsohle verfing sich in einem der verwitterten Dielenbretter und er landete mit Wucht auf dem Rücken, als das Metall des Rigs gegen seine Wirbelsäule krachte. Die Kamera schoss an ihrem Seil hoch und pendelte wild durch die Luft, nur

Zentimeter über dem Boden. Sie sauste knapp an seinem Kopf vorbei wie ein gefährliches Pendel, so nah, dass er den Luftzug im Gesicht spürte – und dankbar war, dass das herumwirbelnde Gerät ihm nicht die Zähne aus dem Kiefer geschlagen hatte.

Terry stürzte sich auf die wirbelnde Kamera und fing sie wie ein zerbrechliches Ei, das vom Dach geworfen wurde, um ihren gefährlichen Flug zu stoppen. „Jesus, Matt! Alles okay? Du hättest die Kamera fast zertrümmert!"

Terry brach in nervöses Lachen aus, keuchend wie jemand, der gerade erfolgreich vor dem Gesetz geflohen war. „Gott sei Dank hattest du das Stabilisierungsrig an! Sonst wären wir geliefert gewesen!"

Doch Matt war nicht erleichtert über die Rettung. Er konnte nur auf das leere Fenster des Hauses starren, schwarz und tot, während er sich das widerliche Wesen vorstellte, das dort im Dunkeln lauerte. Das Fenster war jetzt nur noch ein rechteckiges Nichts, wie ein dunkles Portal zu etwas Nachtmahrhaftem.

„Jesus, Matt. Liegt es an der Hitze? Komm, lass uns reingehen und dich hinsetzen. Ich hol dir eine kalte La Croix aus dem Kühler."

„Nein", murmelte Matt und spürte jedes Mal den starken Drang, sich in die Hose zu machen, wenn das Bild dieses… Dinges… vor seinem geistigen Auge auftauchte.

Das *Letzte*, was er wollte, war, dort hineinzugehen.

***

Als die Nachmittagssonne hinter der bergigen Wand im Westen des maroden Gebäudes verschwand, saß Terry drinnen und wühlte sich durch Berge von Papieren, Zeitungen, Kleidung, altem Kinderspielzeug und staubigem Krempel.

Mit großer Beklemmung und umherschweifendem Blick versuchte Matt, Terrys Arbeit mit der Kamera zu dokumentieren, die wieder am Stabilisierungsrig auf seiner Brust baumelte. Er spürte, wie sein Herz unter dem Klettverschluss und Nylon schlug und dabei das metallisch-plastische Exoskelett der Jacke leicht erzittern ließ. Seine Smartwatch vibrierte und erschreckte ihn. Ein Blick darauf verriet: Wegen seines erhöhten Pulses gratulierte ihm die Uhr, sein tägliches Bewegungsziel erreicht zu haben.

Verunsichert richtete Matt seinen Blick wieder auf den dreizölligen Monitor, der mit

288

einem kleinen, gelenkigen Arm an der Kamera befestigt war. Er versuchte, ruhig und furchtlos zu klingen. „Hey Mann, lass uns eine Aufnahme von dir an der Haustür machen, wie du reinkommst, als würdest du den Ort zum ersten Mal sehen."

„Ja, gute Idee." Terry holte tief Luft und nickte. Er schritt zur Tür und zupfte an seinem Hemd. „Wie sieht das Hemd aus? Habe ich was zwischen den Zähnen?" Er fletschte die Zähne wie ein grinsender Hund.

Normalerweise hätte Matt etwas Witziges gesagt, doch das Bild dieses *Dings* im Fenster ließ ihn nicht los. „Ja, Mann, alles gut."

Matt war sich immer noch nicht sicher, was er gesehen hatte.

Es schien einfach nur… *dort zu lauern*, schattenhaft und bedrohlich.

Beobachtete sie.

Wenn er schätzen müsste, war das Ding etwa sechs Fuß groß. Er konnte den Gedanken nicht abschütteln, dass jemand mit ihnen in diesem widerlichen Haus war.

Terry räusperte sich und zwang ein breites Grinsen auf sein Gesicht. „Also Leute, was wir hier gerne machen, ist, all die Gegenstände in einem Haus durchzugehen, nachdem wir es bei einer Auktion erworben haben. Man weiß nie, was für versteckte Jackpots man an einem Ort wie diesem findet. Es könnte Müll oder Schatz sein. Wir wissen es erst, wenn wir anfangen zu graben. Wir sind so eine Art... Archäologen, die interessante oder wertvolle Dinge ausgraben, die direkt vor unseren Augen versteckt sind. Viele dieser Gegenstände können online verkauft werden, viele an Antiquitätenläden, andere werden vielleicht gespendet, upgecycelt oder zerstört. Aber das ist Teil des *Spaßes* dabei", sagte er mit einem breiten, gekünstelten Lächeln. „Wir drehen hier nicht nur Häuser um. Wir erschaffen etwas Schönes. Wir finden neue Heime, wo Gegenstände geschätzt werden, statt sie alle auf eine Mülldeponie zu werfen. Und wir verdienen dabei eine Stange Geld."

Als Terry seinen Satz beendet hatte, bückte er sich, griff in einen unordentlichen Haufen von Kram und zog ein Sammelalbum mit Baseballkarten heraus, vintage und sorgfältig in einer Plastikhülle verstaut. Mit der anderen Hand holte er ein Briefmarkenalbum hervor, ebenfalls in einer Plastikhülle. Er hielt sie hoch und lächelte ein paar peinlich lange Sekunden lang.

„*Uuuund, Schnitt.*" Matt strich sich mit einer Hand über den Ziegenbart. „Ich weiß nicht, Terry.

Ich weiß nicht, ob irgendjemand kauft, dass jemand, der so eine Bruchbude wie diese hier unterhält, tatsächlich seine Sammlerstücke so aufbewahrt."

Terry richtete sich auf. „Matt, ich steck doch nicht meine verdammten Originalkarten da rein. Die sind im Bestzustand. Die sind mehr wert als das ganze Crowdfunding, das wir für diese beschissene Pilotfolge eingesammelt haben."

„Ich sage nur, es wirkt ein bisschen gestellt, das ist alles. Es ist einfach ein bisschen... zu passend."

In diesem Moment hörten die Männer ein Scharren aus dem Nachbarraum, wie von einem Tier, das sich ein Nest baut. Aber was auch immer das Geräusch verursacht hatte, war viel zu groß, um nur ein Nagetier zu sein.

„Oh Jesus, war das eine verdammte Ratte?", fragte Terry.

Matt schwieg. Er hätte nicht auf Ratten getippt. Er hätte auf dieses verdammte sechs Fuß große Albtraumwesen mit den doppelten Zahnreihen getippt, das er vorhin gesehen hatte…

„Dieser Ort ist schon lange verfallen. Wahrscheinlich hausen hier 'ne Menge Waschbären und so. Wir müssen vorsichtig sein."

„Ich will einfach nur verdammt noch mal *fertig* werden heute", knurrte Matt. „Ich will einfach nur ins Hotel zurück, entspannen und ein Bier trinken."

„Lass uns das hier einfach durchziehen, dann können wir chillen und das Material sichern." Terry schüttelte den Kopf. „Was soll ich machen? Willst du es nochmal drehen? Ich möchte die Karten nicht aus der Hülle nehmen. Die sind 'ne Menge Geld wert, und dieser Ort ist ekelhaft."

„Na, wenn das so ist, schau dich um. Gibt es in diesem verdammten Chaos überhaupt was, das einen Pfifferling wert ist und das du verwenden kannst?"

„Wahrscheinlich nicht. Ich kann nachsehen."

„Du siehst nach, und ich filme dich dabei, wie du hier rumwühlst, für ein paar unterhaltsame B-Roll-Aufnahmen später. Wir brauchen 'ne Menge davon. Ich lasse die Kamera einfach ein paar Minuten laufen."

Terry seufzte und betrachtete die Haufen um sich herum. „Na gut. Ehrlich gesagt, ich weiß nicht mal, wo ich anfangen soll."

„Fang genau da an, wo du jetzt stehst, und ich folge dir einfach. Aber versuch vielleicht, so ein bisschen, du weißt schon, Dringlichkeit reinzubringen, weil wir vor Feierabend noch ein paar Dinge von der Shotliste abhaken müssen."

„Verstanden." Terry war schon gedanklich weit weg und blätterte in einer staubigen Akte mit zerrissenen Unterlagen. „Soll ich während dieser Szene reden, oder soll ich einfach so tun, als würde ich ermitteln?"

„Ich würde nicht reden. Das wirkt im Schnitt komisch, wenn du das machst, weil du keinen Assistenten oder so vor der Kamera hast."

„Ja, stimmt."

Matt drehte den Follow-Focus-Knopf an der Seite der Kamera und schärfte Terrys Bild. Er bewegte sich in einer Halbkreisbewegung um Terry herum und fing eine flüssige Aufnahme des hart arbeitenden Mannes ein.

Terry sah besorgt aus.

„Versuch vielleicht, nicht so auszusehen, als würdest du einen schmerzhaften Haufen abseilen."

„Sorry." Terry schüttelte den Kopf, als ob er seinen Augen nicht traute. „Das ist so eine Art medizinisches Dokument. Dieser Typ war *wirklich* kaputt. Massenhaft… Abnormalitäten und Geburtsfehler." Er betrachtete das äußere Etikett der Patientenakte und pustete den Staub davon. Er kniff die Augen zusammen und murmelte es vor sich hin. „Jones, Ronald.“

„Es wird nicht alles Schätze geben da drin.“ Matt fröstelte.

Alles an diesem verrotteten, termitenverseuchten Grundstück jagte ihm einen Schauer über den Rücken.

Terry blätterte ein paar weitere Papiere durch und verzog angewidert das Gesicht bei seinen Funden. „Die Deformitäten des Patienten sind schwerwiegend. Zwei Augenpaare. Zwei voll funktionsfähige Unterkiefer. Leidet unter *Risus sardonicus*, dem anhaltenden abnormalen Spasmus, bei dem die Gesichtsmuskeln ein Grinsen vortäuschen, auch bekannt als Rictus Grinsen.“ Er kniff die Augen noch stärker zusammen, um die Handschrift des Arztes zu entziffern. „Ihh. Die Eltern des Patienten waren *Geschwister…* verdammt, eine Inzest-Wendung? Jetzt haben wir endlich einen echten Haken für den Sender.“

Trotz Terrys bemühtem Versuch eines Witzes lachte Matt nicht.Die Worte, die gerade aus dem Mund seines Freundes gekommen waren, ließen sein Blut zu eisigem Schlamm erstarren. Was in der Akte beschrieben wurde, fühlte sich *unheimlich ähnlich*an wie das, was er weniger als eine Stunde zuvor im Fenster gesehen hatte. Zwei einzelne, widerliche Mäuler, gemacht zum Speien und Nagen... vier nicht blinzelnde Augen mit diesem wahnsinnigen, leeren Tausend-Yard-Blick... und diese fahle, unheilige Haut, die kaum die darunter liegenden Knochen verhüllte.

Könnte es immer noch...

Nein, schüttelte Matt den Kopf, *denk nicht mal daran.*

In diesem Moment durchbrach ein kratzendes Geräusch die Stille. Das Geräusch kleiner Beine und Krallen, die durch den Schrott um sie herum wühlten.

„esus, was zum Teufel *ist* das?" Er formte mit den Händen ein 'T' für Timeout. Terry nickte. Matt hakte die Kamera aus und stellte sie auf einen Korbstuhl, der kaum noch zusammenhielt, das Holz von Kratzspuren zerfurcht.

Das Geräusch wurde lauter. Matt wirbelte herum und erwartete, dass die Haufen sich zu winden begannen über der schnellen Nagetierarmee, die er sich vorstellte. Er zog das Multitool aus seiner Jeans und klappte die kleine Klinge aus. Er hielt das klobige Ding verteidigungsbereit.

Terry lachte. „Du siehst gerade lächerlich aus. Was willst du machen? Eine Ratte erstechen, wenn sie dich angreift?"

„Verdammt *richtig,* das werde ich!" Matt stapfte durch die enge Gasse zwischen Kisten und Möbeln in Richtung Küche.

Das Dach war in einer Ecke halb eingestürzt und ließ das düstere Zimmer durch ein natürliches Oberlicht erhellen. Der rote Fleck des Utah-Sonnenuntergangs sah aus wie eine aufgekratzten, abgezogenen Schorf auf dem sonst schmuddeligen Dach.

Mehr Kratzen. Krallen auf Holz und das langsame, schwere Poltern von etwas hinter der Küchentür.

Matt hielt sein Taschenmesser vor sich und beobachtete, wie der dünne Streifen geschliffenen Metalls in seinem armbandübersäten Arm zitterte. Die Perlen seines lockeren Obsidianarmbands klapperten aneinander.

„Hallo? Ist da jemand?"

„Ja, *ich*, du Vollidiot!" Terry kicherte.

Matt presste seine rissigen Lippen aufeinander, verärgert, und fluchte innerlich über Terry, während er sich der geschlossenen Tür am anderen Ende der Küche näherte.

Etwas bewegte sich in seinem Blickfeld. Eine staubige Müslischachtel schob sich über die Theke. Er drehte sich um, sein Herz pochte.

Eine braune Ratte zog ihren Kopf aus der Schachtel, ein Stück Müsli zwischen ihren langen, gelben Zähnen. Sie starrte ihn an, musterte ihn.

„Du kleiner..." Er trat vor, um etwas zum Werfen zu greifen, doch sein Fuß landete auf etwas Weichem, Nachgebendem.

QUIEK!

Der Boden unter seiner abgetragenen Sohle war lebendig und bewegte sich. Der Klumpen unter seinem Fuß quetschte sich widerstandsfähig heraus, und Matt verlor das Gleichgewicht. Er taumelte auf die Theke zu. Die Ratte ließ ihr Cornflakes-Stück fallen und schoss wie ein Pfeil vorwärts. Sie krallte sich mit ihren starken, winzigen Pfoten in seinen unordentlichen Büschel schwarz gefärbter Haare und nutzte seine Kopfhaut als Sprungbrett, um in die dunklen Tiefen des Raums zu segeln wie ein Fallschirmspringer ohne Schirm.

Eine weitere Ratte huschte über seinen zerkratzten Lederschuh. Matt kreischte. Der Lärm lockte zwei weitere aus einer offenen Tüte mit Hundetrockenfutter, die unter ihrem Gewicht knisterte. Sie huschten davon, ihre Schwänze hinter sich herziehend wie haarige Schlangen.

„Scheiß... drauf!" Matts Stimme war schrill, als er aus der Küche stürmte. Er schnappte sich die Kamera und raste zur Haustür hinaus. „Ich verpiss mich, Ter."

„Was? Warte, Matt, wo willst du hin?"

„Zurück ins Hotel."

Terry folgte ihm in den verwilderten Vorgarten, überwuchert von hohem Gras und Unkraut. „Matt, was hast du da drin gesehen?!"

„Ratten, Alter. Ein ganzer Haufen!" Matt öffnete den Kofferraum seines SUVs, packte die Kamera in seine Porta-brace-Tasche. Er riss das Klett und die Clips seines Gurtzeugs auf und ließ das Metall-Kunststoff-SteadyRig auf den Asphalt hinter sich fallen. Er stützte sich auf die Rückleuchten und lehnte sich in den Kofferraum, nervös auf seine Unterlippe beißend.

„Hey. Matt. Sprich mit mir."

Schließlich sah er Terry an. „Ich mach' heute Abend ein paar Anrufe. Ich versuch', dir einen anderen Kameramann zu besorgen, okay? Ich... ich kann da einfach nicht wieder rein."

„Du lässt dich von diesem kleinen Scheiß von deinem Geld abbringen, Matt?" Terry packte seinen Arm und versuchte verzweifelt,

Blickkontakt herzustellen. „Komm schon. Ich weiß, dass du das Geld brauchst. Sarah hat mir von dem Haus erzählt.“

„Sie hat *was?*“

„Sie hat mir von der Bank erzählt... die mit der Zwangsvollstreckung droht. Ich wollte dir mit diesem Job *unter die Arme greifen.*“

„Ach, verdammt noch mal, Alter. Sie hat echt ein großes Maul.“

„Natürlich hat sie's mir erzählt, Mann. Wir sind Freunde. Wir kennen uns noch aus der zweiten Staffel von *American Scream Queen,* als sie noch Kostüm-PA war. Wir kennen uns schon ewig. *Natürlich* hat sie es mir erzählt!“

„Es sind diese verdammten Streiks, Mann. Die haben alles in die Länge gezogen. Wir leben schon seit fast neun Monaten von unseren Ersparnissen.“

„Ich weiß. Wir *alle* haben zu kämpfen.“ Dann runzelte Terry die Stirn. „Ich weiß auch von dem... *anderen* Ding.“

„Was für einem anderen Ding?“

„Komm schon, Alter.“ Terry starrte ihn an wie ein verärgerter Elternteil.

„Was?“

„Ich weiß... vor den Streiks hattest du nicht nur Tagesrollen bei Morrowvale. Ich weiß, dass du von der Show geflogen bist.“

„Oh, Jesus! Gibt's irgendwas, das Sarah *nicht* ausgeplaudert hat?“

„Sarah hat mir das nicht erzählt. Jared, einer der Set-PAs, *er* hat mir am Tag des Vorfalls geschrieben.“

„Ist das dieser dürre kleine Arsch mit dem Pudelhaar?“

Terry kicherte. „Ja. Er sagte, er hätte dem Catering-Typen geholfen, einen Tisch aus dem Fluchtweg bei dir zu schieben, als es passiert ist.“

„Ugh... ernsthaft?“ Matt stöhnte und ließ den Kopf zurückfallen.

„Ja. Er hat mir alles über deinen Wutausbruch mit dem 1. AC erzählt. Sagte, du hast den Typen als Arschloch bezeichnet.“

„Der Typ *ist* ein Arschloch. Dieser uralte Fokuszieher wollte mich zu seinem Laufburschen machen. Sollte ihm ständig Chips und so holen, weil er alte Knochen hat. Der Mutterficker ist einfach *faul*, mehr nicht.“

Terry packte Matts Oberarme und sah ihm ins Gesicht. „Hör zu, ich versteh's. So ist das nun mal. Du bist wie eine Katze, Mann. Du hast neun Leben bei so was. Du kommst wieder hoch und bist nächsten Monat in irgendeiner Tier-1-Hulu-Produktion. Ich *versteh* das. Aber jetzt hast du die Chance, zu verhindern, dass die Bank dein Haus verkauft, während du noch *drin*wohnst.“ Terry lächelte ein wenig. „Es sind nur Ratten, Mann. Nur überdimensionierte Mäuse. Die können dich nicht verstümmeln. Sie sind einfach eklig.“

„Eine war in meinen Haaren, Mann! Die hat sich an mir festgekrallt.“

„Hey! Konzentrier dich“, bellte Terry. „Bleib am Ball. Geh zurück rein und beende den Tag stark, und ich kauf dir einen Zwölfer Blue Moon und eine Pizza auf dem Rückweg zum Hotel. Mein Geschenk.“

Nach einem langen, angespannten Moment brummte Matt: „Die Pizza besser mit verdammter Pepperoni. Nicht so eine langweilige Käse-Scheiße.“

„Verstanden. Pepperoni-Pizza und Bier fürs zweite Mahl.“ Terry nickte. Ein Lächeln stahl sich auf sein nachdenkliches Gesicht.

Matt riss die Kamera wieder aus ihrem mit Filz ausgekleideten Sarg und seufzte schwer. „Na gut.“

***

Matts Kamera lief während einer Aufnahme von Terry, der durch das Haus stöberte. „Erzähl dabei, was du machst. Die Folge soll ja kein Stummfilm werden."

„Okay. Sieht man mein Lav? Ich hab das Gefühl, es lugt ständig vorne aus meinem Shirt raus." Terry zeigte auf die Stelle zwischen seinen Brustmuskeln, wo das Mikrofon unter dem Stoff auf seiner Haut befestigt war.

„Nein, Mikro sieht gut aus. Man sieht's nicht. Aber warte mal." Matt stapfte zu einem LED-Panel-Licht, das seinen bläulichen Schein auf die schreckliche Tapete warf, und stellte mit seiner freien Hand den Regler auf der Rückseite ein. Er trat gegen den Fuß des Metall-C-Stands, auf dem es montiert war, bis das Gerät auf Terry ausgerichtet war.

Terry hielt einen Stapel Röntgenbilder hoch. Die Schichten klebten zusammen und lösten sich mit einem lauten, klebrigen Geräusch voneinander. Terrys Gesicht verzog sich angewidert. „Iiiih."

„Was ist das?"

„Die Scans unseres Inzest-Freaks. Oh mein Gott, der Typ war wie aus *The Hills Have Eyes*." Terry schauderte theatralisch. Er hielt eines der Röntgenbilder gegen das Panel-Licht und verzog das Gesicht bei dem verkrüppelten Schädel auf dem Bild. „Jones, Ronald."

Die Röntgenbilder zeigten ein Wirrwarr knöcherner Anomalien

Als Matt sich wieder in Position begab, blieb sein Blick an etwas im Nebenraum hängen. Eine gespenstische Gestalt, spindeldürr und schmal. Größer als Terry.

Das purpurne Abendlicht sickerte durch die dicken Vorhänge hinter ihr und ließ sie wie einen Dämon aussehen. Regungslos in voller Sicht. Bedrohlich und imposant...

„Da ist es wieder!"

Terry wirbelte herum, und das Ding stand stocksteif da.

„Was ist das? Sag mir bitte, dass das so eine Art Zigarrenladen-Indianer ist oder so! Was für ein Fund das wäre."

Terry ging durch den dunklen Türrahmen darauf zu.

„Lass das!"

„Das wäre ein hübsches Sümmchen wert!"

„Terry, um Himmels willen! Das ist keine Statue!"

„Ich will nur sehen, was es ist. Lass die Kamera laufen. Ich will meine Reaktion nicht nochmal faken müssen, falls es was Tolles ist."

„Jesus Christus, hör auf!"

Terry ignorierte ihn, griff in seine Gesäßtasche und holte sein Handy heraus. Er schaltete die Taschenlampe ein und ließ den Lichtstrahl durch die Dunkelheit gleiten.

Der Strahl strich über ein wackeliges Messingbett, zerknittert und zerbrochen, mit einer Matratze, die mit Galle und Exkrementen besudelt war. Braune Handabdrücke schmückten die Wände, stinkend nach verflüssigtem Kot und getrocknetem Blut. Enthauptetes Spielzeug und halb angenagte Rattenkadaver übersäten den Boden.

Terrys Licht blieb schließlich auf dem Wesen vor ihm haften, und sein Lächeln verflog wie Initialen unter einer brandenden Welle.

„Was… zum Teufel… ist das?"

Das Licht beleuchtete ein Paar blendend weißer Beine, die wie ein Bündel Knochen aussahen, eng in ein Latextuch gewickelt. Spärliche Beinbehaarung wich einem dichten Büschel ungepflegter Schamhaare und einem herabhängenden, unbeschnittenen Schwanz. Darüber ragten Rippen wie zwei Xylophone empor, die zu einem Paar langer, gleißender Arme führten.

Es bewegte sich, machte einen einzigen, langen Schritt auf Terry zu. Er ließ/lässt sein

Handy fallen und duckte sich schnell, kramte verzweifelt im Meer aus Schwänzen und winzigen Beinchen zwischen den Hinterteilen einer Armee geschorener Nagetiere danach.

Er hob das Licht erneut, diesmal auf das Gesicht des Wesens, und wünschte sich sofort, er hätte es nicht getan.

Der Mann, wenn man ihn so nennen konnte, nagte mit seinem unteren Maul an Ratteneingeweiden und hob dann die Überreste der Ratte zum oberen Maul, schob sie zwischen zwei weitere Reihen knirschender Zähne, bis ein Bein des Tieres abriss. Das bösartige untere Maul schluckte und verzog sich zu einem Grinsen. Das zweite Maul folgte, zog die Lippen zurück und fletschte die Zähne, als würde es unter einem langsamen Stromschlag zucken.

Terrys Licht stieg noch höher, all dies untermalt vom dumpfen Schlagen seines Pulses im Hals. Der Mann vor ihm öffnete zuerst die unteren Augen, dann die oberen, und starrte Terry mit allen vieren an.

Wie Essen…

„Ist das… Ronald?“ schrie Matt, seine Stimme vor Angst bebend.

Die sehnige Klaue des Mannes schleuderte die Überreste der Ratte in eine Ecke, dann öffnete er beide Kiefer weit und zischte synchron aus beiden.

„*Huuuuun-ger*", krächzten die Kiefer.

Terry schrie, dann Matt aus der Ferne.

Die Kreatur stapfte vorwärts und schlug nach Terry. Er drehte sich zur Flucht und stürmte aus dem Zimmer, zertrat dabei weiche Überreste längst verendeter Nagetiere mit seinen hastigen Schritten. Sein Fuß verfing sich in einem herausstehenden Holzstück der Türschwelle, und Terry stürzte heftig in die Küche.

Matt wollte zu ihm, doch der Anblick des näherkommenden… Dings… ließ ihn zurückweichen, während die Kamera wild an dem SteadyRig-Kabel über seinem Kopf schwankte. Sie schlug gegen das Licht, dann gegen den Schrank, und Terry rutschte auf Zeitungspapier aus, griff nach dem C-Stand und krachte zusammen mit dem metallenen Ständer zu Boden.

Gerade als Terry aufstand, sah Matt, wie der nackte, skelettartige Mann über sich ein morsches Brett aus dem wackeligen Türrahmen riss. Er betrachtete es, lange Nägel ragten noch aus dem Ende. Als Terry sich erhob, hob der Mann das Brett wie eine Keule hoch und schlug heftig zu, rammte beide Nägel mehrere inches tief in Terrys

Schädel. Matt, nah genug, um ihn zu berühren, sah, wie Terrys Augen nach hinten rollten und sein Mund sich zu einem stummen Schrei verzerrte.

Der Mann riss das Brett zurück, nahm Terry mit und ließ ihn zu Boden fallen. Er setzte einen nackten Fuß auf Terrys Hals, mit langen, gelblichen Zehennägeln, die im Licht der umgestürzten Panel-Leuchte glühten.

„Nein!" schrie Matt.

KRACK!

Der Mann stampfte heftig auf Terrys Hals, brach die zerbrechlichen Wirbelknochen darunter sofort unter dem Gewicht seiner großen, schmächtigen Gestalt.

Während Terry reglos liegen blieb, krabbelte Matt rückwärts wie ein Krebs, in seinem Kamera-Rig gefangen, wich dem schweren, schwingenden Gewicht der RED-Kamera und all ihrem Zubehör am Ende des stabilen Seils aus.

Der Mann schwang das Brett wie einen Schläger seitwärts nach Matt, verfehlte ihn aber und rammte die Nägel tief in die Schranktür unter dem schmutzigen Küchenspülbecken, das mit zersplittertem Geschirr und summenden Fliegen übersät war.

„*Huuuuun-ger*", winselte der inzestuöse Widerling erneut.

Matts Augen weiteten sich so sehr bei der spürbaren Luftbewegung des knappen Treffers, dass er fürchtete, seine Augenhöhlen könnten in den Ecken reißen.

Matt versuchte ein letztes Mal zu fliehen, doch der Mann war über ihm, sprang wie ein wilder Hund und schleuderte den Kameramann zu Boden.

Blitzschnell wickelte der Mann das Kameraseil um Matts Hals und zog kräftig an der Kamera, schnürte ihm die Kehle wie eine Schlinge zu. Das flehende Gesicht des Mannes lief schnell violett an.

Matt hörte Gelächter, zwei getrennte Stimmen, wie ein teuflisches Echo, das von den engen Wänden des schmutzigen Raums um sie herum widerhallte, beide aus den beiden Öffnungen vor ihm kommend.

Der Mann zog fester, drehte das Seil wie eine Garrotte um Matts Hals. Er hob die Kamera ein paar Fuß über Matts purpurrotes Gesicht.

Bevor sein Schädel zu einem Brei aus verdrehtem Fleisch, zermatschtem Hirn und zerstörter Elektronik wurde, sah Matt vier Augen blinzeln.

Zwei Münder erstarrten in einem fixen Grinsen, während beide von Ronalds wirren Stimmen ein letztes Mal fast synchron flöteten: „*Huuuuun-gaaaa*“.

AUTORENNOTIZEN

TINES: Diese Geschichte wurde ursprünglich in Eerie Rivers Anthologie „It Calls From Below" veröffentlicht. Ich bin mir nicht ganz sicher, was mich dazu trieb, diese Geschichte zu schreiben. Ich kann sagen, dass es eine Mischung aus Dingen war, die ich in verschiedenen Werken, die ich gelesen und gesehen habe, geliebt habe. Das wurmartige/virale Element wurde inspiriert durch eine Kombination aus dem unterschätzten Film „Isolation" von 2005 (mit Ruth Negga, über die ich später schwärmte, als wir zusammen an der Serie „Preacher" mehrere Staffeln lang arbeiteten) und einem noch unterschätzteren Film namens „Impulse" (mit Tim Matheson und Meg Tilly von 1984), den ich in prägendem Alter sah.

Ich hatte etwa ein Jahr zuvor auch Ian Reids „I'm Thinking of Ending Things" gelesen und fand die darin porträtierte Familie so unheimlich und beunruhigend.

Die Mutter des Mädchens basiert lose auf meiner eigenen, einschließlich einiger Dinge, die meine Mutter oft wortwörtlich im Loop sagte, und die Tochter ist lose an mein jüngeres, rebellisches Ich angelehnt.

Die Stimme aus dem Boden wurde von einer der vielen psychischen Erkrankungen meiner Mutter inspiriert. Es war oft schwer zu unterscheiden, ob sie paranoid war oder tatsächlich ständig seltsame Dinge erlebte, zumal ich selbst nicht besonders aufmerksam bin. (Ironisch für eine Autorin, ich weiß.)

Ich wollte, dass die Stimme etwas ist, über das die Leser nach der Geschichte diskutieren.

Ist die Stimme im Loch real? Oder ist sie ein Nebenprodukt der Krankheit, die sie alle durch das verseuchte Essen von der Farm bekommen haben? Ich habe meine eigenen Theorien, aber ich wollte es dem Leser überlassen, zu entscheiden und zu diskutieren.

Dies ist immer noch eine meiner liebsten Geschichten, die ich je geschrieben habe.

***

ENTGLEIST: In dieser Geschichte wollte ich zwei meiner ganz realen Ängste aufgreifen, Traumata, die bei mir mittelschwere PTBS ausgelöst haben:

Das erste war mein Autounfall 2020, der hier fast genau aus meiner Perspektive geschildert ist, mit nur wenigen geänderten Details. Ich war mit meinem Freund Dave auf dem Weg nach Connecticut, und er beobachtete alles im Rückspiegel des Umzugswagens mit all meinen Habseligkeiten. Er sah, wie mein CR-V nach einem platten Reifen (einem weniger als ein Jahr alten) in Alabama von der Straße abkam. Er sah, wie ich fast von einem Lkw seitlich gerammt wurde, von der Straße flog, mich überschlug und in einen Graben krachte, wo die Hunde und ich kopfüber in einem vierrädrigen, metallenen Sarg eingeklemmt waren und ich fast an dem Gurt erstickte, der mir gleichzeitig das Leben rettete und mich vor der sofortigen Enthauptung bewahrte.

Es war die erschütterndste Erfahrung meines Lebens, vergleichbar mit dem Krebs, den ich mit 19 hatte und der Ärzte dazu veranlasste, mich meine eigene Beerdigung planen zu lassen.

Vielleicht noch verrückter als der Unfall selbst war die Tatsache, dass die Hunde, Dave und ich die Szene mit nur ein paar kleinen Schnitten, einer Beule am Kopf, einer zerfetzten Zunge und einem Bündel PTBS verließen. So sehr, dass ich später im Kino bei Freunden eine Panikattacke bekam, während ich die verkehrte

Verfolgungsjagd in Christopher Nolans „Tenet" sah.

Ich erinnere mich so lebhaft an den Unfall, dass ich seitdem dachte: Das muss in eine Geschichte.

Zweitens hatte ich eine psychisch sehr kranke Mutter. Bei ihr wurden mehrere schwere psychische Erkrankungen diagnostiziert, später blieb sie undiagnostiziert, wahrscheinlich mit noch mehr.

Nach ihrem unfreiwilligen Aufenthalt in einer psychiatrischen Anstalt blieb sie jahrzehntelang weitgehend ohne Medikamente. Meiner Meinung nach verschlimmerte ihr passiver Ehemann ihre Probleme und schuf eine toxische Echokammer, die sie völlig unkontrolliert ließ.

Obwohl ich Bände darüber schreiben könnte (sie hat mir genug Trauma für eine ganze Karriere als Extreme-Horror-Autorin beschert), LEBT sie noch. Ich nehme an, ihre Eskapaden haben nicht nachgelassen (wie per Anhalter zwei Stunden südlich nach Tampa zu fahren, um eine Woche lang wütend in einem Zelt vor einem Best Buy zu leben oder Teile unseres toten Familienfrettchens in den Kühlschrank zu legen, um Wissenschaftler zu finden, die es klonen würden. Wahrhaftig.)

Aber ich möchte hier nichts sagen, das ihr einen Grund geben könnte, sich zu melden, nachdem ich sie seit über einem Jahrzehnt verstoßen habe. Es war die beste Entscheidung für meine psychische Gesundheit, und mein Leben verbesserte sich drastisch danach.

Während sie nie dachte, ich sei eine Ratte, gab es in meinem Elternhaus (einem Haus, das die Produzenten der Show „Extreme Hoarders" als Staffelfinale nutzen wollten, nachdem ich Bilder eingereicht hatte) viel Gerede über die Regierung, die Kakerlaken mit Wanzen als Abhörgeräten schickte (ich erinnere mich, wie sie das Haus mit RAID besprühte. Telefonhörer, Besteck, Teller…) und wie sie uns Aluhüte tragen ließ, als „Signs" in die Kinos kam.

„Entgleist" ist eine Geschichte, in der ich zwei echte Ängste verarbeite: Was wäre passiert, wenn ich bei diesem schrecklichen Unfall verstümmelt worden wäre? Und was würde wirklich passieren, wenn ich jetzt bei meiner Mutter leben müsste, die mich pflegt, nachdem sie so lange unkontrolliert und entgleist war?

Diese Geschichte ist die Vereinigung dieser beiden gruseligen Ideen.

IN ZINNOBERROT GEMALT: Vor ein paar Jahren, als ich in Louisiana lebte, machte ich ein Wochenendtrip nach Lafayette, ein paar Stunden entfernt, mit meinem Ex-Freund Anthony (dem menschlichen Müll, der die Geschichte „Füttere die Maschine" inspirierte, worauf ich gleich zurückkomme) und meinen Freunden Ashley, Jeremy und Rebecca. Wir packten die Kajaks, Kühlboxen und Angelruten ein, mieteten eine Hütte und dachten, wir würden ein entspanntes Wochenende auf dem Wasser verbringen und alle Sorgen vergessen.

Obwohl der Trip Spaß machte, war er voller Drama (größtenteils wegen meines Ex, der sich beim Kajakfahren einen Sonnenbrand holte, der fast einen Notarztbesuch erforderlich gemacht hätte und dann das ganze Wochenende damit verbrachte, zu jammern und Streit zu suchen).

Irgendwann beschlossen Rebecca und ich, kurz zu flüchten und mit den Kajaks ein Stück den Fluss hinaufzufahren, für eine gemütliche Tour.

Unser Ausflug wurde zum Albtraum.

Etwa eine Meile flussaufwärts verdunkelte sich der Himmel. Zuerst dachte ich, es wäre eine Regenwolke oder so (wie ich bereits erwähnt habe, bin ich als Schriftstellerin manchmal merkwürdig unaufmerksam). Innerhalb von Sekunden wurde uns klar, dass es ein Schwarm von etwas... Lebendigem war. Wir begannen zu paddeln, und einen Moment später wurden wir von diesen riesigen, widerlichen, heuschrecken- oder libellenartigen Insekten attackiert.

Wir schrien wie am Spieß, was ein Fehler war, denn mehrere nutzten die Gelegenheit, in meinen Mund zu fliegen.

Ich hatte keine Ahnung, ob diese Dinger beißen oder giftig waren... oder was zum Teufel sie überhaupt waren. Wir wussten nur, dass buchstäblich Millionen von ihnen über uns herfielen.

Nach etwa 60 Sekunden reinster Hölle war es vorbei. Der Insektenzyklon zog weiter, und wir waren nicht mehr im Auge des Sturms. Ich sah mich um und erblickte ein Meer dieser Käfer. Einige tot in den Bäumen wie Blätter, einige in meinen Haaren, eine Schicht ihrer Leichen bedeckte unsere Kajaks, und die Millionen, die eine Art spontanen Kamikaze-Selbstmord im Wasser begangen hatten.

Ich suchte nach Bissen, und Rebecca tat dasselbe. Ich glaube, wir heulten inzwischen vielleicht sogar wie die Schlosshunde und sahen aus wie totale Weicheier.

Irgendwann sagte ich: „Ashley ist schlau. Sie wird genau wissen, was das ist, wenn ich einen mitnehme."

Wir fuhren direkt zurück zur Hütte, mit immer noch rasenden Herzen. Dort angekommen, zeigte ich Ashley diesen Käfer, den ich wie den einzigen Beweis dafür trug, dass ich nicht total bekloppt war (obwohl noch immer welche in meinen Haaren und Kleidern steckten).

Ashley brach in Gelächter aus und brachte kaum heraus, dass es sich nur um Eintagsfliegen handelte. Sie haben keine Mäuler. Sie schlüpfen, paaren sich und begehen im Grunde innerhalb weniger Stunden jedes Jahr Selbstmord. Wir hatten einfach Pech und waren genau an „dem Tag" dort.

Jahre später rief Eerie River Publishing nach Horrorgeschichten zum Thema Luft, und diese Erfahrung kam mir in den Sinn. Ich dachte mir... aber was, wenn sie doch Mäuler hätten? Was, wenn sie bösartige Kreaturen wären? Und so entstand die Geschichte.

Außerdem stammt der Titel „Painted in Vermilion" von einem Phish-Song, den mein Freund Dave liebt. Ich beschloss, ihn in die Geschichte einzubauen, da ich den Schwarm farbig gestaltet hatte.

***

SÄTTIGEN: Dies ist eine der Geschichten in dieser Sammlung, die mir besonders am Herzen liegt. Auch wenn sie inhaltlich vielleicht nicht meine Lieblingsgeschichte ist, gehört sie zu meinen Favoriten, wenn es um den Ursprung der Idee geht.

Als ich fünf Jahre alt war, hatten meine Mutter und mein Vater einen Wang-Computer mit einem Tandy-Monitor und einem Nadeldrucker (ich vermisse es immer noch, diese Randlochstreifen von beiden Seiten der Zickzack-Ausdrucke abzuziehen!). Der Computer hatte nur den DOS-Modus, was für diejenigen unter euch, die zu jung sind, um sich daran zu erinnern, im Grunde ein schwarzer Bildschirm war, auf dem man tippen, einfache Funktionen ausführen und den Computer als Textverarbeitung nutzen konnte.

Mit fünf Jahren kam ich aus unserem Computerzimmer (ein unfertiger Raum in der Größe eines kleinen Badezimmers in unserem feuchten Keller, dekoriert mit Horrorbüchern von Wand zu Wand, falschen Kerzenleuchtern, künstlichen Schädeln und allem, was dämonisch aussah, was meine Mutter in die Finger bekam) mit einer fünfseitigen Geschichte namens „Restaurant of Blood" hoch.

Meine horrorbegeisterten Eltern strahlten vor Stolz, als ich ihnen meine schlichte kleine Geschichte über einen Restaurantbesitzer vorlas, der einen bösen Mann tötet und ihn als Steaks in seinem maroden Lokal serviert, aber die Leute lieben die Steaks so sehr, dass die Nachfrage so groß wird, dass er gezwungen ist, weiterhin Stadtbewohner zu töten, um den Betrieb aufrechtzuerhalten.

Letztes Jahr gab es einen Aufruf für Flash Fiction, an dem ich teilnehmen wollte, und eines der Themen war „Kannibalismus". Da dachte ich, wie cool wäre es, wenn ich zu meinen Wurzeln zurückkehren und genau diese erste Geschichte, die ich je geschrieben habe, mit meinen heutigen Fähigkeiten neu schreiben würde.

Es hat mir großen Spaß gemacht, sie zu schreiben, und es bereitete mir große Freude zu sehen, wie weit ich als Schriftstellerin in diesen über 30 Jahren gekommen war.

✳✳✳

IM BLUT DES MÄRTYRERS: Die meisten, die mich kennen, wissen, dass ich eine ziemlich schreckliche und turbulente Kindheit hatte. Auch wenn diese Geschichte eindeutig von einem jungen Mädchen handelt, das vergewaltigt und/oder missbraucht wird (was auch immer dein Gehirn in diesem Rorschach-Test sehen wollte), muss ich sagen, dass dies eines der wenigen Dinge war, die ich als Kind nicht erleiden musste (wofür ich bis heute dankbar bin, denn es gab viele beschissene Menschen in unserem Leben, die das Motiv, die Mittel und die Gelegenheit dazu gehabt hätten). Dieser Teil dieser tragischen, aber hoffnungsvollen Geschichte war also völlig erfunden.

Der Teil, der nicht erfunden war, war die Pfingstkirche, eine Mischung aus mehreren Kirchen, die ich als Kind besuchte (angesiedelt in einer fiktiven Stadt in Neuengland. Falls du dachtest, es hätte einen Silent-Hill-Vibe, dann habe ich mein Nebenziel erreicht. Erfolg freigeschaltet... hoffentlich!)

Meine Großmutter Nina (keine Verbindung zur Nina in der Geschichte – oh mein Gott, ich könnte diese Lüge nicht mal mit ernster Miene tippen. Es ist definitiv sie, und wenn sie noch leben würde, wäre sie ziemlich sauer über diese ganze Geschichte, aber sie war sowieso eine ziemliche Nervensäge, also, Oma, das hast du dir verdient!) war eine ziemlich hardcore Pfingstlerin. Da wir in meinen frühesten Lebensjahren viel Zeit miteinander verbrachten, wurde ich daher automatisch auch Pfingstlerin. Wenn man jung ist, glaubt man alles.

Ich sprach meine vielen täglichen Gebete in Zungen, um den Teufel davon abzuhalten, zuzuhören. Ich habe Schlangen gehalten und bin mit ausgestreckten Armen in den Gängen umhergezuckt, während ich mir den Arsch abgesungen habe. Ich habe „Wunder"-Glaubensheilungen gesehen. Menschen in Rollstühlen, die durch die „Kraft Christi" und einen kräftigen Schlag auf den alten Schädel laufen lernten.

All das in dieser Geschichte ist real.

Ich erfuhr eines Tages auf die harte Tour (nachdem ich aus einem katholischen

Gottesdienst eines Freundes geworfen wurde), dass nicht alle Religionen sich so verhalten, und wurde schnell von allem desillusioniert, was ich bis dahin erlebt hatte.

Obwohl wir keine Blut-Taufen hatten, habe ich in den Jahren meiner Teilnahme trotzdem viel Verrücktes gesehen. Ich bin heute nicht mehr pfingstlerisch (falls das nicht ohnehin offensichtlich ist) oder überhaupt wirklich "religiös", aber der Pfingstlerglaube steht auf meiner "Liste" der Dinge, die mir den Angstschweiß auf die Stirn treiben und die ich als Inspiration für meine Geschichten nutze. Ich habe diese Geschichte darüber geschrieben, falls sie andere genauso erschreckt wie mich.

***

INNEN ALLES IN DERSELBEN FARBE: Manchmal schickt mich meine Gewerkschaftsarbeit als Bühnenarbeiter zu Konzerten, und auf diesen Reisen treffe ich die schrägsten Typen. Einer davon – ich nenne ihn nicht beim Namen, weil ich regelmäßig mit ihm arbeite (dieser ältere Herr ist ganz vernarrt in mich und glaubt fest, dass ich "irgendwann sein

Mädchen sein werde", obwohl er alt genug ist, um mein Großvater zu sein).

Dieser Mann hat eine liebenswerte Seite (die umarmende, hier-nimm-einen-der-Karamellbonbons-aus-meiner-Tasche-Seite) und auch eine sehr widerliche, beunruhigend sexistische und rassistische Seite. Er ist winzig. Er reicht mir gerade bis zur Achselhöhle.

Eines Tages überlegte ich mir Ideen für eine weitere Flash-Fiction-Anthologie, für die Geschichten gesucht wurden. Da sagte dieser Mann etwas unverblümt Rassistisches zu mir über einen unserer schwarzen Kollegen, worüber ich mich aufregte. Also schrieb ich am nächsten Tag diese Geschichte darüber, wie er seine gerechte Strafe für seinen Rassismus bekommt.

Außerdem war ich zu der Zeit völlig begeistert von Lor Gislasons Werk (Autor von "Inside Out") und entschlossen, Teil des "Goop-Horror"-Subgenres zu sein, von dem ich überzeugt war, dass es gerade im Kommen sei.

Ein Jahr später hat es sich immer noch nicht so durchgesetzt, wie ich gehofft hatte, aber ich probiere mich gerne in verschiedenen Subgenres aus, und ich bin stolz darauf, mich an diesem Konzept versucht zu haben.

***

INDIREKTER KUSS: Hier gibt es keine besonders clevere oder tiefgründige Hintergrundgeschichte. Ich wollte einfach mal versuchen, ob ich etwas im Bereich Cosmic Horror zustande bringe. Ich vermisste die Anterim-Küste und die Freunde, die ich vor Jahren bei einem Filmfestival in Nordirland gemacht hatte (besonders George, Kenny & Roddy), und ich war besessen davon, wie Yale (das nur fünf Autominuten von meinem Haus entfernt ist) im Herbst aussieht.

"Gebrauchter Kuss" war mein Versuch, all diese Konzepte zu etwas Unterhaltsamem, leicht Melancholischem & Romantischem zu verbinden.

***

ATMEN: Diese Geschichte war meine erste, die über einen anderen Verlag veröffentlicht wurde. ("Two Lip Garden" war zwar technisch gesehen die erste, aber das Buch erschien nie, und der Verlag ging pleite, bevor irgendjemand ein Exemplar in die Hände bekam.)

Die Idee zu dieser Geschichte kam mir, als mein Freund Dave mir vor ein paar Jahren das

Surfen in Narragansett, Rhode Island, beibrachte. Ich kaufte mir ein Anfängerbrett und einen billigen Neoprenanzug und nahm ein paar Tage lang Unterricht bei ihm.

Dave surft schon sein ganzes Erwachsenenleben lang leidenschaftlich gern. Es ist eines seiner Steckenpferde, und ich kann absolut verstehen, warum. Es macht irre Spaß und ist ganz anders als alles, was ich je gemacht habe.

Der einzige Nachteil ist (abgesehen von höllischem Muskelkater am nächsten Tag und Sand in jeder Ritze), dass Surfen verdammt gefährlich sein kann. Neben Zerrungen und Prellungen gibt es unzählige Möglichkeiten, sich zu verletzen. Man kann ertrinken, sich an der Finne seines eigenen oder eines fremden Bretts aufschlitzen (Surfer drängen sich oft, und man kann ihr Können nicht auf den ersten Blick einschätzen. Ich hätte an meinem ersten Tag fast ein Kind mit meiner Finne geschnitten). Dann gibt es noch Felsen unter Wasser, Unwetter, Unterströmungen, Riptides, Haie...

Es war also eine leichte Entscheidung, dies als Setting für eine Horrorgeschichte zu wählen.

Da Surfen oft ein Sport oder Hobby ist, das man alleine ausüben möchte (es nervt, an einen guten Spot zu kommen und dort Horden von Leuten um die gleiche Welle kämpfen zu sehen), verband ich es mit Themen extremer Einsamkeit, Hoffnungslosigkeit und Suizid.

Und dann machte ich noch die idyllische Meereskulisse zum eigentlichen Bösewicht der Geschichte.

Die hier veröffentlichte Version unterscheidet sich leicht von der in Hellbound Books' "Anthology of Splatterpunk", da ich ein Sirenenelement hinzugefügt habe. Die Geschichte funktionierte auch ohne, aber ich hatte schon immer eine Schwäche für das Konzept der Sirenen und dachte, die Vorstellung würde einer ohnehin schon grausigen Story eine zusätzliche Gruselkomponente verleihen.

***

ZWEI-LIPPEN-GARTEN: Diese Geschichte sollte ursprünglich in einer Anthologie erscheinen. Die Verlage baten mich, den Titel in "The Mother" zu ändern, was ich tat, weil ich meine erste bezahlte Geschichte nicht riskieren wollte. Ihr Unternehmen ging still und leise pleite, und das Buch wurde nie veröffentlicht. Ich habe nie ein Exemplar davon gesehen. Ich bin so froh, dass sie endlich in dieser Sammlung erscheint.

Diese Geschichte erkundet eines meiner liebsten Hobbys und eine meiner schlimmsten Ängste. Das Hobby ist Gärtnern. Wer mich kennt, weiß, dass ich praktisch überall, wo ich wohne, einen kleinen Bauernhof betreibe. Ich verschenke ständig Tüten voller überschüssiger Tomaten, Paprika oder Zucchini, so groß wie deine Wade.

Ich habe das Lied "Gardening at Night" von R.E.M. immer geliebt, und in Louisiana, nach meiner Scheidung von meinem Ex-Mann Carl, beschloss ich, einige meiner schlaflosen Stunden mit einer kleinen Arbeitslampe im Hinterhof zu verbringen, wo ich meinen Gemüsegarten in der stockfinsteren Nacht pflegte. Ich liebte es. Es war so still und friedlich (der einzige Nachteil war, dass das Licht Insekten anzog und die Insekten wiederum Fledermäuse, sodass ich ständig erschrak, wenn die flatternden Tiere mir zu nahe kamen). Aber ich kann Nachtgärtnern allen Nachteulen da draußen nur wärmstens empfehlen!

Die Angst, die ich thematisiere, ist Gedächtnisverlust. Damit kämpfe ich persönlich sehr. Kindheitstraumata haben mein Gedächtnis wirklich auf problematische Weise beeinträchtigt (bis zu dem Punkt, dass ich mich nicht einmal mehr an die Handlung der Hälfte dieser Geschichten erinnern konnte, die ich geschrieben habe, bis ich sie für diese Veröffentlichung noch einmal gelesen habe – und das alles sind Geschichten, die in den letzten zwei Jahren entstanden sind). Neben meiner ohnehin schon bestehenden Schwäche, Details richtig abzuspeichern und mich an Dinge zu erinnern, habe ich auch Familienmitglieder mit Demenz erlebt, und zu sehen, wie sie ihr Gedächtnis verlieren, jagt mir unglaubliche Angst ein.

Diese Geschichte handelt also von einer Frau, die diese Demenz durchlebt und sich nach der familiären Bindung sehnt, an die sie sich vage erinnert, während sie nachts im Garten arbeitet.

***

FÜTTERE DIE MASCHINE: Dies war eine lustige Geschichte, die überraschenderweise mein erster Titel überhaupt wurde, der auf Amazon 100 Rezensionen erreichte (ebenso auf Goodreads), was mich jedes Mal verblüfft, wenn ich daran denke. Schließlich hat mein erster Roman Mantis, der 2016 veröffentlicht wurde, zwar viel Lob erhalten, aber zum Zeitpunkt dieses Drucks nur neun Rezensionen. Die Aufmerksamkeit, die diese Geschichte bekommen hat, hat mich also wirklich umgehauen. Auf Conventions kommen Leute außerdem ständig auf mich zu und erzählen mir, dass diese Geschichte sie dazu gebracht hat, auch meine anderen Werke auszuprobieren. Allen, die sie bereits gelesen haben oder diese Sammlung nur gekauft haben, um diese Geschichte gedruckt zu besitzen, danke ich von ganzem Herzen.

Diese Geschichte wurde von ein paar Dingen inspiriert. Erstens habe ich sie um zwei freche Briten mit einer langen gemeinsamen Geschichte herum aufgebaut. Stuart und Dash sind zwei echte Menschen, die ich im echten Leben getroffen habe. Sie waren Roadies bei einem Roger-Waters-Konzert, bei dem ich gearbeitet habe, und für diesen Tag meine Chefs. Sie brachten mich zum Lachen, bis ich um die Mittagszeit Tränen in den Augen hatte, und als der Aufruf für eine Anthologie namens No Lives Left über Videospiel-Horror kam, wusste ich, dass diese beiden perfekte Charaktere wären, um die Geschichte darum zu weben.

…An alle, die in Rezensionen behauptet haben, dass Dash kein echter Name im Vereinigten Königreich sei: Ich möchte euch wissen lassen, dass er eine reale Person ist und ihr ihn dort finden könnt, wo gerade die Roger-Waters-Tour stattfindet.

Eine weitere Inspiration für diese Geschichte war der bereits erwähnte Ex-Freund, der dachte, er sei Gottes Geschenk an die Gaming-Welt. Er arbeitete ein paar Monate bei EA Games und gab viel Geld bei Gamestop aus, woraufhin er sich für die unfehlbare Autorität auf dem Gebiet hielt – so sehr, dass er jedes Mal, wenn jemand das Wort „Spiel" erwähnte, sicherstellte, dass sie ihn als ihren Herrn und Erlöser priesen. Ich sah viele Leute ihm Blicke zuwerfen, als wollten sie ihn am liebsten mit einem Holzbrett verprügeln, also musste ich natürlich meine (und ihre) zahlreichen Frustrationen durch diese blutige kleine Geschichte herauslassen.

Er ist der schlimmste Mensch, den ich je in meinem Leben kennengelernt habe (und ich kenne einige wirklich üble Leute und hatte eine ziemlich verkorkste Kindheit – das sagt also einiges), und es schien nur angemessen, dass er solch ein grausames fiktives Ende inspirieren würde.

Obwohl ich von Anfang an wusste, dass ich mit dieser Geschichte voll auf Splatterpunk setzen wollte, war mir klar, dass sie mit Stuart und Dash auch eine Prise schwarzen Humor brauchte. Also verlieh ich der Handlung ein bisschen Cabin-in-the-Woods-Vibes, mit den Verantwortlichen, die so tun, als sei das alles völlig „normal".

***

DAS STARRE GRINSEN: Diese Geschichte wurde tatsächlich vom Cover inspiriert (ich weiß, ich weiß… das klingt nach einer ziemlich umgekehrten Herangehensweise).

Letztes Jahr hatte Rooster Republic Press einen Feiertagsverkauf für einige ihrer vorgefertigten Cover, und bei der Suche stieß ich auf dieses Coverbild und verliebte mich sofort Hals über Kopf darin. Ich erzählte meiner Schwester sofort, dass ich etwas damit machen wollte, weil es einfach so gruselig ist. Ursprünglich sollte es das Cover für eine eigenständige Novelle in ein oder zwei Jahren werden. Ich wollte sie Rictus oder The Rictus Grin nennen.

Dann, Monate später, entschied ich mich, im Mai eine Sammlung herauszubringen, sobald die

331

Verträge für einige dieser Geschichten ausgelaufen waren, und plötzlich ergab alles Sinn: Ich konnte es als Cover für die Sammlung verwenden und stattdessen eine Kurzgeschichte für The Rictus Grin schreiben.

Die Idee war eine lockere Hommage an einen Film, der mich als Kind erschreckt hat: Bad Ronald, über einen Mann, der heimlich in den Wänden eines Vorstadthauses lebte und die Familie ausspionierte, die das Haus nebenan kaufte. Ich wollte meine eigene Version davon machen.

Später, als ich auf einer Convention mit JP Behrens über meine Idee sprach, gab er mir den Einfall, einen Mann durch Gegenstände im Haus stöbern zu lassen, um so Informationen über den heimlichen Bewohner preiszugeben. Da kam mir auch die Idee, daraus eine Reality-House-Flipping-Show zu machen.

Ich hatte außerdem erst kürzlich die Miniserie The Curse gesehen und sie extrem unterhaltsam gefunden. Sicherlich spielte das unterbewusst in meine Entscheidung hinein, die Handlung während eines Proof-of-Concept/Piloten anzusiedeln.

Ich arbeite seit über einem Jahrzehnt in der Filmindustrie und dachte, es wäre lustig, die

Ausrüstung, die Sprache und das Verhalten einiger Low-Budget-Scheiß-Produktionen, an denen ich zwischen großen TV-Shows und Filmen gearbeitet habe, einzubauen.

Ich fand, das war eine unterhaltsame Art, meinen Filmhintergrund mit meiner Angst vor einem Bad-Ronald-Phrogger zu verbinden (der Begriff „Phrogging" existierte zu Zeiten von Bad Ronald meines Wissens nach noch nicht, aber er gibt einem meiner schlimmsten Alpträume einen offiziellen Titel).

DANKSAGUNG

Ich möchte einigen Menschen danken, die *The Rictus Grin and Other Tales of Insanity* möglich gemacht haben:

Heather Wohl, meiner She-Ro, meiner Schwester und meiner Partnerin in Crime. Ohne dich wäre ich völlig verloren.

Chisto Healy, einem meiner besten Freunde in der Branche. Danke dir für *alles*, Mann!

Meinen Freunden und ebenfalls (extrem talentierten) Autoren JP Behrens und Angel Van Atta für die Klappentexte.

An Mark Anthony und David-Jack Fletcher, die Herausgeber mehrerer dieser Geschichten. Vielen Dank an euch beide für euer Talent, eure Zeit und dafür, dass ihr wunderbare Männer seid.

An Rooster Republic Press für die inspirierende Cover-Kunst.

An Ash Ericmore, ich liebe dich, Alter. An Mia Faller, John Ryland, Justin Boote, Amber Upson, Eric Butler, Mick Collins, Erica Wetzel-Fields, Corrina Morse, Asher Dark, Eve Bullet, Splatter-Axe Mike, Mort Stone, Wrath James White, Aron Beauregard, Adam Cesare, Corrina

Morse und all die großartigen Menschen, die mich unterstützen, meine Posts teilen, meine Werke lesen, mich inspirieren oder einfach nur nett zu mir sind…

Danke, dass ihr seid, wer ihr seid.

Und schließlich an Dave. *Meine Sonne, mein Mond, meine Sterne.* Danke, dass du mich aufrichtig in jedem Aspekt meiner verrückten kreativen Reise durch dieses Leben unterstützt hast.

ÜBER DIE AUTORIN

Erica Summers ist eine unabhängige Filmemacherin, Künstlerin, Bühnentechnikerin in der Filmindustrie und Autorin mit einer unerschütterlichen Leidenschaft für Horror. Mehrere ihrer preisgekrönten Spielfilme wurden weltweit aufgeführt, darunter Obsidian, Mister White & Loverboy (verfügbar auf den meisten Streaming-Diensten).

Obwohl sie in Wyoming geboren und aufgewachsen ist, verbrachte Erica den größten Teil ihres Lebens im sumpfigen amerikanischen Süden. Sie lebt jetzt in Connecticut, wo sie im Filmbereich arbeitet und Genre-Fiktion schreibt und illustriert. In ihrer Freizeit ist die bizarre Bisexuelle meist mit Gartenerde verschmiert, beim Kajakfischen oder verschlingt Horrorfilme mit ihrem Freund und ihren beiden kleinen Jack-Russell-Terrorhunden.

Erica schreibt auch scharfe Liebesromane unter dem Pseudonym Odessa Alba und urkomische Cozy-Mysteries unter dem Pseudonym Trixie Fairdale.

SICH WINDEN
EINE HORRORGESCHICHTE
ERICA SUMMERS
&
H. M. WOHL
DEUTSCHE ÜBERSETZUNG AUSGABES

DAS LOCH

EINE KURZE EXTREME HORRORGESCHICHTE
VOM AUTOR VON DAS STARRE GRINSEN UND SICH WINDEN

ERICA SUMMERS

AUSGABE IN DEUTSCHER ÜBERSETZUNG
AUS DER ASCHE
BUCH EINS DER ILLUMINATOR-SAGA
HEATHER WOHL

EIN UMA-BLANCHARD-KRIMI
Ausgabe in Deutscher Übersetzung

TRIXIE FAIRDALE

TRAUERWAFFELN

BUCH EINS

EIN UMA-BLANCHARD-KRIMI
Ausgabe in Deutscher Übersetzung
TRIXIE FAIRDALE
MOJITOS UND MORD
BUCH ZWEI